Karin Alvtegen
SKAM

Anderson Pocket AB

Av Karin Alvtegen har tidigare utgivits:
Skuld 1998
Saknad 2000
Svek 2003

Anderson Pocket AB
Box 55777
114 83 Stockholm

www.andersonpocket.se

© Alvtegen Produktion AB 2005
www.karinalvtegen.com

Svensk pocketutgåva © Anderson Pocket
2006

Omslag: Lilian Ljungberg
Omslagsfoto: Nancy R. Cohen/Getty Images

Sättning: Anna Troberg
Tryckning: Nørhaven Paperback, Viborg 2006

Andra tryckningen

ISBN 13: 978-91-85567-00-3
ISBN 10: 91- 85567-00-0

Till mina tappra kämpar
August och Albin

Snälla gode Gud,
ta bort alla krig och allt våld och allt som är orättvist
och gör så att alla fattiga får pengar
så att de kan köpa lite mat.
Gör så att alla elaka människor
blir snälla och att ingen som jag känner
blir väldigt sjuk eller dör.
Hjälp mig att vara duktig och snäll så att
mamma och pappa
alltid kan vara stolta över mig.
Så att dom älskar mig.

AMEN

1

"JAG FÖRSÄKRAR PÅ heder och samvete att jag i min läkargärning skall sträva efter att tjäna mina medmänniskor med humanitet och vördnad för livet som rättesnöre. Mitt mål skall vara att vårda och främja hälsa, att förebygga sjukdom samt att bota sjuka och lindra deras plågor."

Hon hade misslyckats. Mannen som snart skulle dö satt i stolen mitt emot henne, alldeles lugn och alldeles stilla och med sina ådriga händer vilande i knät. Själv satt hon med blicken sänkt i hans omfångsrika journal. Nästan två år hade gått sedan hans första besök. Hennes ihärdiga försök att bota hade gått om intet och idag hade hon varit tvungen att erkänna sitt nederlag. Lämna beskedet. Det kändes alltid likadant. Det rörde sig aldrig om ålder eller om att sjukdomen var obotlig, att avsaknaden av medicinska forsknings-

framsteg inte var hennes personliga misslyck-
ande, vad det handlade om var liv. Liv, som hon
inte varit skicklig nog att rädda.

Han log vänligt mot henne.

"Du ska inte ta det så personligt. Vi ska alla
dö en gång och den här gången var det visst min
tur."

Hon skämdes. Det var inte hans sak att trösta
henne, verkligen inte, men på något sätt hade han
tydligen lyckats se rakt in i hennes tankar.

"Jag är gammal och du är ung, tänk på det. Jag
har levt ett långt liv och på sistone har jag faktiskt
börjat känna mig ganska nöjd. Du vet att i min
ålder är det så många som har gått före att det
börjar bli ganska ensamt här nere."

Han fingrade på en slät vigselring på vänster-
handen. Den rubbades lätt ur sitt läge, hans seniga
finger hade magrat under de år som gått sedan
dagen den träddes på.

Det var alltid händerna som drog till sig hennes
blick vid de här tillfällena. Hur förunderligt det
var att all den erfarenhet och kunskap som matats
in i dem genom livets alla skiften snart skulle gå
förlorad.

För alltid.

"Fast ibland undrar jag hur han tänkte egentligen, jag menar allt annat är ju så klurigt uträknat, men den här nedmonteringen som man ska tvingas igenom, den borde han ha gjort lite annorlunda. Först ska man födas och växa och lära sig, och sen när man börjar bli lite rutinerad så ska det tas ifrån en igen, det ena efter det andra. Det börjar med synen och sen går det bara utför. Till slut är man tillbaka i stort sett där man började."

Han tystnade som om han begrundade det han just hade sagt.

"Men det kanske är det som är det finurliga när man tänker efter. För när ingenting fungerar som det ska längre så spelar det liksom inte så stor roll på det hela taget. Man börjar känna att det kanske inte vore så dumt att få dö i alla fall, att äntligen få vila sig lite."

Han log lite igen.

"Synd bara att den ska ta sån tid, den där nedmonteringen."

Hon hade inget svar, inga lämpliga ord för att delta i hans funderingar. Det enda hon visste var att den där nedmonteringen inte gällde alla. En del rycktes bort mitt i steget också, innan ens själva uppmonteringen var klar. Och urvalet var det heller ingen som helst ordning på.

Den Gud älskar dör ung.

Det fanns ingen tröst i orden.

Det fanns ingen tröst i orden.

I så fall måtte Gud hata dem som lämnades kvar. Varför tyckte annars Gud att hans eget välbefinnande berättigade förödelsen som döden lämnade efter sig.

Hon ville inte vara hatad av Gud. Även om hon inte trodde på någon.

"Men vet du vad det bästa av alltihop är? Nu ska jag gå hem och hälla upp ett riktigt gott glas vin, jag har ju inte fått dricka nåt på så länge. Jag har en flaska sparad till ett särskilt tillfälle och det får man väl ändå anse att det är idag."

Han blinkade åt henne.

"Så intet ont som inte har nåt gott med sig."

Hon försökte besvara hans leende men var osäker på om hon verkligen lyckades. När han gjorde en ansats att försöka resa sig skyndade hon upp ur stolen för att ge honom en hjälpande hand.

"Tack ska du ha för allt du har gjort. Jag vet att du verkligen har kämpat."

Hon drog igen dörren efter honom och försökte ta ett djupt andetag. Luften i rummet kändes gammal. Hon såg på klockan att det fanns lite tid över tills hon behövde ge sig iväg. Några papper på skrivbordet hade hamnat i oordning och hon gick dit för att ställa allt tillrätta. Hennes händer for över skrivbordsytan och när allt låg i prydliga travar hängde hon av sig den vita rocken och tog på sig ytterkläderna. Till sin irritation konstaterade hon att det fortfarande var gott om tid, men hellre vara på väg än att tvingas stanna upp. För det gick inte att springa fort nog när det hon försökte fly undan kom inifrån.

"Det är mamma. Jag undrar bara hur dags du hämtar mig. Ring så fort du hör det här."

Meddelandet fanns på svararen när hon satte på mobilen på väg mot parkeringsplatsen. Klockan var tio över fem och den överenskomna hämtningstiden var om tjugo minuter. Varför hon skulle behöva ringa och komma överens om det en gång till var för henne en gåta, men att låta bli skulle i sammanhanget vara ett dåligt alternativ.

"Ja hej, det är jag."

"När kommer du?"

"Jag är redan på väg, jag är där om en kvart."

"Jag måste förbi Konsum också och köpa nya ljus."

"Jag kan göra det på vägen om du vill."

"Ja men köp dom med hundratio timmar då den här gången. Dom förra du köpte brann ut alldeles för fort."

Om hennes mor hade haft ett uns av aning om hur hon våndades över deras ständiga besök vid graven skulle hon inte låta som om det berodde på något slags snålhet att ljusen hon köpt inte höll vad de lovade. Hon skulle gärna köpa ljus med en livstids brinntid bara det fanns några. Men det gjorde det inte. Det fanns bara etthundratio timmar som mest. Och sedan hennes mamma sålt sin bil eftersom hon inte vågade köra längre, var det Monikas ändlösa uppdrag att skjutsa henne till kyrkogården och tända nya ljus så fort de gamla hade brunnit ut.

Tjugotre år sedan. Han hade redan varit död längre än han hade hunnit leva. Ändå var han den som tog mest plats.

Som tog all plats.

Det stod ett par bilar på parkeringen men kyrkogården låg tillsynes öde.

Min älskade son
Lars
*1965 †1982

Hon vande sig aldrig. Hans namn på en gravsten. Hans namn hörde hemma i toppen av resultattabellen från någon idrottstävling. I någon tidningsartikel om de mest lovande hockeyungdomarna. När hon inte kunnat imponera på annat vis hade hon kunnat dra till med att hon var Lasse Lundvalls lillasyrra. Han skulle ha fyllt fyrtio i år, men för henne var han fortfarande hennes två år äldre storebror, han som kompisarna såg upp till, som tjejerna sprang efter, som alltid lyckades med allt han företog sig.

Som var sin mammas stolthet.

Hon undrade hur allt skulle ha blivit om deras pappa stannat och funnits med dem genom alla år. Om han inte hade lämnat familjen redan när Monika låg i magen och hennes mamma hade sluppit åren i ensamhet. Monika hade aldrig träffat honom. Någon gång under tonåren hade hon skrivit ett brev och fått ett kort och opersonligt svar, men planerna på att ses hade runnit ut i sanden. Hon hade velat att han skulle vara mer angelägen, att det var han som skulle driva på idén om att ses. Men det hade han inte gjort och sedan hade stoltheten tagit över. Hon tänkte minsann inte krusa. Och sedan gick åren och han försvann tillbaka ut i periferin.

Ljuset hade som väntat brunnit ut och hon såg sin mors olust vid tanken på att det hade stått släckt där på graven. Hon tog snabbt fram tändstickorna ur fickan, kupade handen som skydd runt den flämtande lågan och tände ett nytt. Så många gånger hade hon stått där och sett sin mors händer som strök stickan mot plånet, betraktat lågan som växte sig starkare i lastbehållaren och slutligen letade sig över till veken. Hade hennes mamma aldrig ens slagits av tanken? Att det hade börjat just med en sådan liten låga. Att det hade varit ursprunget till hela förödelsen. Ändå skulle hon ideligen hit och tända igen så fort den äntligen kuvats. Den skulle brinna där på graven i triumf över sitt offer.

De gick tillbaka mot bilen. Hennes mamma hade med en sista suck vänt graven ryggen och börjat gå. Själv hade Monika stått kvar en stund, läst hans namn för miljonte gången och känt den välbekanta vanmakten. Vad gör ett syskon som får chansen att leva ett liv, när den som verkade ha de bästa förutsättningarna förlorade den? Vad måste hon uppfylla för att göra sig förtjänt? För att rättfärdiga att hon fortfarande levde.

"Du följer väl med hem och äter en bit?"

"Jag kan inte idag."

"Vad ska du göra då?"

"Jag ska bara träffa en kompis och äta mid-dag."

"Nu igen? Jag tycker alltid du är ute nuför-tiden. Det går väl inte att sköta sitt jobb ordentligt om man är ute och springer så där mitt i veckor-na."

Hon drömde det ibland. Ibland var hon vaken när hon föreställde sig det. Ett högt staket, alldeles vitt med en svart grind i gjutjärn. En stängd grind som bara öppnades när hon själv gav sitt samtycke.

"Vem är det du ska träffa?"

"Det är ingen du känner."

"Nähä."

Hon slöt ögonen en sekund där hon satt i förarsätet. Hon hade inte hunnit säga något om kursen hon skulle iväg på nästa vecka, och nu var det för sent. Inga ljuslågor skulle kunna tändas på graven om inte hennes mor tog sig dit med bussen och det var inget man gärna meddelade när hon redan hade tappat sitt goda humör.

Monika la i blinkern och körde iväg. Hennes mamma satt med huvudet bortvänt och såg ut genom bilrutan.

Monika sneglade på henne.

"Jag håller föredrag på biblioteket den tjugo-tredje, om välgörenhetsfonden vi har på kliniken. Du skulle kunna komma med om du vill, jag kan hämta dig innan."

En kort tystnad när hon fortfarande kanske...

Tänk om hon en enda gång.

En enda.

"Nej, jag vet inte."

En enda.

De satt tysta resten av bilfärden. Monika saktade in och stannade med motorn igång nedanför garageuppfarten. Hennes mor öppnade bildörren och klev ut.

"Jag hade köpt kyckling."

Monika såg hennes ryggtavla försvinna in genom ytterdörren. Hon lutade huvudet mot nackstödet och försökte se Thomas ansikte framför sig. Tack gode Gud för att han fanns, att hon hade råkat på just honom. Hans innerliga ögon som såg på henne med en blick som ingen annan använt förut. Hans händer som var det enda som någonsin förmått henne att komma i närheten av något som kanske skulle kunna liknas vid ett lugn. Han hade ingen aning om hur viktig han egentligen var för henne, och hur skulle han kunna ha det, hon hade ju aldrig riktigt använt de rätta orden.

Sanningen var att han blivit en förutsättning.

Men bara tanken på hur viktig hon hade tillåtit honom att bli gjorde henne fullständigt skräckslagen.

2

DET VAR EN ren tillfällighet att hon fick syn på det, och allt var egentligen Sabas förtjänst. Postkorgen på dörren nedanför inkastet hade någon av de där människorna från hemtjänsten skruvat upp, varför de hade tagit sig råd och tid till det var för henne fullständigt obegripligt. Nog förstod hon att det var för att hon själv skulle kunna nå sin post, men eftersom hon ändå aldrig fick någon var det ju rent slöseri med dyrbara skattemedel. Så som det annars snålades in på allt nuförtiden. Visst hände det att det kom någon avi från banken eller så, men inte var det så bråttom att läsa de försändelserna att det legitimerade kostnaden för den där anordningen. Någon dagstidning intresserade henne inte heller, det var nog av elände i tv:s nyhetssändningar om kvällarna. Hon sparade hellre sin sjukpension till annat. Till sådant som gick att äta.

Men nu låg där alltså ett brev.

Ett brev i vitt kuvert och med handskrivna bokstäver på framsidan.

Saba hade satt sig framför dörren med hängande tunga och betraktat den vita inkräktaren, kanske bar den en doft som bara var uppenbar för hennes känsliga sinnen.

Glasögonen låg på bordet i vardagsrummet och hon funderade en stund på om det var värt att sätta sig i fåtöljen. Efter de senaste årens kilon hade det blivit så svårt att ta sig upp ur den att hon inte gärna satte sig i onödan, inte om hon visste att tiden var begränsad.

"Ska du gå ut en sväng innan matte sätter sig?"

Saba vred på huvudet och såg på henne men visade ingen större vilja. Maj-Britt sköt fåtöljen närmare balkongdörren och förvissade sig om att den förlängda gripklon låg inom räckhåll. På så vis skulle hon kunna få upp dörren utan att behöva resa sig. De hade ordnat det så, att Saba gick ut själv en stund på gräsmattan. Hemtjänsten hade hjälpt henne att skruva bort en av stängerna i balkongräcket och hon bodde på nedre botten. Men snart skulle de få skruva bort lite till för att göra hålet större.

Med en grimas sjönk hon ner i fåtöljen. När knäna under någon sekund tvingades bära hela tyngden sa de alltid ifrån. Hon skulle snart tvingas skaffa sig en ny fåtölj, en högre modell. Soffan var henne redan oåtkomlig. Sista gången hon satte sig i den fick de skicka efter förstärkning från Trygghetsjouren eller vad det nu hette för att få upp henne igen. Två storvuxna karlar.

De hade tagit i henne, och hon hade tvingats tillåta det.

Den förödmjukelsen tänkte hon inte utsätta sig för igen. Det var vidrigt när någon rörde vid hennes kropp. Äcklet hon kände bara vid tanken gjorde det lätt att avstå från soffan. Det var illa nog att hon tvingades släppa in alla de där små människorna i lägenheten över huvud taget, men eftersom alternativet var att själv tvingas ut hade hon inget val. I sanningens namn var hon beroende av dem, hur motbjudande det än var att erkänna.

De kom instormande där i hennes lägenhet, den ena efter den andra. Ständigt nya ansikten som hon aldrig brydde sig om att sätta namn på, men alla hade de egen nyckel. En snabb ringning på dörrklockan som hon aldrig hann besvara och så kvickt upp med dörren. Integritet kunde de väl inte stava till. Sedan intog de lägenheten med sina dammsugare och hinkar och fyllde upp kylskåpet med sina förebrående blickar.

Har du redan lyckats få i dig allt vi köpte igår.

Det var märkligt hur tydligt det var, hur folks beteende förändrats i takt med nytillkomna kilon. Som om hennes intelligens minskat i samma takt som kroppsvolymen ökade. Överviktiga människor hade lite mindre förståndsgåvor än smala, det verkade vara den gängse uppfattningen. Hon lät dem hålla på, utnyttjade skoningslöst deras enfald för att skaffa sig fördelar, visste precis hur hon skulle bete sig för att få dem att göra som hon ville. Hon var ju tjock! Handikappat överviktig. Inte kunde hon rå för att hon betedde sig som hon gjorde, hon förstod ju inte bättre. De utstrålade själva budskapet varje sekund de befann sig i hennes närhet.

För femton år sedan hade de försökt övertala henne att flytta till en servicelägenhet. För att det skulle bli lättare för henne att ta sig ut. Vem hade sagt att hon ville ut? Inte hon i alla fall. Hon hade vägrat och krävt att de anpassade hennes lägenhet till hennes storlek istället.

Bytte ut badkaret till en rymlig dusch eftersom de alltid tjatade om hur viktigt det var med hygienen. Som om hon vore ett litet barn.

Brevet hade ingen avsändare. Hon vände på det och läste på framsidan. Eftersändes. Vem i hela friden adresserade ett brev till hennes barndomshem? Det dåliga samvetet högg tag i henne när hon såg adressen. Huset som stod där uppe och förföll. Trädgården som torde vara oframkomlig vid det här laget. Hennes föräldrars stolthet. Det var där de tillbringat den fritid som blev över efter deras hängivna engagemang i Församlingen.

Som hon saknade dem. Att det var möjligt att lämna ett sådant tomrum efter sig.

"Ja du Saba. Du skulle ha tyckt om mina föräldrar du. Det var synd att ni aldrig hann träffas."

Hon hade inte förmått återvända. Inte orkat utsätta sig för skammen att behöva visa upp sig där uppe, inte som hon såg ut, så huset fick stå där det stod. Det gick nog ändå inte att få ut något särskilt för det, långt därute i obygden. Det måste vara Hedmans som eftersänt. De hade slutat höra av sig med förfrågningar om hon tänkte sälja eller åtminstone ta hand om inventarierna, men hon förmodade att de fortfarande tittade till det med jämna mellanrum. Kanske mest för deras egen skull. Det kanske inte var något vidare att bo granne med ett förfallet ödehus. Eller också hade de länsat det och undvek kontakt på grund av dåligt samvete. Det gick inte att lita på någon nuförtiden.

Hon såg sig omkring efter något att sprätta upp kuvertet med. Hennes finger kunde omöjligen pressa sig in i den lilla glipan. Klon på plockaren däremot fungerade som vanligt alldeles utmärkt.

Brevet var handskrivet på linjerat papper med hålslag i sidan och såg ut att komma från ett kollegieblock.

Hej Majsan!

Majsan?

Hon svalde. Långt där inne i hjärnans vindlingar lösgjorde sig en liten skärva av ett minne.

Lusten att stoppa något i munnen kom omedelbart, behovet av att svälja något. Hon såg sig omkring men inget fanns inom räckhåll.

Hon motstod frestelsen att vända på papperet

för att se vem som skickat brevet, eller kanske var det tvärtom, kanske ville hon egentligen helst inte veta.

Så många år sedan hon senast hört smeknamnet.

Vem hade objuden färdats genom åren och trängt sig in genom hennes brevinkast?

Jag förstår att du måste undra hur det kommer sig att jag hör av mig efter alla dessa år. Jag ska vara ärlig och erkänna att jag tvekade lite innan jag satte mig ner för att skriva brevet, men nu har jag i alla fall bestämt mig för att göra det. Förklaringen låter säkert ännu mer underlig för dig, men det är lika bra att säga som det är. Jag hade en sådan märklig dröm för några nätter sedan. Den var väldigt stark och den handlade om dig, och när jag vaknade var det något inom mig som sa att jag skulle skriva det här brevet. Jag har (sent omsider och efter hårda läxor) lärt mig att lyssna på starka ingivelser. Så sagt och gjort ...

Jag vet inte hur mycket du känner till om mig och om hur mitt liv kom att bli. Jag kan dock föreställa mig att det har pratats en del där hemmavid och jag har full förståelse för om du inte vill ha någon kontakt med mig. Jag har ingen som helst kontakt med någon i min släkt eller någon annan från uppväxten. Jag har som du förstår mycket tid till funderingar här, och jag tänker mycket på vår uppväxt och på allt vi fick med oss ut i livet från de där åren och hur mycket det har påverkat oss senare i livet. Därför är jag så nyfiken på att höra hur du har det nuförtiden! Jag hoppas innerligt att allt löste sig och att du har det bra. Eftersom jag inte vet var du finns någonstans idag eller vad du heter som gift (kan för mitt liv inte minnas vad Göran heter i efternamn!) så skickar jag brevet till ditt barndomshem. Om det är meningen att det ska nå fram till dig så är jag säker på att det gör det. I annat fall kommer det att cirkulera runt ett tag och hålla postväsendet igång och det kan tydligen behövas för där har jag förstått att det är knapra tider.

I vilket fall som helst...

Jag hoppas av hela mitt hjärta att du trots dina svåra år under uppväxten har fått ett bra liv. Det är nog först i vuxen ålder som jag till fullo har förstått hur jobbigt du måste ha haft det. Jag önskar dig allt gott!

Hör av dig om du vill.

Din gamla bästis
Vanja Tyrén

Hon vräkte sig upp ur fåtöljen. Den plötsliga vreden gav henne extra skjuts. Vad var det här för dumheter?

Trots dina svåra år under uppväxten?

Maken till fräckhet var det länge sedan hon upplevt. Vem trodde hon att hon var egentligen som tog sig rätten att skicka sådana nedlåtande påståenden? Hon lyfte brevet igen och läste adressen som stod angiven i arkets nederkant och hennes blick fastnade i det mittersta ordet. Virebergsanstalten.

Själv kunde hon knappt minnas den där människan, som tydligen dessutom satt inspärrad på Vireberg, men som ändå ansåg sig ha rätt att sätta sig till doms över hennes barndom och därmed i förlängningen också hennes föräldrar.

Hon gick ut i köket och slet upp kylskåpet. Kakaoförpackningen stod redan på diskbänken och hon skar snabbt av en bit smör och doppade den i det bruna pulvret.

Hon slöt ögonen när smöret smälte i munnen, kände hur det lättade.

Hennes föräldrar hade gjort allt för henne. Älskat henne! Vem visste det bättre än hon?

Hon knycklade ihop papperet. Det borde vara förbjudet att skicka brev till folk som inte ville ha några. Vad den där människan var ute efter var omöjligt att förstå, men att låta hennes förolämpning stå oemotsagd var mer än hon kunde stå ut med. Hon skulle tvingas svara för att ge sina föräldrar upprättelse. Bara tanken på att utan att själv ha fått välja bli pressad att kommunicera med någon utanför lägenhetens väggar fick henne att skära upp en smörbit till. Brevet var ett påhopp. Ett öppet angrepp. Efter alla dessa år i frivillig isolering hade någon plötsligt klöst sig in genom hennes mödosamt uppbyggda barriär.

Vanja.

Hon mindes så lite.

Om hon ansträngde sig ordentligt kom några lösryckta bilder. De hade umgåtts en del, men några detaljer ville inte ge sig tillkänna. Vagt kunde hon erinra sig ett rörigt hem och att trädgården utanför i perioder hade sett ut som ett skrotupplag. Inte tillnärmelsevis så prydligt som hennes eget hem hade varit. Hon tyckte sig också kunna minnas att hennes föräldrar inte hade samtyckt till umgänget och se där, än en gång hade det visat sig att de hade haft rätt! Som de hade fått kämpa. Hon fick en tjock klump i halsen när hon tänkte på dem. Hon hade inte varit lätt att ha till barn, men de hade vägrat ge upp, de hade gjort sitt yttersta för att hjälpa henne att hitta rätt i livet trots att hon varit så besvärlig och vållat dem så mycket bekymmer. Och så kom den där människan mer än trettio år senare och undrade hur *de* hade påverkats av sin uppväxt, som om hon sökte en medbrottsling till sitt eget misslyckande, någon att skylla på. Vem av dem var det som satt i fängelse? Komma här med sina förtäckta insinuationer och anklagelser när det var hon själv som satt inspärrad. Man kunde ju just undra varför.

Hon tog stöd mot köksbänken när den där smärtan i ryggslutet gav sig tillkänna igen. Ett plötsligt hugg som nästan fick det att svartna för ögonen.

Fast helst ville hon inget veta. Hon ville låta Vanja förbli begravd i det förflutna och låta dammet hon rörde upp lägga sig till ro igen.

Hon tittade på köksklockan. Inte för att de någonsin hade vett att hålla tiden, men de borde komma inom någon timme eller två. Hon öppnade kylskåpet igen. Det förstärktes alltid när något hon inte ville veta av försökte tränga sig på.

Tvånget att fylla på för att få tyst på det som skrek därinne.

3

HAN PÅSTOD ATT han älskade henne. Allt han sa och gjorde tydde faktiskt också på det. Ändå var det så svårt att ta till sig orden. Att han skulle älska just henne.

Vad han försökte få henne att tro var att han fann henne unik, att just hon av alla människor på jorden var den han satte främst, den som var viktigast för honom. Den han under inga omständigheter skulle svika och alltid värna om.

Det var så svårt att ta till sig orden.

För varför skulle en man som Thomas älska just henne? Det var ont om ungkarlar när man började närma sig fyrtio och man behövde bara slänga en blick på honom för att lista ut att han måste vara ett eftertraktat byte. Ändå var det nog hans hjärna som hade fångat henne först. Hans självironiska humor som fick henne att skratta i de mest märkliga situationer. Bara en man som var så fullständigt självklar i sin manlighet kunde skratta så gott åt sig själv. Och bara en man som vågat skaffa sig självinsikt visste vad som var värt att skratta åt. Hon hade aldrig mött någon som honom förut. Han bar på en nyfikenhet och ett aldrig sinande intresse för att lära sig nytt, förstå mera. Beredd att alltid lämna sin invanda uppfattning om någon annan plötsligt verkade mer rimlig, försökte han ständigt se på saker från nya håll. Kanske var det en av anledningarna till hans framgång som industridesigner, eller också var det ett resultat. Hans ovanliga egenskaper och fria tankar fick deras samtal att nå outforskade höjder, hon fick till och med anstränga sig ibland för att hålla samma nivå. Hon fann det sällsamt stimulerande.

Intellektuellt var han tillfullo hennes jämlike. Det var ont om sådana män.

Så varför skulle han bli kär i just henne?

Det måste finnas en hake någonstans. Men hur hon än letade kunde hon inte hitta den.

Visst hade det förekommit män. Korta relationer fanns det gott om i hennes förflutna, andra ambitioner hade styrt hennes val än att lägga ner energi på att försöka förlänga dem. Den långa läkarutbildningen hade krävt hennes fulla uppmärksamhet. Godkänt på en tenta var ett misslyckande, Väl Godkänt ett måste för att känna sig tillfreds och ibland hjälpte inte ens det. Helst skulle hennes lärare ligga raklånga i bänkarna av hänförelse över hennes resultat och duglighet, men det hade hon tvingats inse inte var alldeles lätt att uppnå. Det fanns fler duktiga elever. Därför hade hon ständigt varit uppfylld av sin otillräcklighet, att inte vara duktig nog. Och så hade hon pluggat ännu hårdare.

En efter en hade hennes jämnåriga försvunnit in i äktenskap och familjeliv medan hon till sin mammas stora sorg hade fortsatt sitt liv som ensamstående. Det hände inte lika ofta längre, nu när det ändå snart skulle vara för sent, men i åratal hade hennes mor nogsamt informerat henne om sin stora besvikelse över att hon aldrig skulle få några barnbarn. Och långt där inne, dit varken hennes mamma eller någon annan någonsin fått tillträde, hade Monika delat den.

Det var inte alltid så lätt att leva ensam. Om det var kulturellt eller inte var omöjligt att säga, men någonstans i det mänskliga mysteriet verkade det ändå finnas en grundläggande strävan efter förening. Hennes kropp talade sitt tydliga språk. Efter månader i ensamhet vädjade den om beröring. Och hon hade inga förpliktelser mot någon. Då kunde hon inleda en liten kärleksaffär för att lysa upp tillvaron en stund, men hon lät aldrig känslorna ta över. Hon unnade sig bara behärskad förtjusning och relationen gavs aldrig möjlighet att bli särskilt viktig. Inte från hennes sida i alla fall. Ett och annat hjärta hade nog fått sig en törn av hennes framfart, men ingen hade någonsin tillåtits komma i närheten av den kärna där den lilla Monika bodde, där hon omsorgsfullt gömt undan alla sina rädslor.

Och sin hemlighet.

Sex var ganska enkelt. Det var äkta närhet som var svårt.

Förr eller senare skedde alltid en förskjutning av jämvikten. De började ringa för ofta, vilja för mycket, avslöja sina förväntningar och långsiktiga planer. Och ju större intresse de visade, desto svalare blev hennes eget. Misstänksamt iakttog hon deras växande entusiasm för att sedan avsluta relationen helt och hållet. För hellre ensam än övergiven.

Någon hade kallat henne isdrottning och hon hade tagit det som en komplimang.

Men så mötte hon Thomas.

Det hade hänt på ett tåg, i restaurangvagnen. Hon hade varit och hälsat på några vänner i deras

33

familjeidyll på landet över en helg och tagit tåget så hon kunde använda restiden för att läsa in de nya rönen om fibromyalgi. På hemresan kom svårmodet över henne, efter att i fyrtioåtta timmar ha beskådat vad som fattades i hennes liv. Hur futtigt allt hade blivit. Hon var den som levde, men som ändå inte hade förmåga att göra någonting av det. Men å andra sidan, hur lycklig hade en sådan som hon egentligen rätt att bli?

Hon hade gått till restaurangvagnen för att ta ett glas vin och blivit sittande vid ett av borden, på platsen närmast fönstret. Han hade suttit mitt emot. Inte ett ord hade de sagt, knappt ens växlat en blick. De hade båda betraktat det förbirusande landskapet. Ändå hade hela hennes väsen varit medvetet om hans närvaro. En besynnerlig känsla av att inte vara ensam, att de i tystnaden de delade ändå gjorde sällskap. Hon kunde inte minnas att hon någonsin upplevt något liknande förut.

Hon reste sig när hon såg att de närmade sig stationen där hon skulle stiga av, gav honom bara en snabb blick innan hon gick tillbaka till sin plats för att hämta sin väska. På perrongen sprang han plötsligt ifatt henne.

"Du! Hej, du får ursäkta, verkligen."

Hon stannade förvånad.

"Du tror väl inte jag är klok men jag kände bara att jag måste göra det här."

Han såg generad ut, som om han faktiskt starkt ifrågasatte hela situationen. Men så tog han mod till sig och fortsatte.

"Jag ville bara tacka för sällskapet."

Hon stod tyst och han såg allt mer besvärad ut.

"Ja, vi satt mitt emot varandra i restaurangvagnen."

"Jag vet. Tack själv."

Hans ansikte sprack upp i ett brett leende när han förstod att hon kände igen honom. Han lät nästan ivrig när han fortsatte.

"Ursäkta igen, men jag måste bara få veta om du också kände det?"

"Vadå?"

"Ja liksom … Jag vet inte riktigt hur jag ska säga."

Han såg generad ut igen och hon tvekade lite, men så nickade hon svagt och leendet han gav henne borde ha fått henne att springa all världens väg i ren självbevarelsedrift. Men hon stod kvar, förmådde inget annat.

"Wow!"

Han såg på henne som om hon plötsligt dykt upp ur perrongen och började sedan gräva i sina fickor. Snabbt fick han fram ett skrynkligt kvitto och såg sig omkring, haffade första bästa människa som gick förbi.

"Ursäkta, har du en penna?"

Den utvalda kvinnan stannade och ställde ner sin portfölj, öppnade handväskan och tog fram en kulspetspenna som såg ut att vara av fint märke. Han krafsade snabbt ner något på kvittot och sträckte fram lappen.

"Här är mitt namn och mitt nummer. Jag skulle hellre be om ditt men jag vågar inte."

Kvinnan med portföljen hade ett leende på läpparna när hon fick tillbaka sin penna och gick vidare.

Monika läste på lappen.

Thomas. Och så ett mobilnummer.

"Och om du inte hör av dig så ska jag aldrig mer gå och se en Hugh Grant-film i hela mitt liv."

Hon kunde inte låta bli att le.

"Så glöm inte det nu, att du bär hela hans skådespelarkarriär på dina axlar."

Hon hade tvekat några dagar. Följt sitt vanliga mönster och inte velat visa sig angelägen, men i ärlighetens namn hade han ständigt varit i hennes tankar. Till slut hade hon lyckats övertyga sig själv om att det väl inte kunde göra någon skada om hon hörde av sig. De behövde ju bara ses någon enstaka gång. Att hennes kropp sedan länge hungrade efter beröring hade också gjort det lättare att trycka ner de tio siffrorna.

Den tredje dagen hade hon skickat ett sms.

"Skuldkänslorna mot Hugh börjar bli out-härdliga. Orkar inte bära ansvaret längre."

Han ringde en minut efter att sms:et gått iväg.

Samma kväll åt de sin första middag tillsam-mans.

"Columba livia. Vet du vad det är för nåt?"

Han log och fyllde på hennes glas.

"Nej."

"Brevduvor heter så på latin."

"Djur är inte min starka sida, men om du däre-mot har nån kroppsdel som du är osäker på så kan jag säkert hjälpa dig."

Hon hörde själv hur det lät i samma ögonblick som orden kom ut.

"Jag menar vad dom heter på latin alltså."

Hon kände att hon rodnade och det hörde verkligen inte till vanligheten. Hon såg att han också såg och att det roade honom.

"Min morfar hade ett duvslag när jag var liten, ett sånt där med brevduvor. Jag brukade vara hos honom och mormor på somrarna och då fick jag alltid hjälpa till där i duvslaget. Mata dom, släppa ut dom när dom skulle flygtränas, ringmärkning, ja det var allt möjligt, det där duvslaget var en hel liten vetenskap."

Han såg ut att försjunka i njutbara minnen och hon passade på att studera honom. Han var verkligen vacker.

"Alltså när jag säger att morfar hade ett duvslag så menar jag att han levde för dom där duvorna. Mormor tyckte väl inte alltid att det var riktigt lika kul kanske, men hon lät honom hållas. Vet du hur en brevduva hittar hem?"

Hon skakade på huvudet.

"Dom följer olika magnetfält."

"Jaså, jag trodde dom navigerade med hjälp av stjärnhimlen, det har jag läst nånstans."

"Hur hittar dom på dagarna då i så fall?"

"Ja du…jag har väl kanske inte legat sömnlös och funderat."

Servitören dukade av bordet och de försäkrade att det hade smakat bra och att de inte ville ha någon efterrätt men gärna en kopp kaffe. Monika hade nästan glömt bort duvlektionen när den plötsligt återupptogs.

"Vet du varför dom alltid flyger hem då, och inte sticker nån annanstans?"

Hon skakade på huvudet.

"Hemlängtan."

Han lutade sig fram.

"Dom håller ihop hela livet, ett duvpar. Dom är till och med trogna mot varann hela tiden, så var man än släpper den ena av dom så flyger den tillbaka hem igen. En av morfars duvor hade förmodligen flugit in i en elledning en gång för den hade blivit av med benen när den kom tillbaka, men hem tog den sig lik förbannat, hem till sin livskamrat."

Hon begrundade vad han berättat.

"Det är nästan så man önskar att man blivit en duva istället, i alla fall om man bortser från det där med benen."

Han log.

"Jag vet. Jag brukade tänka så när jag var liten, att när jag blev stor nån gång i en jätteavlägsen framtid och skulle träffa min fru så

39

skulle det kännas precis så, som ett sånt där magnetfält. Det var på det sättet jag skulle förstå att jag hade träffat rätt."

Hon skrapade bort några osynliga smulor från bordsduken för hon kände att hon ville fråga, men ville samtidigt för sitt liv inte verka alltför angelägen.

"Var det så då?"

"Vilket?"

Hon tvekade en aning för hon insåg också att hon egentligen inte ville ha något svar. Så flyttade hon lite på servetten.

"När du träffade din fru."

Han tog en klunk av vinet.

"Jag vet inte."

Hon kunde känna besvikelsen i magen. Hur den drog ihop sig när hon förstod att han var gift. En sådan där fegis utan vigselring. Hon inledde aldrig affärer med gifta män.

"Magnetfältet kände jag, det gjorde jag. Men det där med fru är det väl lite för tidigt att sia om än."

En annan servitör avbröt ögonblicket och frågade om allt var till belåtenhet. Båda nickade utan att släppa varann med blicken och han avlägsnade sig snabbt.

"Så nu förstår du kanske bättre mitt beteende där på perrongen. Eftersom det var första gången jag över huvud taget kände av det där magnetfältet så var jag ju tvungen att göra nåt."

Det var en märklig man hon hade mött. På väg dit hade hon varit öppen för möjligheten att de skulle dela natten tillsammans. Ju längre kvällen led hade hon blivit alltmer tveksam. Inte för att hon inte ville längre, utan för att hon kände att hon ville det alldeles för gärna. Men när saken till slut kom på tal hade det varit hans beslut.

"Jag tänker inte be dig följa med mig hem ikväll."

Hon stod alldeles tyst. De hade stannat i skydd för regnet under markisen utanför restaurangen.

"Det här är ingenting jag vill slarva bort. Det känns alldeles för bra för det."

Hon hade aldrig mött någon som Thomas. De hade skilts åt och han hade lovat att ringa nästa dag, men hans första sms kom redan efter åtta minuter. Natten som följde gick knappsatserna på deras mobiltelefoner varma, formuleringskonsten nådde oanade höjder och hon kom på sig själv med att ligga och le där i mörkret när hon läste hans finurliga meddelanden. Stimulerad av utmaningen fick hon anstränga sig för att frambringa lika sinnrika svar. Så vid femtiden tvingades hon erkänna sig besegrad.

"Livet och natten närmar sig med hast. Aldrig är drömmar så nära som nu."

Han hade fått henne stum.

Och klättrat ytterligare några pinnhål.

Och väntat hade de gjort. Tiden som följde utforskade de varandra. Sakta men säkert, på insidan och utanpå. Två ensamma människor som varsamt närmat sig sin innersta förhoppning om det de alltid saknat, det de alltid drömt en dag skulle få finnas i deras liv. Varje samtal var ett äventyr, varje upptäckt en ny möjlighet till fördjupning. Hon visste att hon aldrig förr hade varit på den plats dit hennes känslor nu hade fört henne. Allt var inlindat i välvilja. Bit för bit lärde hon känna honom, och ingenting av det han berättade eller erkände dämpade hennes intresse. Tvärtom.

Steg för steg närmade de sig ögonblicket och båda var modiga nog att erkänna att de var nervösa som tonåringar, så medelålders de var.

Men som vanligt med Thomas föll sig allt naturligt. En söndagseftermiddag hade det bara inte gått att stå emot längre.

Och hon insåg att hon egentligen varit o-skuld.

Samlag hade hon haft många gånger. Älskat däremot hade hon aldrig gjort förut.

Upplevelsen var omvälvande, genomgripande, så fjärran från hennes vanliga intellektuella herravälde. Att helt och fullt få lösas upp och sammansmälta, inte bara med en annan kropp utan i en absolut närvaro. I en kort stund få välsignas av klarsyn, ana enkelheten i det ofantliga mysteriet med alltings mening. Överväldigas av viljan att släppa alla försvar, blotta sin sårbarhet och i fullständig tillit ställa sig till förfogande, låta ske det som ville ske. Så nära sitt innersta hade hon aldrig varit. Där det inte fanns någon oro och ingen ensamhet.

Men när måndagen kom hade rädslan tagit över henne igen.

Hon hörde inte av sig under hela dagen. När hon lyssnade av sitt mobilsvar efter att sista patienten gått hade han lämnat tre meddelanden och skickat fyra sms. Hon borde ha blivit irriterad. Om allt hade varit som det brukade skulle hans intresse varit dödsdomen för deras relation. Istället blev hon bara ännu räddare. "Du är bara feg", hjälpte inte. Inte ens "Se det som en utmaning".

Hennes vanliga gamla knep för att överträffa sig själv fungerade inte, inte den här gången, utmaningen innebar alltför stora risker. Hon förblev bara spritt språngande skräckslagen.

Hon skulle inte överleva att han ratade henne, att hon släppte honom så nära för att sedan bli övergiven. Det var farligt att göra sig beroende av något som inte gick att kontrollera. Att blotta sig så till den milda grad som hans innerlighet krävde gjorde henne mer sårbar än vad som var uthärdligt.

Halv ett på natten, när hon fortfarande inte hört av sig, stod han utanför hennes dörr.

"Om du inte vill träffa mig mer så får du faktiskt säga mig det rakt upp i ansiktet istället för att gömma dig bakom en avstängd mobiltelefon."

För första gången såg hon honom arg. Och hon såg hur ledsen han var, hur han kämpade mot sin egen rädsla.

Hon sa inget, klev bara in i hans famn och började gråta.

Hon låg på hans arm. Utanför sovrumsfönstret hade det börjat ljusna. Hon låg så nära hon kunde men ändå kändes det inte tillräckligt.

"Vet du vad Monika betyder?"

Hon nickade.

"Den förmanande."

"Ja, på latin. Men på grekiska betyder det den ensamma."

Han vred på huvudet och strök henne över pannan med pekfingret.

"Jag tror aldrig att jag har träffat en människa som så till varje pris försöker leva upp till sitt namn."

Hon blundade. Den ensamma. Så hade det alltid varit. Tills nu. Och nu var hon inte modig nog att låta sig räddas.

Han satte sig upp och vände henne ryggen.

"Jag är ju också rädd, fattar du inte det?"

Hon var genomskådad. Han ägde den förmågan, att se rakt igenom henne. Det var en av hans många egenskaper som hon värdesatte, men som hon i lika hög grad fruktade. Han reste sig och gick fram till hennes sovrumsfönster. Hennes ögon vandrade över hans nakna hud. Så vacker han var.

"Jag har alltid kunnat väga för- och nackdelar, funderat hit och dit på hur jag ska bete mig och dragits in i såna där jävla spel som man håller på med för att inte verka för angelägen. Men det där funkar inte med dig. Jag har längtat nåt så förbannat efter att få drabbas av nåt sånt här, att få känna så mycket att man liksom inte har nåt val."

Hon ville säga något, men inte ett enda ord kunde hon komma på. Alla ord som skulle ha passat låg oåtkomliga långt inne i något skrymsle eftersom de aldrig förr hade behövt användas.

"Jag vet bara att jag aldrig nånsin har känt så här förut."

Han stod där lika naken som sin bekännelse. Hon reste sig upp och gick fram till honom, ställde sig nära bakom hans rygg och stack in sina armar under hans.

"Så lämna mig aldrig ensam med en stum telefon igen. Jag vet inte om jag klarar det en gång till."

Han var den modigaste man hon någonsin träffat.

"Förlåt."

I ett svindlande ögonblick vågade hon känna fullständig tillit, vila sig i känslan av att vara alltigenom älskad. Hon kände tårarna komma igen, hur något svart och hårt där inuti höll på att lösas upp.

Han vände sig om och tog hennes ansikte mellan sina händer.

"Jag begär bara en enda sak och det är att du är ärlig, att du säger som det är så att jag förstår vad det är som händer. Om vi bara är ärliga så behöver ingen av oss vara rädd. Eller hur?"

Hon svarade inte.

"Eller hur?"

Först då nickade hon.

"Jag lovar."

Och just i den stunden menade hon det.

De skulle äta middag på kvällen. Morgonen efter skulle hon iväg på sin kurs och hon längtade redan efter honom. Fyra dagar. Fyra dagar och fyra nätter utan hans närhet.

Hennes mamma hade blivit upprörd. Inte över kursen som sådan, men över att graven skulle stå mörk i flera dagar. Monika hade lovat att skynda sig hem. Att hon skulle hämta upp henne vid tre på söndagen när hon var tillbaka.

Hon valde länge bland galgarna i garderoben. Egentligen hade hon redan bestämt vad hon skulle ha på sig, visste så väl vad han gillade bäst, men hon ville ändå en sista gång förvissa sig om att hon inte tog fel. På vägen förbi fönstret stannade hon till vid en av orkidéerna och nöp av en vissen blomma. De andra stod fortfarande i sin fullaste prakt och hon betraktade den perfekta skapelsen.

Så vansinnigt vacker, så i absolut symmetri, så helt utan brister och fel. Ändå hade han jämfört henne med dem när han fått syn på dem i krukan i sovrumsfönstret, så riktigt klok var han väl ändå inte. En orkidé var perfekt. Hon var det inte. Han ägde förmågan att få henne att känna sig unik, både inuti och utanpå. Men bara när han var i närheten och hon kunde vila i hans övertygande blick. När den inte fanns där tog det andra över, det hon visste fanns där inne och som inte var värt någon kärlek. Snabbt och skoningslöst tog det tillbaka sin förlorade mark.

Hon tvekade i dörren när hon skulle ge sig iväg. Om hon gick nu skulle hon hinna precis i tid. Vad skulle hända om hon kom för sent? Ganska mycket för sent. Hur irriterad skulle han bli? Kanske skulle det få honom att inse att hon inte var så underbar som han inbillade sig. Då kanske han äntligen skulle avslöja sina dolda sidor, röja den där haken som hon var förvissad måste finnas någonstans. Visa att han bara älskade henne så länge han trodde att hon var perfekt. Hon stängde av mobilen och satte sig på hallbänken.

I fyrtiofem minuter lät hon honom vänta. All-

48

deles genomblöt stod han mitt på torget när hon till slut kom springande. Han hade vägrat att lämna deras mötesplats.

"Äntligen, Gud vad orolig jag blev, jag trodde att det hade hänt nåt."

Inte ett ont ord. Inte den minsta tillstymmelse till irritation. Han drog henne intill sig och hon gömde ansiktet mot hans blöta jacka och skämdes. Men riktigt övertygad var hon inte. Inte ända längst in.

De sov tillsammans hemma hos henne den natten. När morgonen kom och hon snart skulle ge sig iväg dröjde han sig kvar och höll henne länge i sina armar.

"Jag har räknat ut att du ska vara borta i hundraåtta timmar, men jag är inte säker på att jag klarar mer än åttiofem."

Hon kröp intill honom och vilade i ett nytt svindlande ögonblick. Hon ville stanna den här gången. Ge livet självt möjlighet att få bestämma för en gångs skull.

"Du vet att jag snart kommer hem igen, driven av magnetisk hemlängtan."

Han log och kysste henne på pannan.

"Men vad du än gör så se upp för elledningar."

Hon log och såg på klockan att det var hög tid att gå. Hon hade så gärna velat säga de där tre orden som var så svåra att uttala. Istället la hon läpparna helt lätt mot hans öra och viskade.

"Jag är så glad för att just jag blev din duvhona."

Och i den stunden kunde ingen av dem ens i sin vildaste fantasi föreställa sig att den Monika som snart skulle ge sig iväg aldrig mer skulle komma tillbaka.

4

DET TOG FYRA dygn innan hon lyckades samla sig tillräckligt för att börja formulera ett svar. Nätterna var fyllda av oroliga drömmar, alla utspelade sig i närheten av stora vatten. Enorma skepnader svävade fram under vattenytan som svarta moln, och fastän hon stod på land upplevde hon dem som hotfulla, som om de ändå skulle kunna komma åt henne. Hon hade varit smal igen och kunnat röra sig obehindrat, men något annat hade hindrat henne från att röra sig. Det var någonting med hennes ben. Flera gånger hade hon vaknat när en jättevåg kom vältrande mot henne och hon just hade insett att hon inte skulle komma undan.

Den stora kudden bakom hennes rygg hade varit blöt av svett. Hon önskade så att kunna få lägga sig ner ordentligt. Att en enda natt få ligga ner och sova som en vanlig människa. Den möjligheten existerade inte längre. Om hon la sig ner skulle hon kvävas av sin egen tyngd.

Det hade gått så många år sedan hon sist formulerade ett brev. Brevpapper hade hon fått en av de små människorna att köpa åt henne redan första dagen, men hon hade stoppat undan det i översta byrålådan på skrivbordet. Där låg redan brevet som skulle besvaras, hjälpligt utslätat efter att ha blivit ihopknycklat, och varje gång hon passerade drogs hennes blick till de sirliga mässingsbeslagen.

De senaste dagarna hade några fler minnesfragment dykt upp ur djupen. Korta bildminnen där Vanja fanns med. Vanja skrattande på en blå cykel. Vanja djupt försjunken i en bok. Hon hade klart och tydligt sett hennes mörkbruna hästsvans som alltid var uppsatt med ett rött gummiband. Och så en diffus bild av vedboden där hemma, vad det nu hade med saken att göra. Små skärvor som inte ville lägga sig tillrätta. Små sakliga fragment som var helt utan känslomässig innebörd.

Hon hade tömt kylskåpet. Allt var uppätet. Vid tre tillfällen hade suget blivit så våldsamt att hon fått ringa pizzabudet. Det stod en halvtimme på beställningslistan, men precis som alla andra idioter höll de aldrig tiden.

Att något som var tomt kunde värka så myc-
ket.

Brevet var ständigt närvarande i hennes tankar.
Helst av allt skulle hon bara vilja riva sönder och
kasta bort det, men det var för sent. Hon hade
läst orden och de hade etsat sig fast där inuti och
var omöjliga att negligera. Och värst av allt var
att vreden börjat ge vika för att plötsligt lämna
plats för något annat. En dunkel förnimmelse av
bävan.

Ensam.

Den känslan hade inte stört henne på mycket,
mycket länge.

Och värst var nätterna.

Hon försökte intala sig själv att hon inte hade
något att vara rädd för. Vanja satt inlåst och kunde
inte komma åt henne, skulle det dyka upp ett nytt
brev kunde hon slänga det oläst. Hon skulle inte
låta sig lockas i fällan en gång till.

Men inga kloka ord hjälpte. Och hon insåg att
det egentligen inte var Vanja som skrämde henne.
Det var något annat.

Den här morgonen gick hon upp tidigt, innan det
ens hunnit bli ljust. Hon vågade aldrig ställa sig

i duschen när det fanns risk att någon av de små människorna skulle komma på henne. Det var så svårt att torka sig ordentligt mellan alla valkar och hon insåg hur eksemen på ryggen måste se ut. Klådan skvallrade. Om de fick syn på henne skulle de slå larm, och aldrig i livet att hon skulle tillåta att någon smörjde in henne. Två klänningar hade hon som hon fortfarande gick i. Fotsida tält med en öppning i nocken. Hon hade fått dem uppsydda för femton år sedan och hon ville inte tänka på att den ena snart skulle vara för liten.

När Saba hade fått sin morgontur på gräsmattan och balkongdörren var stängd gick Maj-Britt ut i köket och satte sig vid köksbordet. Hon tittade på klockan. Det borde vara tre, fyra timmar tills någon skulle dyka upp, men vad visste hon? De kom ju och gick lite som de behagade. Men skulle hon vara ärlig så var de efterlängtade idag. Den tomma magen skrek efter påfyllning. Och trots den förebrående blicken hade hon beställt extra varor.

Hej Vanja.

Hon hade egentligen ingen som helst lust att säga hej till henne, men hur inledde man annars ett brev? Och hur bemötte man underförstådda förolämpningar utan att avslöja hur mycket de hade stört? Hon ville verka sval och oberörd, visa att hon stod över pinsamheterna en förvirrad intern ansett sig berättigad att skriva.

Som du trodde blev jag minst sagt förvånad över ditt brev. Det tog en stund innan jag kom ihåg vem du var. Det har ju som sagt gått några år sedan vi sågs. Både jag och familjen mår bra. Göran arbetar som avdelningschef på ett stort företag som tillverkar hushållsmaskiner och själv arbetar jag inom bankväsendet. Vi har två barn som just nu studerar utomlands båda två. Jag är mycket nöjd med mitt liv och har bara glada minnen från uppväxten. Mor och far gick bort för många år sedan och saknaden efter dem är stor. Därför åker vi inte upp så ofta längre, utan reser hellre utomlands på semestrarna. Jag har därför inte pratat med någon och vet ingenting om varken dig eller ditt öde. Jag förstod dock på adressen att du hade hamnat i tråkigheter.

Ikväll ska jag och Göran gå på teater så därför måste jag sluta nu.

Hälsningar
Maj-Britt Pettersson

Hon läste igenom vad hon skrivit. Utmattad av ansträngningen beslöt hon sig för att det fick duga. Nu ville hon bara ha ut det ur lägenheten och postat så att hon kunde lämna alltihop bakom sig.

Det hade tagit emot att skriva hans namn.

Människan kom vid ettiden den här dagen och det var en ny, en hon aldrig hade sett förut. Det var ännu en av de där unga flickorna, men den här var åtminstone svensk. En av dem som gick klädda i utmanande tröjor och linnen med bh-banden synliga. Och sedan blev de förvånade över att våldtäkterna ökade i samhället. När unga flickor gick klädda som luder. Vad skulle karlarna tro?

"Hej, Ellinor heter jag."

Maj-Britt såg med avsmak på hennes framsträckta hand. Aldrig i livet att hon tänkte ta den.

"Du kanske inte har blivit informerad om rutinerna i det här hushållet?"

"Vadå menar du?"

"Jag hoppas att du åtminstone fick med dig rätt inköpslista när du handlade."

"Ja, det tror jag."

Inkräktaren fortsatte att le och det retade upp

Maj-Britt ännu mer. Hon tog av sig en sliten jeansjacka prydd med små färgglada plastmärken som fick plagget att om möjligt ge ett ännu mer ovårdat intryck.

"Ska jag ställa in i kylskåpet eller vill du göra det själv?"

Maj-Britt synade henne från topp till tå.

"Du ska ställa kassarna på köksbordet."

Hon plockade alltid in maten själv, men bära kassarna kunde hon inte längre. Matvarorna ville hon veta var de stod. Ifall det skulle bli bråttom.

När hon blev ensam i hallen tog hon sig en titt på de små plastmärkena. Med pincettgrepp drog hon ut jackan och fnös när hon ögnade igenom dem: Ingen får tiga! JUSTICE PAYS LIFE, Feminist – Javisst!, IF I AM ONLY FOR MY SELF – WHAT AM I? Ett stearinljus inlindat i taggtråd med texten RIGHTS FOR ALL. Mängder av små medvetna budskap om ditten och datten som hade hon ensam tagit på sig ansvaret att förändra världen. Nåja, det där skulle gå över när hon blev lite äldre och förstod hur den fungerade.

Hon hörde den lilla människan gå in i badrummet och hur vatten spolades i en hink.

Det tog väl en halvtimme för henne att bli klar. Maj-Britt stod vid balkongdörren och väntade på att Saba skulle komma in. Ute på lekplatsen stod en pappa och sköt fart på en gunga. Ett barn som knappast kunde vara äldre än ett år kiknade av skratt när gungan vände håll och föll tillbaka mot hans utsträckta armar. Hon hade ofta sett dem där. Ibland var mamman också med, men hon verkade ha ont någonstans för ibland fick mannen hjälpa henne upp om hon satt sig ner på parkbänken. Saba höll sig nära balkongen och brydde sig aldrig om dem hon stötte på där ute. Och bajset skickade Maj-Britt ut hemtjänsten att plocka upp, hon ville inte ha några klagomål på deras arrangemang från de omkringboende.

Hon öppnade balkongdörren för att släppa in Saba. I samma stund öppnades ett fönster på andra våningen mittemot och mamman till barnet i gungan stack ut huvudet.

"Mattias, det är nån i telefon som undrar om du vill ha skjuts till kursen. Nåt om samåkning."

Maj-Britt hörde inget mer för nu var Saba inne igen och då fanns ingen anledning att hålla öppet. Hon drog igen balkongdörren. När hon vände sig om stod Ellinor i rummet.

"Jag kan gå ut med henne lite om du vill. Det

58

gick så snabbt att städa så jag hinner gå en liten sväng."

"Varför skulle du göra det? Hon har ju just varit ute."

"Jamen jag tänkte om hon kanske ville gå en längre promenad. Det kanske vore bra för henne att röra på sig lite."

Maj-Britt log inombords. Den här var kavatare än de flesta men det skulle nog gå att få ur henne på ett eller annat sätt.

"Varför tror du hon behöver det?"

"Lite motion är väl alltid bra."

"För vadå?"

Hon såg att blicken blev osäker. Hur hon plötsligt valde bättre bland orden och det behövdes sannerligen. Målsättningen var att hon inte skulle välja några alls.

Maj-Britt släppte henne inte med blicken.

"Vad menar du skulle hända om man inte rör på sig?"

Den här gången förblev det äntligen tyst.

"Du kanske menar att man kan bli tjock då, om man inte motionerar?"

"Det var bara ett förslag. Jag ber om ursäkt."

"Vad du säger är alltså att det vore alldeles förfärligt att bli tjock. Eller?"

Så. Den här torde inte bli några problem i fortsättningen.

Ellinor hade redan öppnat ytterdörren när Maj-Britt stack åt henne brevet.

"Kan du posta det här?"

"Visst."

Hennes blick sökte nyfiket av adressen precis som Maj-Britt hade förutsatt.

"Jag bad dig inte att leverera det personligen. Bara att lägga det i en postlåda."

Ellinor la ner brevet i sin handväska.

"Tack för idag. Det blir jag som kommer nästa gång också, så då ses vi igen."

När hon inte fick något svar stängde hon dörren efter sig. Maj-Britt tittade på Saba och suckade.

"Vi kan knappt bärga oss, eller hur?"

Det blev som hon trott, lite lättare. Så fort brevet försvann ur lägenheten hade dess väggar lyckats återta något av sin gamla förmåga, att garantera en gräns mellan henne och allt därutanför som hon inte ville ha med att göra. Hon kände sig trygg igen.

Två dagar hann hon glädja sig. Sedan var Ellinor tillbaka igen, och Maj-Britt förstod direkt att hon inte hade förmått täppa till truten på henne så ordentligt som hon hade räknat med. Människan hade inte befunnit sig mer än ett par minuter i lägenheten förrän hennes svada på nytt gjorde en djup reva.

"Du. Är det okej att jag ställer en fråga? Jag vet att du inte tycker om att prata med nån av oss som kommer men …"

Hon hade både frågat och svarat själv. Varför skulle då Maj-Britt behöva lägga sig i hennes samtal. Hon mötte Sabas blick och de var över-ens. Den här människan skulle de se till att få utbytt.

"Det där brevet som jag postade."

Hon hann inte ens avsluta meningen innan Maj-Britt av hela sitt hjärta önskade henne ut ur lägenheten så att hon ostört skulle kunna öppna kylskåpet och välja vad hon skulle stoppa i sig.

"Var det den Vanja Tyrén?"

Hon var fångad igen. Än en gång försökte hennes för länge sedan bortglömda "bästis" tvinga in henne i något som hon själv inte valt. Hon tänkte inte tillåta det. Hon tänkte inte svara. Men det hjälpte inte. När Ellinor inte fick något svar fortsatte hon på egen hand och orden hon sa fick revorna att växa till stora hål ut mot den fientliga omvärlden.

"Den Vanja Tyrén som hade ihjäl hela sin familj?"

5

LEDARSKAP – verktyg och metoder för att leverera resultat.

Hon hade tackat ja till kursen för flera månader sedan, långt innan Thomas kom in i hennes liv. På den tiden när alla sällsynta avbrott i den enformiga vardagen hade varit mer än välkomna. Då hade hon sett fram emot att åka.

Nu var allt annorlunda. Nu förstod hon inte ens hur hon skulle stå ut de fyra dygn som kursen skulle vara.

Det var ett läkemedelsföretag som bjudit henne på kursavgiften. Inte ett ögonblick hade de lyckats inbilla henne att de oroade sig för hennes ledarskapsbegåvning eller förmåga att som chef motivera sin personal. Möjligen oroade de sig för hennes förmåga att motivera sin personal att välja just deras läkemedel när de skrev ut sina recept, men båda parter deltog i spelet. Det var inte första gången ett läkemedelsföretag visade någon av klinikens läkare lite extra uppskattning. Och knappast den sista heller.

Hon tyckte själv inte att hon var en särskilt bra chef, men så vitt hon visste var personalen på avdelningen tillfreds. Hennes dåliga chefsegenskaper gick sällan ut över dem, tvärtom, det var nog snarare hon själv som fick mest merarbete. Att delegera tråkiga uppgifter hade alltid burit henne emot, det var enklare att göra dem själv för att slippa sura miner. Hon kände alltid ett behov av att kompensera den person som hon bad att göra något, allt för att hålla vederbörande på gott humör. Men egentligen handlade det nog mer om att försäkra sig om fortsatt uppskattning. Att ingen skulle tycka illa om henne.

I sin läkarroll hade hon bättre självförtroende. Om hon inte ansetts som kompetent och målmedveten hade hon aldrig blivit erbjuden tjänsten som chef för fyra år sedan. Kliniken drevs i privat regi med en stiftelse som största ägare i aktiebolaget, och att bli erbjuden en tjänst som chefsläkare var ett tydligt erkännande. Nio mottagningar fanns det i huset, och hon var chef över Allmänkirurgin. Men som sagt, hennes ledaregenskaper kunde sannerligen utvecklas, och hade det varit i hennes förra liv, det som pågick tills hon träffade Thomas, skulle hon ha kastat sig över uppgiften med hela sin håg. Nu kändes det inte lika viktigt längre. Thomas tyckte att hon dög som hon var, trots alla brister. Just nu ville hon bara få vila i den känslan.

Bara en brist hade hon inte avslöjat än.

Den fulaste, lägsta av dem alla.

Hon stod vid busstationen och väntade. Thomas hade skjutsat henne och trots att de blivit anmodade att hålla sina mobiltelefoner avstängda under de fyra dygn som workshopen varade hade hon lovat att ringa varje kväll. Nu ångrade hon att hon inte tagit sin egen bil. En kvinna som hon inte kände hade ringt och frågat om de skulle samåka, sa att hon hade fått Monikas namn och nummer av kursledningen, och varför inte? Det hade hon i alla fall tyckt då precis när frågan uppkom. Nu hade hon helst velat ha stunden för sig själv. Fått sitta alldeles ensam och njuta av den hisnande känsla hon erfor. Allt var plötsligt förvandlat till en trygg, upprymd förväntan. Det var fulländat, hon behövde inget mer. Om det var detta som kallades lycka så förstod hon plötsligt all mänsklig strävan.

Hon såg på klockan. Halv nio hade den hunnit bli och kvinnan hade lovat att plocka upp henne tjugo över åtta. Nästan tio mil var det till kursgården, och om de inte kom iväg snart skulle de komma för sent till första samlingen. Hon satte alltid en ära i att vara punktlig och kände ett litet styng av irritation.

Hon vände sig om och slängde en blick mot Pressbyrån. Utan att hon valt det själv tog hon in kvällstidningarnas löpsedlar.

13-ÅRIG flicka hölls som SEXSLAV i tre månader.

Och så konkurrenten bredvid.

8 av 10 får fel diagnos. HOSTA kan vara DÖDLIG SJUKDOM. Testa om du är drabbad.

Hon skakade på huvudet. Det var nästan så det gick att misstänka att tidningsmakarna var utbildade i neurovetenskap. Att vädja rakt till sina presumtiva köpares primitiva alarmsystem var en tvärsäker metod om man ville fånga deras uppmärksamhet. Längst inne i urhjärnan låg det inbäddat, och som hos alla andra däggdjur hade det till uppgift att ständigt söka av omgivningen efter möjlig fara. Löpsedlarna var en enda stor varningssignal. Ett möjligt hot som uppstått. Vad den rädde behövde bli upplyst om var *varför*, inte bara *hur* och särskilt inte i vidriga detaljer. Det fick ingen rädsla att upphöra utan snarare tvärtom, och i förlängningen misstänkte hon att kvällstidningarnas löpsedlar hade större inverkan på samhällsklimatet än vad folk var medvetna om. Ingen kunde undgå dem, och var skulle läsarna göra av all den rädsla som ständigt fylldes på annat än att stoppa undan den i något skrymsle och låta den ligga där och späda på misstänksamheten mot främlingar och en allmän känsla av hopplöshet.

Att människor köpte tidningar med sådana löpsedlar var den primitiva urhjärnans triumf över hjärnbarkens intelligens.

En röd skåpbil kom körande i hög fart bortifrån Storgatan men hon ägnade den inte mycket intresse. Börjes Bygg stod tryckt med stora bokstäver längs sidan. Om hon mindes rätt hade kvinnan presenterat sig som Åse. Bilen saktade in och stannade med motorn igång. Kvinnan bakom ratten var i femtioårsåldern och lutade sig över passagerarsätet för att veva ner sidorutan.

"Monika?"

Hon drog upp handtaget till sin rullande resväska och gick mot bilen.

"Jaha, det var du i alla fall, hej, ja det är jag som är Monika."

Kvinnan kravlade sig tillbaka till förarsidan och hoppade ur. Väl framme hos Monika sträckte hon fram handen och presenterade sig.

"Jag är ledsen att du fick vänta men tror du inte att bilen vägrade starta. Jösses vilken kalabalik det blev. Jag fick ta min mans istället och jag hoppas att det är okej, jag har försökt skrapa av den värsta skiten från sätena."

Monika log. Det behövdes bra mycket mer än en skåpbil för att dämpa hennes goda humör.

"Jamen självklart."

Åse tog hennes väska och hivade in den i skåpet. Monika skymtade en metalltavla med snickeriverktyg och en fastsurrad såg med rund klinga innan Åse drog igen sidodörren igen.

"Det var tur att vi bara blev två. Jag försökte få tag på några till härifrån men tack och lov hade dom redan organiserat sin samåkning, annars hade dom fått ligga i skåpet."

"Jaha, så det var fler härifrån?"

"Fem stycken. Jag vet bara att nån var från kommunen och nån från KappAhl tror jag det var. Eller det kanske var Lindex, jag kommer inte ihåg."

Monika öppnade dörren och tog sig upp i passagerarsätet. En grön doftgran dinglade från backspegeln. Åse följde hennes blick och suckade.

"Jag älskar verkligen min man men särskilt god smak har han aldrig haft."

Hon öppnade handskfacket och slängde in granen. Doften dröjde sig kvar i hytten och hon vevade ner rutan innan hon la i växeln och körde iväg.

"Så."

Ordet kom i en lättad utandning.

"Äntligen på väg. Ett par sådana här morgnar om året och man blir inte gammal."

Monika såg ut genom sidorutan och log. Hon hade redan lust att ringa.

Kursgården såg ut som en äldre pensionatsbyggnad. Gul med vita knutar och ett nybyggt annex intill med alla hotellrum. Resan hade varit full av goda skratt och kloka insikter. Åse hade visat sig vara både skärpt och rolig och kanske var humor en nödvändig egenskap med tanke på att hon var chef för ett behandlingshem för missbrukande tjejer i lägre tonåren.

"Jag vet egentligen inte riktigt hur man orkar

när man får höra allt som en del av tjejerna har upplevt. Men varje gång man inser att man har varit med och hjälpt nån av dom att komma vidare och bryta sitt beteende så har det varit värt allting."

Världen var full av heroiska människor.

Och av sådana som önskade att de varit en.

Det stod på schemat som de fått hemskickat att kursen skulle börja med samling och presentation av ledare och deltagare. Resten av eftermiddagen skulle de få lära sig hur man motiverade sina medarbetare genom att "förstå människans grundläggande behov". Monika kände hur intresset falnade. Hon ville hem, och när hon fått nyckeln och checkat in på sitt rum passade hon på att ringa. Han svarade efter första signalen fastän han satt i möte och egentligen inte kunde prata. Och efteråt var hennes motivation att "förstå människans grundläggande behov" ännu mindre.

Hon var redan fullärd.

"Ja, då vet ni vem jag är så då är det dags för oss alla att få veta vilka ni är. Vad ni heter står på era namnbrickor så det kan ni hoppa över. Men vilka ni är det har vi andra ingen aning om."

Tjugotre nyanlända deltagare satt i en ring av stolar och lyssnade uppmärksamt på kvinnan i dess mitt. Hon var den enda som verkade bekväm i situationen, de sittandes blickar svepte tämligen besvärat längs ringen. Monika slogs av hur påtagligt det var. Tjugotre vuxna personer, alla i chefsposition och flera i kostym, plötsligt ryckta ur sina trygga bekvämlighetsramar och utan någon som helst kontroll över sin situation. Som genom ett trolleri satt där istället tjugotre små ängsliga barn. Hon kände det själv, obehaget kröp i kroppen och inte ens tanken på Thomas fick hennes belägenhet att kännas mer uthärdlig.

"Med tanke på kursinnehållet i eftermiddag så har jag ett förslag och en önskan om vad jag skulle vilja höra er berätta om er själva, så därför tänkte jag inleda med en liten övning."

Monika mötte Åses blick och de utbytte ett litet leende. Åse hade berättat i bilen att hon aldrig varit på en "personlighetsutvecklande" kurs förut och att hon i grunden var en aning skeptisk. Det var avsnittet om stresshantering som hade lockat henne.

Kvinnan i mitten fortsatte:

"Till att börja med vill jag att alla sluter ögonen och blundar."

Deltagarna sneglade osäkert på varandra i en stum fråga innan de en efter en drog sig tillbaka in i mörkret. Där inne kände Monika sig ännu mer utlämnad, som om hon suttit naken där på stolen och inte längre visste inför vems blickar hon behövde skyla sig. Ett stolsben skrapade mot golvet. Hon ångrade att hon låtit sig mutas.

"Jag tänker nämna sex ord. Jag vill att ni är uppmärksamma på era tankar och framförallt lägger märke till det första specifika minne ni kommer att tänka på när ni hör dom."

Någon harklade sig på Monikas vänstra sida. Annars var allt tyst. Bara ett svagt sus från ventilationssystemet.

"Är ni redo? Då börjar vi nu."

Monika ändrade ställning på stolen.

Kvinnan gjorde långa pauser mellan orden för att ge dem tid att sjunka in.

"Fruktan. Sorg. Vrede. Svartsjuka. Kärlek. Skam."

En lång tystnad följde när Monika blev alltför medveten om både sina tankar och till vilket specifikt minne de lett henne. Sex spikraka tankar som obönhörligt tvingat henne till just det minne som hon helst av allt ville få glömma. Hon öppnade ögonen för att göra sig fri.

Impulsen att resa sig och gå därifrån var överväldigande.

De flesta runtomkring satt fortfarande med ögonen slutna, bara några få hade som hon flytt från upplevelsen bakom ögonlocken. Nu möttes deras skamsna blickar för att vilset skynda vidare i jakt på en utväg.

"Är ni klara? Då kan ni öppna ögonen igen."

Ögon öppnades och kroppar rörde på sig. Någon log och andra såg ut att begrunda vad de tänkt.

"Gick det bra?"

Många nickade och andra såg mer tvivlande ut. Monika satt alldeles stilla. Inte med en min lät hon röja vad hon kände. Kvinnan i mitten log.

"Det sägs att dom här sex känslorna är universella och att dom finns inom alla kulturer på jorden. Eftersom vi under nästa pass ska tala om människans grundläggande behov så vore det ju ganska korkat att inte se oss själva som experter. Vad jag tror är nämligen att det ni tänkte på nu när vi gjorde det här är den händelse, eller åtminstone en av få händelser, som har varit mest avgörande i era liv och som har påverkat er mest."

Monika knöt handen och kände naglarna pressas in i handflatan.

"Den som har lust att använda sin presentation till att berätta för oss andra vad ni tänkte på är mer än välkommen att göra det. Men jag kan naturligtvis inte tvinga er, och framförallt kan jag ju inte kontrollera att ni talar sanning."

Spridda leenden, från någon till och med ett skratt.

"Vem vill börja?"

Ingen anmälde sitt intresse. Monika försökte göra sig osynlig genom att sitta alldeles stilla med blicken djupt i knät. Hon hade åkt hit frivilligt. Det var omöjligt att förstå i detta ögonblick. Så förnam hon en rörelse på sin högra sida och insåg till sin fasa att han som satt där räckte upp sin hand.

"Jag kan börja."

"Bra."

Kvinnan närmade sig leende för att kunna urskilja bokstäverna på hans namnbricka.

"Mattias, varsågod."

Monika hade hjärtklappning. Hans handuppräckning hade skapat en naturlig startordning och plötsligt stod hon näst på tur. Hon måste komma på något att berätta.

Något annat.

"Jaha, jag gör väl som jag blivit tillsagd då

som den lydiga elev jag är och hoppar över alla formella fakta och annat och går rakt in på väsentligheterna."

Monika vred på huvudet och sneglade på honom. Strax över trettio. Jeans och en stickad polotröja. Han lät leende blicken vandra längs ringen som en hälsningsgest och i en sekund möttes deras blickar. Hela han utstrålade säkerhet utan att för den skull verka stöddig. Bara en sund självkänsla som fick omgivningen att koppla av. Men henne hjälpte det inte.

Han kliade sig lite i nacken.

"För mig var det inte ett specifikt ögonblick jag kom att tänka på utan en process som pågick under flera år. Men jag hade inte behövt göra den här övningen för att få veta att det viktigaste ögonblicket i mitt liv var när min fru tog sina första stapplande steg igen."

Han tystnade, petade lite på något på sitt ena armstöd och harklade sig.

"Det är drygt fem år sedan nu. Vi var ganska avancerade sportdykare på den tiden, jag och Pernilla, och när olyckan hände var vi ute med fyra kompisar och dök på ett vrak."

Han hade berättat detta många gånger, det märktes. Orden kom löst och ledigt och inget var svårt att medge.

"Det var inget speciellt märkvärdigt, vi hade gjort liknande dyk hundratals gånger förut. Jag vet inte hur många av er som kan nåt om dykning, men för er som inte vet nåt så dyker man alltid i par. Även om man är en grupp så har man alltid en buddy som man håller ihop med under dyket."

En man i kostym på andra sidan ringen nickade som för att bevisa att han minsann också kände till dykreglerna.

Mattias log och nickade åt honom innan han fortsatte.

"Den här gången dök Pernilla med en annan kompis. Jag och min buddy var väl nere tre kvart eller så och vi var först upp. Jag minns att jag hann ta av mig tuberna och att vi snackade lite om vad vi sett därnere men så började det gå lite väl lång tid och dom enda som inte kommit upp var Pernilla och Anna."

Nu hände något med tonen. Kanske kunde man berätta om en riktigt svår upplevelse hur många gånger som helst utan att det blev lättare. Monika visste inte. Hur skulle hon kunna veta?

"Jag hade inte varit uppe tillräckligt länge för att gå ner igen och dom andra försökte hindra mig, ja ni vet det här med kväveupptagning och så, men skit samma, jag bestämde mig för att gå ner igen i alla fall. Det var som om jag kände att nåt var fel."

Han avbröt sig, tog ett djupt andetag och log urskuldande.

"Ni får ursäkta, jag har berättat det här massor av gånger men …"

Monika kunde inte se vem som satt på hans högra sida, men hon såg på handen att det var en kvinna. Handen la sig över hans i en medkännande gest och försvann sedan utom synhåll. Mattias visade med en nick att han uppskattade välviljan och valde sedan att fortsätta.

"I alla fall, jag mötte Anna halvvägs ner och hon var alldeles hysterisk. Ja, vi kunde ju inte prata men vi tecknade till varandra och jag förstod att Pernilla fastnat nånstans i vraket och att luften höll på att ta slut."

Nu återkom självklarheten i hans röst. Som om han verkligen ville få alla att förstå. Dela hans upplevelse. Han lät nästan ivrig när han fortsatte:

"Jag tror aldrig att jag har blivit så rädd förut i hela mitt liv men det som hände var så märkligt. Allting blev liksom kristallklart. Jag skulle bara ner och hämta henne, det var bara så, det fanns inte en annan tanke."

Monika svalde.

"Jag vet inte om det är så att det finns nåt slags sjätte sinne som kopplas på i såna lägen för det var som om jag kunde känna var hon var nånstans. Jag hittade henne med en gång inne i vraket."

Nu flödade orden igen. Hans händer viftade i luften för att understryka vad han sa.

"Hon var inte vid medvetande och låg halvt begravd under en massa bråte som rasat över henne, jag minns varenda detalj som om jag sett dom på en film."

Han skakade på huvudet som om han själv fann det obegripligt.

"Jag fick i alla fall upp henne men sen tar minnena slut. Jag minns nästan ingenting, dom andra har fått berätta vad som hände."

Han blev tyst igen. Monika drev sina naglar hårdare in i handflatan.

Allt han hade gjort som hon inte.

"Hon hade skadat ryggraden när den där väggen rasade över henne. Jag låg i tryckkammare så första dygnet kunde jag inte vara hos henne och det var nästa pärs."

Han petade återigen på sitt armstöd och den

här gången blev pausen längre. Ingen sa något. Alla satt tysta och inväntade fortsättningen, lät honom få den tid han behövde. Så lämnade blicken armstödet igen och nu var han allvarlig. Alla var medvetna om hur tungt det hade varit, vilka spår olyckan lämnat i hans liv. När han fortsatte var tonen redogörande och saklig.

"Ja, jag ska inte prata hela eftermiddagen, men för att göra en lång historia kort så kämpade hon i nästan tre år för att lära sig gå igen. Och som om inte det vore nog så visade det sig att vår premie till försäkringsbolaget hade kommit in två dagar för sent så dom vägrade att betala ut en enda spänn under hela rehabiliteringen. Men Pernilla var helt fantastisk, jag fattar bara inte hur hon orkade. Hon slet som ett djur dom där åren och det var bara så skitjobbigt att inte kunna göra nåt mer än att stå bredvid och peppa."

Så såg han sig om längs ringen och log igen.

"Så den dagen när hon tog sina första steg kan jag ärligt säga är den bästa i hela mitt liv. Den och när vår dotter Daniella föddes."

Det var alldeles stilla. Mattias såg sig omkring och till slut var det han själv som stack hål på den respektfulla tystnaden.

"Ja, den lilla episoden var vad jag kom att

tänka på."

Spontana applåder bröt ut, ökade i styrka och ville inte ta slut. Ljudet reste sig som en vägg omkring Monika. Kvinnan som ledde kursen hade satt sig på en ledig stol medan han talade men när applåderna började ebba ut reste hon sig upp och vände sig mot Mattias.

"Tack för en otroligt gripande och intressant berättelse.

Jag skulle bara vilja ställa en fråga om det är okej."

Mattias slog ut med händerna.

"Visst."

"Kan du nu så här efteråt sammanfatta det du känner inför allt det här i bara några få ord."

Han behövde bara fundera ett par sekunder.

"Tacksamhet."

Kvinnan nickade och skulle just säga något mer men Mattias hann före.

"Faktiskt inte bara för att Pernilla klarade sig även om det låter konstigt."

Han gjorde en paus som om han funderade på med vilka ord han skulle kunna göra det hela begripligt.

"Det är lite svårt att förklara men den andra anledningen är faktiskt ganska självisk. Jag har insett efteråt hur tacksam jag är för att jag reagerade som jag gjorde och inte tvekade att gå ner igen."

Kvinnan nickade.

"Du räddade hennes liv."

Han avbröt nästan.

"Jo, jag vet, men det är inte bara det. Det är det där att faktiskt veta hur man reagerar i en krissituation, för det har man ingen aning om förrän man befinner sig i en, det är nåt jag verkligen förstod efter olyckan. Vad jag menar är att jag är jävligt tacksam över att jag reagerade som jag gjorde."

Han log lite, nästan förläget, och såg ner i knät.

"Vi drömmer väl alla om att vara den där hjälten när det verkligen gäller."

Monika kände hur rummet krängde till.

Och i vilken sekund som helst skulle det bli hennes tur att berätta.

6

HON KUNDE INTE röra sig. Hon satt på en stol och var smal men av någon anledning kunde hon inte röra sig. En kväljande smak i munnen. Något påminde om köket där hemma men hon var omgiven av vatten utan horisont. Där fanns ljud av steg som närmade sig men hon kunde inte se varifrån det kom. En enda drift, att fly för att slippa skammen, men det var något med hennes ben som gjorde att hon inte kunde röra sig.

Hon slog upp ögonen. Drömmen var borta men inte känslan den lämnat efter sig. Tunna, klibbiga trådar av hennes medvetande höll den kvar och försökte förgäves sätta in den i ett begripligt sammanhang.

Kudden bakom hennes rygg hade glidit åt sidan. Med stor ansträngning lyckades hon häva sig ur sängen och upp på fötter. Saba lyfte på huvudet och såg på henne men la sig tillrätta igen och somnade om.

Varför hade hon plötsligt börjat drömma så mycket? Nätterna hade blivit fyllda av faror och det var svårt nog att somna sittande utan att behöva oroa sig för vad förståndet skulle ta sig till när hon släppte taget.

Det måste vara den där lilla människans fel. Hon som varit där på sista tiden och som hade så svårt att hålla munnen stängd. Maj-Britt hade inte bett att få veta men Ellinor hade berättat ändå. Oombedd hade hon låtit orden strömma ur munnen, och vart och ett av dem hade trängt sig in i Maj-Britts ovilliga öron. Vanja var en av få kvinnor i landet som var dömda till livstids fängelse. För femton, sexton år sedan hade hon kvävt sina barn i sömnen, skurit halsen av sin man och sedan tänt eld på huset där de bodde i hopp om att själv brinna inne. Åtminstone var det vad hon hade påstått efteråt när hon svårt brännskadad hade överlevt. Så mycket mer visste inte Ellinor, det lilla hon mindes hade hon läst i en helgbilaga till en av kvällstidningarna. Ett reportage om Sveriges hårdast bevakade kvinnor.

Men det hon kommit ihåg och redogjort för var mer än Maj-Britt någonsin velat veta. Och inte nog med det. Den lilla människan hade inte nöjt sig utan fortsatt ofreda henne genom att försöka klämma ur henne varför hon kände Vanja och om hon visste något mer. Självklart hade hon inte svarat men det var tillräckligt störande att människan inte bara kunde hålla truten och städa, vilket var enda anledningen till att hon över huvud taget befann sig i lägenheten. Det var ett evigt pladdrande. Så ihållande att man kunde misstänka att hennes talorgan tvunget måste hållas sysselsatt för att resten av kroppen skulle fungera. En dag hade hon till och med tagit med sig en liten krukväxt, en förskräcklig liten lila sak som inte tyckte om klorin. Eller också var det minusgraderna på balkongen om nätterna som den inte uppskattade. Ellinor påstod att hon skulle klaga i affären och be att få en ny, men tack och lov dök den i alla fall inte upp i Maj-Britts lägenhet.

"Är det nåt du vill att jag ska köpa till nästa gång eller ska jag bara följa den vanliga listan?"

Maj-Britt satt i fåtöljen och tittade på tv. Ett av alla de där programmen som sändes nu för tiden, just det här handlade om en grupp lättklädda ungdomar som till varje pris skulle se till att få bo kvar på ett hotell genom att så snabbt som möjligt skaffa sig en rumskamrat av andra könet.

"Öronproppar vore bra. Helst såna där gula av skumgummi som man köper på apoteket och som yrkesmän med bullriga arbeten använder, som sväller upp och täpper till hela hörselgången."

Ellinor antecknade på listan. Maj-Britt slängde en blick på henne och tyckte sig ana ett litet leende under luggen, strax ovanför urringningen där hennes bröst höll på att ramla ur tröjan.

Den här människan skulle driva Maj-Britt till vanvett. Hon begrep inte vad det var för fel på henne eftersom hon inte lät sig provoceras. Aldrig förr hade hon så helhjärtat velat bli av med någon men då plötsligt fungerade inte hennes vanliga gamla knep.

"Vart har den där trevliga Shajiba tagit vägen? Varför kommer aldrig hon nu för tiden?"

"Hon vill inte. Vi har bytt arbetsschema hon och jag för hon vägrade att gå hit nån mer gång."

Se där. Shajiba kanske inte hade varit så pjåkig ändå. Just nu framstod hon som rena drömmen.

"Du får hälsa henne att jag uppskattade hennes arbete."

Ellinor stoppade ner inköpslistan i fickan.

"Då var det ju synd att du kallade henne negerhora sista gången hon var här. Jag tror inte att hon just tog det som ett bevis på din uppskattning."

Maj-Britt återgick till tv:n.

"Det är väl först när man vet vad man har att jämföra med som vissa saker blir uppenbara."

Hon kastade en blick i Ellinors riktning och nu log hon igen, Maj-Britt kunde svära på att det var ett litet leende hon anade. Det var klart och tydligt något fel på människan. Kanske var hon till och med förståndshandikappad.

Hon kunde föreställa sig hur pratet gick där nere på hemtjänstens kontor. Hur hatad hon måste vara som Brukare. Det var så de kallades, inte patienter eller kunder, utan Brukare. Brukare av hemtjänst. Brukare av små vidriga människors omsorg för att de inte klarade sig utan den.

De fick säga vad de ville. Hon spelade gärna rollen som Den Feta Skräcködlan som ingen ville ha på sitt arbetspass. Hon brydde sig inte. Det var inte hennes fel att det blivit som det blev.

Det var Görans.

På tv:n hade en av de kvinnliga deltagarna just ljugit för en godtrogen väninna och började klä av sig på överkroppen för att locka en presumtiv rumskamrat. De lägsta av mänskliga beteenden plötsligt upphöjda till eftertraktad underhållning, folk som förnedrade sig till allmän beskådan. De fyllde tv-tablån, fanns på alla kanaler, det var bara att klicka sig fram på fjärrkontrollen. Och alla försökte de överträffa varandra i chockerande innehåll för att behålla sina tittare. Det var vidrigt att se.

Hon missade sällan ett enda avsnitt.

Hon såg i ögonvrån att Ellinor hade blivit stående på golvet med blicken mot tv:n. En liten upprörd fnysning ljöd i rummet.

"Jösses. Nu är fördumningen verkligen ett faktum."

Maj-Britt låtsades inte höra. Som om det skulle hjälpa.

"Vet du att folk på fullaste allvar sitter och diskuterar dom där programmen, som om det vore nåt viktigt. Världen håller på att gå under där ute men folk bara skiter i det och engagerar sig i sånt här istället. Jag är säker på att det finns en plan med hela skiten, att vi ska bli så korkade som möjligt så att makthavarna kan göra som dom vill utan att vi lägger oss i."

Maj-Britt suckade. Tänk den som kunde få lite lugn och ro. Men Ellinor gav sig inte.

"Man blir ju ledsen av att se det."

"Men titta inte då."

Att erkänna att hon delvis höll med var ute-slutet. Hon skulle hellre försvara en koleraepide-mi än att medge att hon delade en åsikt med den där människan. Och nu var Ellinor riktigt uppe i varv.

"Jag undrar vad som skulle hända om man la ner alla tv-sändningar under ett par veckors tid, och samtidigt såg till att folk inte kunde hälla i sig nån alkohol. Då skulle ju åtminstone dom som inte bara gick och hängde sig direkt vara tvungna att reagera på vad fan det är som händer."

Hur mycket det än bar Maj-Britt emot att använda telefonen så fanns det snart inget an-nat alternativ, hon måste ringa hemtjänsten för att få människan utbytt. Det hade aldrig varit nödvändigt förut. De hade alltid varit självsane-rande.

Tanken på ett påtvingat telefonsamtal gjorde henne ännu mer ilsken.

"Du kanske ska ansöka om att få vara med? Med dom där kläderna behöver du ju inte ens byta om."

Det var tyst en stund, och Maj-Britt höll kvar blicken på tv:n.

"Varför säger du sånt där?"

Om hon lät arg eller ledsen var svårt att avgöra

och Maj-Britt fortsatte.

"Om du passerar en spegel och slänger en blick på dig själv så behöver du inte ens ställa så korkade frågor."

"Vad är det för fel på mina kläder menar du?"

"Vilka kläder? Jag har inte haft på mig glasögonen på länge så jag har tyvärr inte lyckats urskilja några."

Det blev tyst igen. Maj-Britt hade gärna velat se hur hennes ord hade tagit men avstod. På tv:n hade eftertexterna börjat rulla. Programmet sponsrat av akut-p-pillret NorLevo.

"Får jag fråga dig en sak?"

Ellinors röst lät annorlunda nu.

Maj-Britt suckade.

"Jag har väldigt svårt att tro att jag plötsligt skulle kunna hindra dig."

"Njuter du av att vara så där elak eller är det bara för att du själv känner dig så misslyckad?"

Maj-Britt kände till sin förfäran att hon rodnade. Detta var oerhört. Ingen hade någonsin tagit strid förut. Ingen hade vågat. Och att förutsätta att hon kände sig misslyckad var en kränkning som skulle kunna få den vidriga lilla människan avskedad.

Maj-Britt höjde volymen med fjärrkontrollen. Hon hade ingen som helst anledning att bemöta en förolämpning.

"Jag är stolt över min kropp och tycker inte att det finns nån anledning att försöka gömma undan den. Jag tycker att jag är fin i den här tröjan, om det nu är den som gör dig upprörd."

Maj-Britt släppte fortfarande inte tv:n med blicken.

"Ja, det är ju upp till var och en om man vill gå omkring och se ut som ett luder."

"Ja. Precis som det är upp till var och en att stänga in sig i en lägenhet och försöka äta ihjäl sig. Men inget av det behöver ju innebära att man inte har nån hjärna. Eller?"

Det var det sista som blev sagt den dagen. Och det retade Maj-Britt till bristningsgränsen att Ellinor hade fått sista ordet.

Så fort hon blev ensam ringde hon pizzabudet.

Det hade gått sex dagar sedan hon skickat sitt svar. Sex dagar då olusten sakta men säkert klingat av och i alla fall inte störde henne mer än att hon kunde stå ut. Hon hade nog med att irritera sig över Ellinor. Men så en förmiddag hörde hon

90

en duns i den omotiverade brevkorgen igen och innan brevlådeinkastet slagit igen visste hon att det var ett nytt brev från Vanja. Hon kunde känna det i hela lägenheten, hon behövde inte ens ta sig fram till dörren för att få det bekräftat.

Hon lät brevet ligga, undvek att se mot dörren när hon passerade i hallen. Men så kom såklart Ellinor och stack glädjestrålande fram det under näsan på henne.

"Titta! Du har fått brev!"

Hon ville inte ta i det. Ellinor la det på vardagsrumsbordet och där blev det liggande medan Ellinor städade och hon själv satt tyst i fåtöljen och låtsades att ingen fanns där.

"Ska du inte läsa?"

"Hurså? Du kanske vill veta vad det står?"

Ellinor städade vidare och bytte några ord med Saba istället. Det stackars djuret kunde ju inte freda sig och Maj-Britt såg hur hon stillatigande låg där och led.

Maj-Britt reste sig och gick mot badrummet.

"Har du ont där i ryggen?"

Tänk att människan aldrig kunde lära sig att vara tyst.

"Hurså?"

"Jag har bara sett att du grimaserar illa och

lägger handen där. Det kanske är nåt som nån läkare borde titta på."

Aldrig i livet!

"Om du bara tar och ser till att städa klart här och sen packar ihop och försvinner så ska du se att det genast kommer att kännas bättre."

Hon låste badrumsdörren efter sig och blev kvar därinne tills hon var säker på att den obehagliga lilla människan hade gått.

Men ont. Det gjorde det onekligen. Smärtan var ständigt närvarande, den senaste tiden alltmer distinkt. Men aldrig i livet att hon tänkte klä av sig och låta sig undersökas av någon som skulle röra vid hennes kropp.

Brevet blev liggande. Dagar och nätter då det förbrukade varje syrepartikel i lägenheten och fick Maj-Britt att för första gången på mycket länge längta därifrån. Hon förmådde inte slänga det. Hon såg att det var tjockt den här gången, betydligt tjockare än det förra. Och det låg där som ett hån och skrek åt henne dygnet runt.

"Du har ingen karaktär din tjockis! Du kommer inte kunna låta bli att läsa mig!"

Och det kunde hon inte heller. När kylskåpet var tömt och pizzabudet hade stängt för natten kunde hon inte värja sig längre. Och inte ett enda av orden som Vanja hade skrivit ville hon läsa.

Hej Maj-Britt!

Tack för ditt brev! Om du visste vad glad jag blev! Särskilt över att få veta att du och din familj har det bra. Ännu ett bevis för att det är hjärtats röst man bör lyssna till! Sist jag såg dig var du gravid och jag minns hur du led av att ha varit tvungen att bryta mot dina föräldrars vilja när du gifte dig med Göran. Jag blir så glad att allt har gått bra och att dina föräldrar tog sitt förnuft till fånga till slut. Man ska inte lämna efter sig oavslutade saker, det är så tungt för den som blir kvar. Om du visste vad jag beundrade din beslutsamhet och ditt mod och det gör jag fortfarande!

Jag tänker ofta på vår uppväxttid. Tänk hur olika vi hade det. Hemma hos mig var det alltid rörigt som du minns och man visste ju aldrig i vilket tillstånd min far skulle vara när (och om) han kom hem. Jag sa det aldrig rakt ut, men jag skämdes så inför er andra och särskilt inför dig. Men jag minns också att du helst ville att vi skulle vara hos mig och leka, att du sa att du trivdes hemma hos oss, och att det gjorde mig så glad. Jag kan erkänna att jag var lite rädd för dina föräldrar. Det pratades mycket om församlingen som ni var med i och hur stränga reglerna var. Hemma hos mig var det ju just ingen som pratade om Gud. Ett mellanting mellan ditt och mitt hem kanske hade varit det bästa, åtminstone vad det gällde andlig spis!?

Tänk den gången när vi "lekte doktor" i er vedbod och den där Bosse Öman var med. Vi var väl tio, elva år tror jag, var vi inte det? Jag minns hur rädd du blev när din far kom på oss och Bosse sa att det var du som hade hittat på leken. Jag kan fortfarande skämmas över att jag inte tog på mig skulden den gången, men vi visste ju båda att du inte fick leka sådana lekar så det hade väl egentligen inte hjälpt. Det var ju en så ofarlig lek, en sådan som alla barn leker. Du var inte i skolan på flera veckor efteråt, och när du kom tillbaka så ville du inte berätta varför du varit borta. Det var så mycket som jag inte förstod eftersom vi hade det så olika. Som den gången några år senare, det måste ha varit i tonåren, när du berättade att du brukade be till Gud att han skulle hjälpa dig att ta bort alla de tankar som du inte ville ha. Vi tänkte ju alla på killar i den åldern så jag förstod nog inte hur du led, jag

*tyckte nog mest att det var lite konstigt. Och du
var ju så vacker, det var ju alltid dig som pojkar-
na intresserade sig för och jag var nog avundsjuk
på dig för det. Men du bad till Gud att han skulle
krossa dig för att lära dig att lyda och ...*

Maj-Britt släppte brevet på golvet. Från djupet
av allting glömt kom illamåendet farande som en
bärsärk. Hon vräkte sig upp ur fåtöljen men hann
inte längre än till hallen innan hon kräktes.

7

DU ÄR LÄKARE. Du klarar det här. Berätta vad som helst!

Tjugotre förväntansfulla blickar var vända mot henne. Monikas sinne var blankt. Bara ett enda minne sköt fram som en böld ur intigheten och omöjliggjorde alla hopdiktade fantasier. Sekunderna gick. Någon log uppmuntrande och någon annan uppfattade hennes våndor och valde att titta bort.

"Om du vill kan vi hoppa vidare till nästa person så länge så kan du berätta lite senare. Jag tänkte om du kanske vill fundera en stund."

Kvinnan log vänligt, men att bli ömkad var mer än Monika stod ut med. Tjugotre människor tyckte i denna stund att hon var inkapabel. Om det var något som hon ägnat sitt liv åt så var det att bli betraktad som det motsatta. Och hon hade lyckats. Hon hörde det ofta. Hur kollegor på jobbet sa att hon var duktig. Nu satt hon bland tjugotre okända människor och hade just blivit erbjuden specialbehandling på grund av sin oduglighet. Alla i rummet uppfattade henne som en simpel medelmåtta, oförmögen att genomföra den uppgift som Mattias på ett så strålande sätt hade klarat av. Behovet att återta sin position var så starkt att det lyckades övervinna hennes vankelmod.

"Jag tvekade bara för att minnet jag tänkte på också handlade om en olycka."

Rösten var stadig och med flit en smula överseende. Allas blickar återvände. Även dem som lämnat henne i diskret medkänsla.

Kvinnan som utsatte henne för det här hade den dåliga smaken att le.

"Det gör ingenting. Det var ju meningen att ni skulle associera fritt och ofta är det ju starka upplevelser som först dyker upp. Varsågod, berätta precis vad du vill."

Monika svalde. Nu fanns det ingen återvändo. Det enda som återstod var små korrigeringar av sanningen när den inte gick att uthärda.

"Jag var femton år och min storebror Lasse var två år äldre. Han var bjuden på fest hemma hos sin tjej Liselott som hade föräldrafritt, och eftersom jag var lite förtjust i en av hans kompisar som också skulle dit så hade jag lyckats övertala honom om att jag skulle få följa med."

Hon kände sina egna hjärtslag och undrade om någon kunde höra dem.

"Liselott bodde en bit bort så det var bestämt att vi skulle sova över. Vår mamma hade väl inte riktigt klart för sig hur det gick till på såna där fester, att det dracks en hel del och så menar jag. Och även om hon anade det så trodde hon nog inte att det gällde mig och min bror. Hon hade rätt höga tankar om oss."

Än var det ingen fara. Än så länge gick det att varsamt snirkla sig fram längs sanningen.

För än så länge gick den att leva med.

"Några badade bastu på kvällen. Det hade druckits rätt mycket och efteråt var det ingen som stängde av bastuaggregatet."

Hon tystnade. Hon mindes det så väl. Till och med Liselotts röst mindes hon fastän det var så länge sedan nu och hon aldrig hörde den igen efter den kvällen. *Monika, kan du gå ner och stänga av bastun.* Och hon hade sagt ja, men all öl snurrade i huvudet och han som hon varit hemligt förälskad i så länge hade äntligen visat sig intresserad och nu hade hon lovat att vänta där i trappan medan han var på toaletten.

"Så gick vi som skulle sova kvar och la oss. Det var tre till förutom Lasse och jag. Vi sov där det fanns nånstans att ligga, i soffor och sängar och lite överallt. Lasse sov på övervåningen i Liselotts rum och jag där nere."

Hennes nyvunne pojkvän hade gått hem. Lasse hade redan somnat därinne hos Liselott. Själv hade Monika yr av nyförälskelse och öl gått och lagt sig i soffan alldeles utanför deras stängda dörr.

På övervåningen.

I hallen ovanför trappan.

Där hon aldrig i hela sitt liv hade erkänt för någon att hon låg den natten.

"Jag vaknade vid fyratiden av att jag inte kunde andas och när jag slog upp ögonen stod huset redan i lågor."

Skräcken. Paniken. Den fruktansvärda hettan. Bara en enda tanke. Att ta sig ut därifrån. Två steg fram till den stängda dörren men hon hade inte ens tvekat. Hon hade bara rusat rakt ner för trappan och lämnat dem åt sitt öde.

"Det var rök överallt och fastän man tror att man hittar bra i ett hus så är det en helt annan sak när man inte ser nåt."

Orden forsade fram i ett desperat försök att så

snabbt som möjligt slutföra uppgiften och slippa undan.

"Jag kröp fram till trappan och försökte ta mig upp på övervåningen men det brann redan för mycket. Jag försökte skrika för att väcka dom men ljudet från elden var öronbedövande. Jag vet inte hur länge jag stod där i trappan och försökte ta mig upp. Gång på gång var jag tvungen att dra mig tillbaka ett par steg för att sen försöka igen. Det sista jag minns är hur en brandman bar ut mig därifrån."

Hon förmådde inte fortsätta. Till sin förfäran kände hon att hon rodnade. Kände hur skammens färg bredde ut sig över kinderna.

Hon hade stått där i trygghet ute på gräsmattan och sett hur hettan fick glasen i Liselotts fönster att explodera. Som förstenad hade hon sakta men säkert förstått att han aldrig skulle komma ut. Att han skulle bli kvar där inne i fällan som hon hade gillrat. Hon hade stått där och varit levande och betraktat de ondskefulla lågorna som förintade huset och dem som blivit kvar därinne. Hennes vackra, glada storebror som skulle ha varit så mycket modigare än hon. Som aldrig skulle ha tvekat att ta de där två stegen för att rädda hennes liv.

Som borde ha överlevt istället för henne.

Och sedan alla frågor. Alla svar som redan då förvanskades i förtvivlan över sanningen. Hon hade sovit i vardagsrummet på nedervåningen! Liselott hade lovat att stänga av bastuaggregatet! Veckor av skräck över att någon av dem som gått hem skulle ha hört när hon hade lovat att stänga av bastun eller att de sett henne däruppe i soffan på övervåningen. Men hennes påståenden hade fått stå oemotsagda och med tiden hade de blivit den officiella sanningen om vad som hänt.

"Vad hände med din bror?"

Monika kunde inte få fram orden. Det hade hon inte kunnat då heller, då när deras mamma kom rusande över gräsmattan med bara en kappa över nattlinnet. Övervåningen hade rasat in och brandmännen gjorde sitt bästa för att släcka lågorna som vägrade att låta sig kuvas. Någon hade ringt henne och hon hade kastat sig i bilen.

Den bild som tydligast fanns kvar i Monikas minne var den av hennes mammas ansikte när hon slungade ut sin fråga. Ögonen uppspärrade i skräck över det hon egentligen redan visste men vägrade förstå.

"Var är Lars?"

Det gick inte att svara. De nödvändiga orden

gick inte att använda. Det kunde inte vara så och så länge ingen sa det så var det fortfarande inte verklighet. Hon kände händerna på sina axlar, hur fingrarna gjorde henne illa när hennes mamma försökte skaka fram ett svar.

"Svara mig Monika! Var är Lars?"

En brandman kom till hennes undsättning och det tog honom bara några sekunder att få ur sig orden som gjorde allt oåterkalleligt. Avgjorde att ingenting någonsin mer skulle kunna bli som förut.

"Han klarade sig inte."

Varje stavelse högg sig målmedvetet ner mellan då och nu. Det förflutna, så aningslöst och så naivt, slets för alltid loss från framtiden.

Och det var då hon såg det. Hon kunde ana det i sin mammas ögon där hon stod i sitt nattlinne och i desperation försökte värja sig från de skoningslösa orden. Hon såg det som skulle bli hennes livs största sorg, det hon skulle ägna livet åt att försöka förändra.

Men som aldrig.

Hennes mammas sorg över Lasses död var djupare än glädjen hon förmådde känna över att Monika fortfarande levde.

8

"TY OM DIN högra hand leder dig till synd, så hugg av den och kasta den ifrån dig, ty det är bättre för dig att en av dina lemmar fördärvas, än att hela din kropp kommer till Gehenna."

Hon slog upp ögonen. Det hade varit hennes mors röst. Hon drog till sig handen och äcklades av lukten som kom emot henne. Så snabbt hon förmådde reste hon sig och tog sig in till handfatet i badrummet, tvättade sig med tvål och lät det varma vattnet skölja bort det äckliga.

Alltihop var Vanjas fel. Hennes brev hade öppnat upp små kanaler som Maj-Britt inte kunde kontrollera, små rännilar av tankar som hon inte ville tänka smög sig på henne och hon var inte i stånd att hålla dem ifrån sig. Så länge hotet hade kommit utifrån hade hon bemästrat det med sina gamla knep, men nu kom det inifrån och år av försvar jämnades med marken och lämnade fältet fritt.

Orena tankar.

Redan tidigt hade de kommit över henne, varifrån förstod hon aldrig, plötsligt hade de bara funnits där inuti henne. Kommit krälande som svarta maskar ur hennes hjärna och fått henne att vilja saker som var otänkbara. Syndiga. Kanske var det ändå Satan som frestade henne som de sagt. Hon kunde minnas det nu, att de sagt det.

Hon ville inte minnas!

Plötsligt tvingades hon ständigt fram till det raster som skyddade henne, och när hon kom så nära gick det att urskilja detaljer på andra sidan, detaljer som inte fick finnas. Rännil efter rännil kom sipprande genom de små kanalerna och fogade samman minnesfragment till hela stycken. Spillror som bökade upp allt som hon trott sig en gång för alla lyckats glömma och lämna bakom sig. Vid sidan av bokstäverna som Vanja hade skrivit hade de snirklat sig in i hennes medvetande. Ingen skulle strida vid hennes sida den här gången. Hennes föräldrar var döda, och deras Jesus hade övergivit henne för länge sedan.

Hon hade bett och bett men aldrig fått dela deras tro, Gud hade inte velat ha hennes böner. Hon gav upp allt för att visa sin lydnad och för att få omfattas av Hans kärlek, men Han svarade ald-

104

rig. Visade aldrig med ett enda ord eller tecken att Han lyssnade, att Han såg hennes kämpande och hennes offer. Han teg ihjäl henne för att hon inte var värdig. Han hade avvisat henne och lämnat henne ensam med sina smutsiga tankar.

Hon gick in i köket. Det fanns lite kvar av köttet som hon hade brynt och hon skar av en bit och la den på tungan. Brynt bara alldeles på ytan. När hon lutat sig tillbaka i sängen igen lät hon köttbiten mjukas upp och värmas av saliven innan hon slöt ögonen och svalde.

Ett kort ögonblick av välbehag.

Flera gånger hade hon vaknat med händerna över skötet och skammen hon kände var blodröd. Varför hade hon fötts i en kropp med så sjuka drifter? Varför hade deras Gud inte kunnat älska henne? Varför hade Han straffat hennes föräldrar när hon varit villig att offra allt?

En natt hade hon inte vaknat förrän det var för sent. Hon hade vaknat först mitt i skammens ögonblick.

Och hennes mor hade talat till henne i sömnen.

De hade sett vad hon hade gjort.

En stor sal. Hon satt på en stol och vattnet runt omkring henne var tillbaka. Hon kunde inte röra sig. Det var något med hennes högra ben, något med benet gjorde att hon inte kunde komma undan. Ett ljud skrämde henne och hon tittade upp. Han stod rakt framför henne i svart kostym, så väldig att hon inte nådde upp att se hans ansikte. Hon ville fly, men det var något med högerbenet som hindrade henne. Bakom honom låg en svårt sargad man på golvet och hans vita kläder var söndertrasade. Blod forsade från spikhålen i hans händer och färgade vattnet rött och han såg på henne och vädjade om hjälp.

Den väldige mannens röst mullrade som ett oväder.

"Jesus dog på korset för dina synders skull, för att dina händer förledde dig och för dina orena begär."

Hon hörde ljud bakom sig. Människor hade samlats, de var där på grund av henne, för det hon hade gjort. Deras blickar brände i hennes nacke.

"Det finns tre former av kärlek – vår kärlek till Gud, Guds kärlek till oss och den erotiska som vänder oss bort från Gud."

Vattnet närmade sig från sidorna. Hennes föräldrar satt en bit bort med knäppta händer. De såg vädjande upp mot mannen som talade, bön-fallande om hjälp.

"Skammen med begäret är att det är oberoende av viljan. Dygden kräver en fullständig kontroll över kroppen. Förstår du det Maj-Britt?"

Hennes namn ekade mellan väggarna men hon kunde inte svara. Något höll på att kväva henne. Människor bakom henne som hon inte kunde se la sina händer på hennes huvud.

"Före syndafallet kunde Adam och Eva föröka sig utan begär, utan den lust som vi nu är tvingade till, hela kroppen stod under viljans kontroll."

Vattnet steg oupphörligen. Den sargade mannen på golvet försvann under ytan och hon ville rusa fram och hjälpa honom, men hon kunde inte. Benet och alla händer höll henne kvar. Snart skulle hennes föräldrar också försvinna, de skulle drunkna på grund av henne, för att hon tvingat dem att i sin förtvivlan komma hit för att få hjälp.

"Du måste lära dig att odla och vårda din rela-tion med Gud, rena din smutsiga själ. En sann kristen avstår från sexualitetens förbannelse. Det du har gjort är en synd, du har lämnat den sanna vägen."

Med ett våldsamt dån brakade väggarna

samman och rummet vattenfylldes helt och hållet. Hennes föräldrar satt alldeles stilla i sin sorg och lät vattnet skölja över dem. Det gick inte att andas längre, inte andas, inte andas.

När hon vaknade låg hon på rygg. Hon försökte rulla över på sidan men kroppen hindrade henne. Den stora kudden hade glidit ner på golvet och hon var utlämnad, fångad av sin egen tyngd. Som en skalbagge på rygg försökte hon förgäves ta tillbaka herraväldet, men påfrestningen förbrukade det sista syret som fanns i hennes lungor. Hon skulle kvävas. Hon skulle dö här, överlistad av sin egen kropp, den kropp som under hela hennes liv varit hennes fängelse, såväl smal som tjock. Nu hade den vunnit. Till slut hade den äntligen fått som den velat och besegrat henne, tvingat henne att foga sig och ge upp.

De skulle hitta henne här. Den där Ellinor skulle hitta henne i morgon och berätta för de andra på hemtjänsten att hon dött liggande i sin egen säng, kvävd av sitt eget fett.

För alltid en skam.

Med en sista kraftansträngning lyckades hon rulla över på sidan och rasade i golvet med en hård duns. Vänsterarmen hamnade i kläm men hon kände inte smärtan, bara befrielsen när luft hittade en trång passage ner till lungorna.

Saba gnällde oroligt och vankade fram och tillbaka över golvet. Saba. Älskade Saba. Hennes trogna vän som alltid fanns där när hon behövde henne. Men nu kunde Saba inget göra. Maj-Britt skulle bli liggande här tills Ellinor kom, men hon skulle åtminstone inte vara död.

Timmarna gick sakta. Vänsterarmen somnade redan efter en stund, men hon vågade inte röra på sig, vågade inte riskera att hamna på rygg igen. Till slut var hon tvungen. Med hjälp av en minimal förflyttning lyckades hon ge blodflödet ner i armen fri lejd. Värst var smärtan i korsryggen. Den där smärtan som nuförtiden alltid molade, men allt oftare gjorde så ont att hon hade svårt att gå.

Hon hade tur. Ellinor kom tidigt. Klockan vid sängen var bara lite över tio när hon äntligen hörde nyckeln i dörren.

"Det är bara jag!"

Hon svarade inte, Ellinor skulle snart hitta henne ändå. Hon hörde matkassarna ställas ner på köksbordet och hur Ellinor hälsade på Saba som lämnat hennes sida när ytterdörren öppnats.

"Maj-Britt?"

I nästa stund stod hon i sovrumsdörren. Maj-Britt kunde se att hon blev rädd.

"Herregud, hur är det?"

Hon satt på huk vid hennes sida men hade fortfarande inte rört vid henne.

"Men jösses, hur länge har du legat så här?"

Maj-Britt förmådde inte tala. Förnedringen hon kände var så djup att käkarna vägrade röra sig. Så kände hon Ellinors händer på sin kropp och det var så fasansfullt att hon ville skrika.

"Jag vet inte om jag klarar av att få upp dig. Jag måste nog ringa Trygghetsjouren."

"Nej!"

Hotet fick adrenalinet att strömma till och Maj-Britt sträckte upp armen mot sänggaveln för att försöka ta spjärn.

"Vi klarar det själva. Försök få in kudden där bakom ryggen".

Ellinor arbetade så snabbt hon kunde och i nästa stund var Maj-Britt halvsittande. Smärtan i ryggslutet fick henne att vilja skrika men hon bet ihop och fortsatte kämpa. Så fortsatte de. Kudde för kudde tvingades in och det tog dem nästan en halvtimme, men de klarade det. Utan Trygghetsjouren och deras vidriga beröring. När Maj-Britt flämtande sjönk ner i fåtöljen och allt var över förnam hon en främmande känsla.

Hon var tacksam.

Mot Ellinor.

Hon hade inte behövt göra det här, enligt reglerna skulle hon ha ringt Trygghetsjouren. Men Ellinor hade avstått för hennes skull och de hade klarat det.

Ordet satt långt inne.

"Tack."

Maj-Britt såg inte på henne när hon sa det, då hade ordet fastnat osagt.

Det sas inte mycket under timmen som följde. Känslan av att de plötsligt blivit ett team, att deras gemensamma erfarenhet hade tvingat Maj-Britt att sänka garden, kändes hotfull. Hon stod i tacksamhetsskuld, och det skulle lätt kunna utnyttjas om hon inte var på sin vakt. Det här betydde inte att de var vänner. Långt därifrån. Hon hade Saba, någon mer behövdes inte.

Hon hade inte orkat bry sig om matkassarna och hörde hur Ellinor började packa upp dem och hur kylskåpsdörren öppnades.

"Oj, vad mycket mat det var kvar."

"Jag kan äta upp det om det skulle kännas bättre."

Hon bet sig själv i tungan, det hade inte varit meningen, men orden hade kommit av sig själva. Hon ångrade sig men bara tanken på att hon ville ta tillbaka dem gjorde henne illa berörd. Hon stod i tacksamhetsskuld. Det skulle i förlängningen bli outhärdligt.

Ellinor dök upp i dörren.

"Jag blev bara förvånad. Jag menar över maten. Du är väl inte sjuk eller nåt?"

Maj-Britt betraktade brevet. Det var därifrån det kom. Allt det olästa som hon lämnat kvar och det lästa som hon aldrig velat se. Inte ens mat lindrade längre.

"Är det nåt särskilt du vill att jag ska köpa till nästa gång?"

"Kött."

"Kött?"

"Bara kött. Du kan strunta i det andra."

Hon satt kvar i fåtöljen medan Ellinor städade runtomkring henne, gjorde sitt bästa för att låtsas att hon inte existerade. Hon kände Ellinors bekymrade blickar men brydde sig inte om dem. Hon visste att hon inte skulle få sin vilja igenom, att bara köpa kött skulle hemtjänsten inte gå med på. Hon hade fått kämpa länge och väl för sina extra ransoner mat över huvud taget, det här skulle definitivt vara att passera gränsen.

Men kött var det enda som kunde dämpa de där tankarna som hade invaderat henne igen.

Ellinor stod i ytterdörren när hon plötsligt tvekade och vände tillbaka.

"Vet du, jag lägger mitt mobilnummer på ditt sängbord där telefonen står. Om det skulle hända igen, menar jag."

Hon försvann in i sovrummet men var strax tillbaka.

"Vi ses i övermorgon då."

Hon försvann ut i hallen och när hon öppnat ytterdörren ropade hon in mot lägenheten:

"Förresten, jag la öronpropparna du beställde på köksbordet. Hej då."

Maj-Britt svarade inte, men till sin förfäran kände hon att hon plötsligt ville gråta. En tjock klump i halsen fick henne att grina illa och hon dolde ansiktet bakom handen tills Ellinor försvunnit ut genom ytterdörren.

Ellinor var så förvirrande. Maj-Britt kunde för sitt liv inte förstå all vänlighet som inte avtog hur hon än betedde sig. Det fanns all anledning att bli misstänksam, för något måste det vara som Ellinor förväntade sig att få tillbaka. Hon var som ett sånt där reklamblad som kom i brevlådan, ibland till och med var förtryckt med snirkliga bokstäver som om det var skickat bara till henne. *Kära Inga Maj-Britt Pettersson. Vi har glädjen att erbjuda dig detta fantastiska.* Ju mer fördelaktigt erbjudandet verkade, desto större anledning att bli misstänksam. Noga gömt i överflödet av alla välvilliga formuleringar fanns där alltid en hake, och ju svårare den var att upptäcka, desto större anledning till vaksamhet. Ingenting gjordes av ren välvilja. Någonstans fanns det alltid ett vinstintresse. Det var så världen fungerade, och alla gjorde sitt bästa för att få sin del av kakan.

Som ett sånt reklamblad var Ellinor.

Det fanns all anledning till misstro.

Hon tog griparmen och sträckte ut den efter brevet. Det hade legat som en magnet där på bordet, inväntandes hennes kapitulation. Nu orkade hon inte stå emot längre. Hennes händer darrade när hon vecklade ut fortsättningen.

Jag glömmer aldrig den gången när jag ifrågasatte din pappas tro. Så här efteråt förstår jag inte hur jag vågade. Vi hade just läst i skolan att kristendomen inte var den största religionen i världen och jag minns hur förvånad jag blev över det. Om det var fler som trodde på en annan Gud så kanske det var de som hade rätt! Jösses, vad arg han blev. Han förklarade att med sådana tankar skulle jag hamna i helvetet, och även om jag inte riktigt trodde på honom så tog det lång tid att komma över hans ord. Det var första gången jag upplevde Gud som ett hot. Han sa att alla som inte erkände Jesus Kristus som Guds son inte var välkomna in i himmelriket, och jag hade så gärna velat fråga om alla dem som levde innan Jesus föddes. Om det inte var lite orättvist mot dem eftersom de inte ens hade fått någon chans, men det vågade jag aldrig fråga. Det räckte med att ha blivit fördömd en gång den dagen.

Jag tyckte alltid det var så underligt att vi människor var så "syndiga" och att man i kyrkan skulle be Gud om att "förlåta oss våra synder" vare sig man tyckte sig ha gjort några eller inte. Jag minns att du försökte få mig att förstå att det inte bara var synder man gjorde medvetet som räknades, utan att det handlade om arvsynden som man föddes med. "Genom den köttsliga avlelsen på grund av vår syndiga säd." De orden glömmer jag aldrig. De var så förvirrande att

115

jag förkastade dem först flera år senare när jag insett att "den köttsliga avlelsen" var enda sättet för oss att föröka oss på. Jag beslöt mig för att Gud nog ändå ville att vi skulle göra det när han nu hade haft sådant pyssel med att skapa oss.

När vi växte upp var ju sex något som pojkarna "tyvärr" var intresserade av och som vi flickor förstod att vi så småningom skulle "få lära oss att stå ut med", men att vi absolut inte skulle "släppa till". Inte undra på att det blev förvirrande när vi hamnade i tonåren och pojkar var allt vi tänkte på och vi faktiskt själva alldeles frivilligt fick lust att "släppa till" lite. Jag önskar att de bland alla förmaningar och all skrämselpropaganda hade gjort ett litet tillägg och förklarat att det är helt naturligt för alla människor att känna lust och vilja att föröka sig.

Ett annat starkt minne från barndomen är den gången då vi hittade de där tidningarna i din pappas byrålåda. Jag kan för mitt liv inte komma ihåg vad vi hade där att göra, men jag förmodar att det var på mitt initiativ. Det brukade ju vara det när vi gjorde något som vi inte riktigt fick. De där tidningarna var ju med dagens mått mätt ganska oförargliga, men att hitta dem i ditt hem var som att upptäcka ett satanstecken i kyrkan och du blev alldeles vettskrämd. Du var övertygad om att någon brutit sig in i huset och lagt dem där, men du vågade för ditt liv inte säga något till dina föräldrar. Minns du hur vi la tidningarna på golvet och sedan gömde oss under sängen? Jag ser fortfarande din mammas ben framför mig när hon kom in i rummet, och hennes hand när hon plockade upp dem. Och inte minst kommer jag ihåg hur förvirrade vi var efteråt när vi upptäckte att hon bara lagt tillbaka tidningarna där vi hittat dem.

I vuxen ålder har jag tänkt att det säger en del om hur starka våra drifter egentligen är, när inte ens din pappa trots sin starka tro hade kraft att stå emot dem.

Idag verkar dock tiderna vara helt andra, i alla fall är det den uppfattningen jag har fått genom tv och tidningar. Nu ska sexualiteten tydligen bejakas så till den milda grad att den verkar ha förvandlats till en kommersiell fritidssysselsättning som kräver både manual och diverse utrustning. Så här på avstånd verkar det dock mest handla om att förverkliga sig själv och att utveckla sin förmåga till starkare orgasmer och att det skulle finnas lite kärlek med i bilden verkar inte vara så viktigt. Lite trist verkar det allt. Men *vad vet jag här i mitt fängelsecelibat.*

Oj vad långt det här brevet blev, men jag är så glad att vi har fått kontakt igen. Jag visste väl att det var meningen att mitt brev skulle hitta fram!

Nu är det dags att släcka och imorgon har jag tenta. Jag har fått förmånen att "studera på distans" (märkligt uttryck men i mitt fall kan man väl knappast hitta en mer passande beskrivning). Jag har tagit 40 poäng i teoretisk filosofi och just påbörjat min c-uppsats i religionshistoria. Måtte jag nu bara klara tentan imorgon!
Sänd mina varmaste hälsningar till resten av familjen!

Allt gott,
Din vän Vanja

Maj-Britt sänkte sakta brevet och kände för första gången på över trettio år ett behov av att be till Gud. Det Vanja skrivit var vedervärdigt. Måtte Han förlåta henne för raderna hon just hade blivit lurad att läsa.

9

DE INDIVIDUELLA presentationerna hade fortsatt och tagit i stort sett hela torsdagseftermiddagen i anspråk. Mattias hade satt ribban och de övriga deltagarna hade antagit utmaningen. Ingen av dem ville sälla sig till någon medelmåttig klunga genom att komma med en halvintressant historia, det var inte för intet de alla hade hamnat i chefsposition. Den ena fascinerande redogörelsen efter den andra passerade revy. Monika förmådde bara lyssna halvhjärtat. När hon äntligen avslutat sin presentation och allas uppmärksamhet lämnats över till den som satt på tur insåg hon till fullo hur mycket energi som krävts. Den ork som fanns kvar gick åt till att hålla sig upprätt i stolen. Så lång tid hade förflutit sedan hon närmat sig minnet, de gånger hon tvingats till det hade hon bara snabbt strukit förbi och lämnat alla detaljer i barmhärtig skugga.

Främmande röster avlöste varandra och skildes

bara åt genom ljudet av applåder. Hon deltog hon också, klappade händerna så mycket som det behövdes för att inte märkas. Och hela tiden var hon medveten om att han satt där. Alldeles bredvid henne satt han, han som ägde det karaktärsdrag som hon själv bevisligen saknade.

Att alltid välja det goda. Att ha det så djupt införlivat i sin karaktär att tvekan aldrig uppstod, inte ens i dödens närhet, då rädslan förblindade förståndet.

En gång hade hon vridit på huvudet och sett på honom, velat veta om det gick att utläsa i hans anletsdrag. Velat se hur en människa såg ut som var allt det hon själv alltid drömt om att vara, den hon aldrig kunde bli eftersom det ogjorda aldrig kunde göras gjort. Han var för alltid död och hon för alltid den som inte stängde av bastun och sedan inte ens tog de två extra stegen.

Den natten hade bristen i hennes personlighet bevisats och sedan dess hade det inte gått en dag utan att hon känt den ligga därinne och skava. Hennes yrkesval, alla prestigefyllda ägodelar, hennes sätt att så obevekligt driva sig själv till bättre resultat, allt hade varit ett sätt att försöka kompensera defekten hon bar i sitt inre. Rättfärdiga att hon levde medan han var död. Så mycket hade hon genom sitt kämpande lyckats uppnå, bara detta enda, att slippa veta att hon i djupet av sitt innersta var en egoistisk, feg människa kunde hon aldrig förändra. Det var något man var eller inte var. Och när det bevisats att man var det, förtjänade man heller ingen kärlek.

Fastän man fortfarande levde.

Efter samlingen gick hon till sitt rum. De andra hade fortsatt till baren men hon orkade inte. Orkade inte umgås och småprata och låtsas att allt var som det skulle. Hon satt på sängen och vägde sin avstängda mobiltelefon i handen. Ville så gärna höra hans röst, men han skulle höra att något var fel och hon skulle inte kunna berätta. Och eftermiddagens upplevelse hade än en gång släppt fram tvivlet. Han visste inte vem hon egentligen var.

Hon var alldeles ensam, inte ens Thomas kunde dela skammen hon bar.

Skulden. Hon hade aldrig tillåtit sig att sörja. Inte på djupet. För hur skulle hon kunna tillåta sig att göra det? Han hade fattats henne så till den milda grad efter att hon blivit ensam i hemmet med deras mor. Fattats henne på ett sätt hon inte trodde var möjligt. Han hade alltid funnits där och det hade varit en sådan självklarhet att han alltid skulle fortsätta göra det. Det fanns ingen som kunde fylla hans plats. Men hennes sorg var så usel att den skulle skända honom. Hon ägde inte rätten. Istället gjorde hon allt som stod i hennes makt för att deras mors förlust skulle bli mer uthärdlig, försökte vara glad, vara till lags, muntra upp henne så gott det gick. Hon avundades sin mammas rättighet att kunna hänge sig och vältra sig i sorgen utan några plikter mot dem som fortfarande fanns kvar. Hennes sorg var ädel, genuin, inte som Monikas, som lika mycket tjänade till att dölja den sanning som inte gick att utstå.

Sveket. Chockad hade hon insett att livet utanför deras hem fortsatte som om ingenting hade hänt. Ingenting ställdes på ända eller förändrades efter det oerhörda som skett. Det var samma människor på bussen om morgnarna, samma program i tv-tablån, grannen fortsatte bygga till sitt hus. Allting fortgick utan att omvärlden tog notis om att han saknades, utan att det märktes. Och hennes eget liv gick också vidare. Minnet av honom skulle en dag mista sina fasta konturer och blekna, tomrummet skulle finnas kvar men omvärlden förändras så att hans tomma plats blev mindre uppenbar. Vägen han skulle ha tagit bli allt smalare för att till slut försvinna i ovisshet, förvandlas till en undran över vem han skulle ha blivit och hur hans liv gestaltat sig. Och ingenting kunde hon göra för att förändra vad som skett.

Ingenting.

Framgång, beundran, status. Varje dag i sitt liv hade hon varit beredd att byta allt hon uppnått mot möjligheten att få göra om.

För det döden krävde var orimligt. Det den begärde att man tillfullo skulle förstå. Acceptera den ovillkorliga sanningen Aldrig mer.

Aldrig mer.

Aldrig mer, någonsin.

Hon åt på rummet. Strax före middagen ringde hon Åse och skyllde på huvudvärk. En kvart senare knackade det på dörren och Åse stod där med en välfylld bricka.

"Jag sa till gurun att du käkar på rummet. Hoppas att du kryar på dig nu."

Hon somnade så fort hon la sig ner och sov i nästan nio timmar. Smet in i sömnen för att komma undan det dåliga samvetet över att hon inte ringt till Thomas som hon lovat. *Lämna mig*

aldrig ensam med en stum telefon igen. Jag vet
inte om jag klarar det en gång till.

När hon vaknade slog hon hans nummer fastän
det egentligen var för tidigt.

"Hallå?"

Hon kunde höra att han var nyvaken.

"Det är jag. Förlåt att jag inte ringde igår."

Han svarade inte och hans tystnad skrämde
henne. Hon försökte tänka ut en ursäkt men hon
hade ingen som hon kunde erkänna. Och ljuga
ville hon inte. Inte för honom. Han hade all rätt
i världen att tiga. Hon visste alltför väl hur hon
själv skulle känna sig om det var han som åkt
iväg på kurs och inte ringt.

Jag begär bara en enda sak och det är att du
är ärlig, att du säger som det är så att jag förstår
vad det är som händer.

Hon slöt ögonen.

"Förlåt Thomas. Det var en skitjobbig dag igår
och efteråt så stängde jag bara in mig på rummet,
jag orkade inte ens vara med på middagen."

"Oj då. Det låter som en rolig kurs. Vad var
det som var så jobbigt?"

Det fanns ett uns av något i hans röst och hon
insåg genast att det hon sagt bara gjort det hela
värre. Att hon underkänt honom genom att inte

ringa och göra honom delaktig utan hellre klarat sig på egen hand.

Som vanligt.

Hon skulle ha sönder det här också. Hennes feghet skulle än en gång ta ut sin rätt och ta ifrån henne det hon helst av allt ville ha. Det enda han krävde var ärlighet, och det var det enda hon inte förmådde att ge. Hemligheten skulle ligga där som ett skavsår och upprätthålla avståndet mellan dem. Ren och vis fanns den inom räckhåll, den dröm som hon hade slutat att ens hoppas på. Ingen framgång i världen kunde mäta sig med styrkan hans kärlek förmådde ge henne. Och ändå räckte den inte till. Att hon inte var en heroisk människa kunde hon inte göra något åt, men hon kunde åtminstone skaffa sig det mod som behövdes för att våga berätta.

Om vi bara är ärliga så behöver ingen av oss vara rädd. Eller hur?

Som hon alltid hade önskat sig det, att slippa vara rädd.

Hon visste att hon måste berätta, och vad hade hon i ärlighetens namn att förlora? Hon skulle förlora honom ändå om hon fortsatte att tiga.

Hon måste våga.

Men inte nu, inte här i telefonen. Hon ville

kunna se honom.

"Jag berättar när jag kommer hem. Och du Thomas..."

Hon skulle i alla fall bekänna det andra som också var så svårt.

"Jag älskar dig."

Fredagen och lördagen passerade. Hennes beslut att berätta låg fast och det fanns en vila i att ha tagit ut en riktning. Det intensiva kurstempot hjälpte också till att distrahera henne. Fullmatad av lärdomar om visioner och mål, effektiv delegering, hur man motiverar sin personal och om skapandet av ett positivt klimat slog hon sig på lördagskvällen ner vid ett av borden i den vackert dukade matsalen. Hon hade hittills suttit med Åse varje måltid och de hade utvecklat sin bekantskap. Att Åse var en frisk fläkt var en underdrift, hon var snarare en orkan som drog förbi varenda gång man vistades i hennes närhet. Monika uppskattade henne mycket och hon hade redan tänkt ut att hon skulle bjuda henne och Börje på middag någon gång. Hon och Thomas. Parmiddag.

Om han stannade.

"Är det ledigt här?"

Hon vände sig om och där stod Mattias. Hittills hade de bara bytt några ord, hon hade utan att analysera saken vidare valt andra bord än hans vid de föregående måltiderna.

"Visst."

Men egentligen ville hon inte.

"Visst var det Monika du hette?"

Hon nickade och han drog ut stolen och satte sig ner. På hennes högra sida där han hade suttit förra gången.

På varje tallrik stod en konstfärdigt vikt tygservett och Mattias betraktade konstruktionen ett ögonblick innan han demolerade den för att lägga den i knät.

"Det var en väldigt stark presentation du gjorde. Jag har inte fått tillfälle att säga det innan."

Rakt på sak. Hon hade sett det förr. Människor som gått igenom stora kriser och stärkts genom sina erfarenheter och som inte nedlät sig till traditionellt artighetstrams. Pang på rödbetan bara. Vare sig folk i deras omgivning var redo eller inte.

"Tack, och detsamma."

Åse räddade henne. Med sedvanligt buller slog hon sig ner på stolen mittemot och vecklade genast ut sin servett utan att så mycket som ägna en blick åt den konstfärdiga vikningen.

"Gud, så hungrig jag är!"

Hon läste misslynt på den lilla menyn som dekorerade varje assiett.

"Laxcarpaccio? Det kan man ju äta tills man svälter ihjäl."

Mattias skrattade. Monika var obehagligt medveten om hans närvaro. Hela hans existens var en enda stor påminnelse.

Fler slog sig ner vid deras bord och snart var de åtta platserna upptagna. Stämningen kunde närmast betraktas som familjär. Att tvinga dem alla att blotta sig redan under presentationerna hade varit ett genialt drag av kursledningen. Efter det hade inga angelägenheter verkat för privata att delge varandra. Monika visste redan mer om en del av deltagarna än hon visste om sina arbetskamrater. Men de visste inte så mycket om henne. Och hon undrade om det var fler än hon som snyggat till sanningen en aning när de hade haft möjligheten.

"Hur mår hon nu då, din fru?"

Det var Åse som undrade och hon riktade sin fråga till Mattias. Hon hade slukat sin laxcarpaccio för länge sedan och nu bredde hon smör på ett knäckebröd i väntan på varmrätten.

"Jodå, det går riktigt bra faktiskt. Helt återställd blir hon aldrig, men tillräckligt för att allt ska fungera. Och hon har inga smärtor längre. Om ni träffade henne och inte visste nåt så skulle ni inte kunna se det på henne, det är mer såna där grejer som att hon får ont om hon sitter för länge och så."

"Er dotter då, hur gammal är hon?"

Mattias sken upp när hon kom på tal.

"Daniella fyller ett om tre veckor. Det är märkligt det här med att bli farsa. Att vara hemifrån ett par dagar har plötsligt blivit jättejobbigt. Det hinner ju hända massor medan man är borta."

Det nickades och hölls med runt bordet för alla hade tydligen små barn som hann förändra sig något alldeles väldigt på ett par dagar. Bara Åse var av en annan åsikt.

"Jag tyckte det var helt underbart att komma hemifrån ett par dagar ibland när barnen var små. Bara att få sova en hel natt! Men nu när dom är stora så saknar man ljudet av dom där små fötterna som kommer tassande om nätterna."

Åse hade berättat om sina barn. En vuxen son och dotter som var stoltheten i hennes liv. Sonen hade av okänd anledning fötts utan armar och hon hade beskrivit sina motstridiga känslor efter förlossningen och sedan glädjen över barns förunderliga förmåga att anpassa sig efter om-

ständigheterna. Nu hade han gett henne två barn-
barn.

Monika tog en klunk vin och lutade sig till-
baka. Hon längtade efter Thomas. Hon stängde
av ljuden omkring sig och njöt. Det var stort
att ha anledning att längta på det viset som hon
gjorde. I hela sitt liv hade hon hoppats att hon
någon gång skulle få anledning att längta så. Och
nu hade hon äntligen det.

Hon insåg plötsligt att Mattias talade med
henne.

"Förlåt, vad sa du? Jag var nån helt annan-
stans."

Han log.

"Jag såg det. Men det såg ut att vara på ett bra
ställe, så låt inte mig störa."

Som om han inte redan hade stört tillräckligt.
Hon kände instinktivt att hon inte ville tala med
honom, men å andra sidan ville hon inte framstå
som otrevlig. Om hon nu var tvungen så fick det
bli något neutralt.

"Vad jobbar du med?"

Det nästan dammade om frågan så tråkig var
den, men Mattias lät sig inte avskräckas.

"Jag har precis börjat på ett nytt jobb som per-
sonalchef på en stor sportaffär, inte nån av dom

stora kedjorna utan en fristående. Jag har aldrig varit chef förut så det var därför jag blev ivägskickad på den här kursen."

Han flinade.

"Inte för att jag tror att det var så där jättenödvändigt för det är bara sex anställda, men det är en kompis som äger affären och han vet hur tufft vi har det ekonomiskt efter Pernillas olycka. Du vet det där jag berättade om att vi inte hade nån försäkring."

Hon ville säga något passande om hur hon gladde sig för hans skull men hon hade gjort slut på lögnerna. Istället sa hon något om försäkringsbolag i största allmänhet och han hakade på och plötsligt befann hon sig mitt inne i en intressant konversation. Hur gärna hon än ville gick det inte att förneka. Han var en väldigt trevlig bordskamrat och den följande timmen hade hon riktigt roligt, hon till och med skrattade flera gånger. Och som han pratade om sin fru. Så full av kärlek och lojalitet, det gick inte tio minuter under samtalet utan att hon kom på tal. Helt naturligt och självklart eftersom hon hörde till det liv som var hans. Hon undrade om Thomas någonsin skulle tala så om henne. Om hon någonsin så naturligt och självklart skulle vara en del av hans liv. Mattias berättade om de tuffa åren efter olyckan, hur det svetsat dem samman ännu hårdare. Skrattande berättade han om hur de försökt fylla tomrummet efter sitt stora dykintresse. Hur de provat på den ena hobbyn efter den andra, men eftersom ingen av dem fick kosta pengar hade utbudet varit ganska begränsat. Allra mest skrattade han när han beskrev deras tappra försök att bli fågelskådare. Att de efter en dag i en buske med bara en skata och två sädesärlor i protokollet tvingats inse att det nog skulle bli roligare att återberätta historien än att uppleva den igen. Men så plötsligt hade Pernilla efter ett biblioteksbesök börjat läsa om Sveriges historia, och efter ett tag hade intresset blivit så djupt att han mer tyckt att det började likna en besatthet. Leende erkände han att hon blivit lite väl intresserad av Gustav II Adolf och de andra grabbarna, men att det väl fick gå an eftersom det åtminstone inte påfrestade hennes rygg. Och han berättade hur glad han var över sitt nya jobb eftersom skulderna efter Pernillas rehabilitering äntligen skulle bli hanterbara, för att inte tala om kostnaderna för alla kiropraktorer och massörer som var en förutsättning för att hon skulle slippa sin värk.

Ett plingande glas fick alla samtal att tystna och blickarna att söka av rummet efter ljudets upphov. Den kvinnliga kursledaren hade ställt sig upp.

"Jag ville bara passa på nu när vi alla är samlade. Jag har en fråga som jag vill att ni ska ta ställning till och det är om ni skulle kunna tänka er att förlänga dagen i morgon med två timmar så att vi hinner med alla planerade moment. Jag är rädd att vi får stryka föreläsningen om stresshantering annars."

Kursen skulle enligt schemat avslutas till lunch. Vid tre hade hon lovat att hämta sin mamma för att åka till graven.

"Alla som kan tänka sig att stanna räcker upp en hand."

Så gott som allas händer åkte upp i luften. Åses också. Den enda vid bordet förutom Monika som lät händerna vila var Mattias. Åse fick syn på henne och insåg tydligen sitt ansvar som chaufför och tog ner sin hand.

"Jaha, du kanske har bråttom hem?"

Monika hann inte svara innan kursledaren fortsatte.

"Det ser ut som om merparten kan tänka sig att stanna så då gör vi så. I övrigt vill jag bara

133

önska er en fortsatt trevlig middag."

Åse fick en rynka i pannan.

"Vänta så ska jag kolla en sak."

Hon reste sig och gick utan att vidare förklara sina planer.

Mattias drack det sista i sitt glas.

"Jag skippar gärna stresshanteringen och får några lediga timmar hemma istället. Jag vet att dom andra jag åkte med också hade bråttom hem."

Han hade också samåkt. Han tillhörde sällskapet som Åse berättat om när de påbörjade sin resa i torsdags morse. Monika bestämde sig för att det var första och sista gången hon avstod från sin egen bil. Om hon någon mer gång skulle åka på en kurs, vilket hon under nuvarande omständigheter starkt betvivlade, skulle hon se till att göra sig oberoende. Att ringa till sin mamma och ställa in kyrkogårdsbesöket var uteslutet. Hon hade redan tärt på det lilla som fanns.

Åse kom tillbaka och slog sig ner på sin stol.

"Nej, det gick inte, dom hade redan fullt i bilen. Jag tänkte att du kanske kunde åka med dom andra från stan om du hade bråttom för dom skulle också åka tidigt. Men skit samma, jag får hoppa över stresshanteringen."

Den delen av kursen hade varit anledningen för Åse att komma dit över huvud taget, och nu var det Monikas fel att hon skulle missa den. Som hon hatade dessa eviga besök vid graven. Hon hade så gärna velat kunna säga till Åse att det inte spelade någon roll, att hon kunde stanna de där två timmarna om det var viktigt. Men hon visste vad det skulle innebära. Veckor av indignerad tystnad då hennes mamma utan ett ord lyckades förstärka det dåliga samvetet som sa att Monika alltid tänkte på sig själv i första hand. Och när hennes mor kom så nära sanningen blev tillvaron outhärdlig. Hennes enda utväg blev att krusa och lirka för att allt skulle få bli som vanligt. Det skulle hon inte klara nu. Inte nu när hon bestämt sig för att våga erkänna allt för Thomas. Det var antingen eller.

"Jag skulle så gärna säga att jag kunde stanna, men jag har ett hembesök hos en patient i morgon eftermiddag."

Hon kände att hon rodnade och låtsades att hon fick något i ögat för att få en möjlighet att dölja ansiktet. Hon satt där och ljög på sin stol och än en gång blev det bevisat. Hon offrade sig inte men Mattias tvekade aldrig.

"Om du har så bråttom hem så kan du ta

min plats i den andra bilen, så Åse kan stanna på stresshanteringen. Jag kan inte tänka mig att Daniella hinner lära sig prata just imorgon före klockan fyra."

Den tacksamhet hon kände var svår att erkänna.

"Är du säker?"

"Absolut. Jag ville bara hem i största allmänhet men det var inget viktigt. Jag stannar och åker med Åse."

Och så var valet gjort.

Ingenting förändrades runtomkring dem. Allt såg ut just som det gjort alldeles innan. Och ibland är det bra förunderligt att de där vägskälen som förändrar livet inte syns just i det ögonblick som de passeras.

10

TVÅ DAGAR HADE hon stannat i sängen. Inte en sekund hade hon vågat sova. Enda gången hon orkade upp var för att tömma blåsan och öppna balkongdörren för Saba. All energi gick åt till att hålla tankarna borta. Som illvilliga insekter invaderade de hennes verklighet och hon slogs vilt för att hålla dem ifrån sig. Vanjas hågkomster och antydningar tvingade henne gång på gång till utkanterna av den värld hon gjort till sin. En sextioåtta kvadratmeters lägenhet eller en upplyst ring av ljus med skarpt avgränsade kanter. Ett begränsat område format av den tolkning av sanningen som var uthärdlig. Där utanför var allting vitt. Ett vitt ingenting där ingenting fanns. Men nu fann hon sig gång på gång stående alldeles i utkanten av den upplysta ringen med ansiktet ut mot det vita, och plötsligt insåg hon att något rörde sig där ute, att det fanns mer. I allt det vita därutanför gick det plötsligt att urskilja skuggor. Skuggor av något som inte ville ta form, men som kom allt närmare.

Vanjas brev var bränt till aska på balkongen. Ändå hade det inte hjälpt. Vanja var en sinnessjuk kvinna som återberättade händelser som aldrig hade inträffat och det som möjligen kanske hade inträffat var förvrängt till oigenkännlighet. Alla hennes andra tankar och funderingar som Maj-Britt blivit pådyvlad var så motbjudande att hon önskade att hon aldrig hade läst dem. Även om hennes egen relation till Gud sedan länge var tämligen ansträngd, för att inte säga obefintlig, så tänkte hon definitivt inte häda. Och det var just vad Vanja gjorde! Hon hädade så till den milda grad och eftersom Maj-Britt tagit del av hennes ord var hon också medskyldig. Hon måste få Vanja att sluta skicka sina brev. Inte ens trösten att få stoppa något i munnen fanns kvar som utväg. Den senaste veckan hade den där smärtan i ryggslutet varit så intensiv att den gjorde henne illamående.

Det var två dygn sedan hon trillat ur sängen och Ellinor hade räddat henne. Idag skulle hon komma tillbaka. Maj-Britt hade bestämt sig under natten för hur hon skulle göra för att bli kvitt sin tacksamhetsskuld och det uns av försoning som den resulterat i. Hon hade redan klätt av sig. I bara underkläderna låg hon nu och väntade på att Ellinor skulle komma. Om Ellinor skulle få se hennes motbjudande kropp skulle hon backa undan av vämjelse och förlora sitt övertag. Då skulle hon tvingas skämmas över sin reaktion som hon inte skulle kunna dölja, och därmed skulle Maj-Britt återfå sin position och sin rätt att visa sin avsky.

Brevpapperet och en penna låg sedan ett dygn på nattduksbordet. Alldeles bredvid låg lappen med Ellinors mobilnummer och hur mycket det än bar emot så var hon tvungen att erkänna att det kändes bra att den låg där. Om det skulle hända igen.

Hon hatade känslan.

Att Ellinor kunde erbjuda henne något som hon ville ha.

Fyra hopskrynklade brevförsök låg kastade på golvet och Saba hade nyfiket nosat på dem ett par gånger innan hon insett deras uselhet och tappat intresset. Hatet mot Vanja var så starkt att orden inte ville låta sig formuleras. Det hon hade gjort var så oförlåtligt. Att tränga sig in i en värld dit hon inte var välkommen och ställa allt på ända. Göra anspråk på någons tid som om hennes förvridna åsikter var värda eftertanke.

Maj-Britt sträckte sig än en gång efter pennan och brevpapperet och började skriva:

Vanja,

Jag skriver detta brev med ett enda syfte: Att förmå dig att sluta skriva brev till mig!

Det var bra. Så skulle hon inleda. Egentligen ville hon också avsluta där eftersom det var det enda hon ville ha sagt.

Dina funderingar och tankar intresserar mig inte utan tvärtom finner jag dem ganska motbjudande.

Hon strök över ganska och skrev dit väldigt istället.

Vad du tänker och tror är din ensak, men jag vore tacksam om jag slapp ta del av det. Att du tar dig rätten att fördöma mina föräldrars tro för att sedan hemfalla till något som liknar en hemmagjord hednatro gör mig rent ut sagt upprörd, och med tanke på...

"Hallå!"

Maj-Britt la snabbt ifrån sig brevpapperet på nattduksbordet och drog av sig täcket. Hon hörde hur Ellinor hängde upp sin jacka på en av galgarna i hallen.

"Det är bara jag!"

Under stor ansträngning lyckades Saba masa sin tunga kropp över korgkanten för att gå Ellinor till mötes. Maj-Britt hörde matkassarna ställas ner i köket och hur hon närmade sig sovrummet. Hjärtat slog snabbare, inte av oro utan mer i förväntan. För första gången på länge kände hon sig lugn, i absolut överläge. Hennes avskyvärda kropp var också hennes mäktigaste vapen. Att exponera den var att försätta åskådaren i obalans.

Ellinor stannade tvärt i dörren. Det syntes att hon tänkt säga något men att orden fastnade strax innanför läpparna. I en tiondels sekund trodde Maj-Britt att hon lyckats. En tiondels sekund hann hon känna sig tillfreds men sedan öppnade Ellinor munnen.

"Men herregud som du ser ut! Dom där eksemen måste vi ju smörja in."

Maj-Britt drog snabbt på sig täcket för att skyla sig. Förnedringen brände som eld. Känslan av nakenhet överväldigade henne och hon kände till sin förfäran att hon rodnade. Det hade inte fungerat. Det som alltid fungerade på alla andra hade som vanligt inte fungerat på Ellinor. Istället för att vinna makt och ett tryggt avståndstagande hade Maj-Britt röjt sin största skam, blottat sig och avslöjat hur ömkansvärd hon var.

"Har du ingen salva som vi kan använda? Det där måste ju göra skitont."

Ellinors upprördhet gick inte att ta miste på och Maj-Britt svalde och drog upp täcket ännu längre. Hon värjde sig för Ellinors blick och kände sig lika utlämnad som hon hade gjort den där gången när...

Den vaga förnimmelsen löstes upp och försvann ut i allt det vita. Men något hade närmat sig och hon fick plötsligt svårare att andas.

"Varför har du inte sagt nåt? Det där måste du ju ha haft skitlänge."

Maj-Britt sträckte sig efter brevpappret men försökte dölja sin nakna arm så gott hon kunde bakom täcket.

"Om vi inte gör nåt åt det där så kommer du ju snart få öppna sår. Snälla Maj-Britt, låt mig få se en gång till."

Detta var oerhört. Aldrig i livet. Aldrig i livet att hon tänkte blotta sig för den där människan som inte hade vett att hålla sig på avstånd. Ellinor och Vanja. Det var som om hela världen plötsligt hade gaddat ihop sig mot henne. Bestämt sig för att bryta sig in och komma åt henne till vilket pris som helst.

"Gå ut härifrån och lämna mig ifred! Jag försöker faktiskt skriva ett brev och du stör!"

Ellinor stod tyst en liten stund och betraktade henne. Maj-Britt höll blicken stint på brevpapperet. Sedan hördes en liten fnysning innan Maj-Britt i ögonvrån anade hur Ellinor backade ut ur rummet. Saba stod kvar men bara ett ögonblick, sedan vände hon också Maj-Britt ryggen och följde efter.

Med tanke på att du har haft ihjäl hela din familj och sitter inne på livstid för det så tycker jag mig faktiskt inte ha anledning att ta del av dina sjuka funderingar! Dina brev stör och jag betackar mig för fler brev från dig. Jag och min familj önskar bara en sak, att få bli lämnade ifred!!!!

Maj-Britt Pettersson

Hon skrev dit adressen och utan att läsa igenom vad hon skrivit slickade hon igen kuvertet. Ljuden från Ellinors rörelser i lägenheten var hårda och ilskna och det dröjde inte länge förrän hon dök upp i dörren igen.

"Jag har ställt in maten i kylskåpet nu."

Hon var tydligt irriterad.

"Men jag köpte bara kött som du ville."

Så försvann hon igen. Slamrade med hinkar och dammsugare och fullföljde sina plikter. Och Maj-Britt låg kvar i sängen och insåg att Ellinor än en gång hade gått henne till mötes. Riskerat sitt jobb genom att frångå alla bestämmelser för att få henne att må bra. Maj-Britt slog händerna för ansiktet. Det fanns ingenstans att fly längre. Hennes fristad var invaderad.

Plötsligt stod Ellinor i sovrumsdörren. Maj-Britt hade hört ytterdörren öppnas och efter en kort tvekan stängas igen och när stegen närmat sig hade hon fått hjärtklappning. Ellinor gick fram och satte sig på sängkanten, längst ner vid fötterna där det fanns en liten plätt över. Saba lämnade sin korg och gick fram till henne.

"Min storebror föddes utan armar. När vi var små var det väl ingen av oss som tänkte så mycket på att han var annorlunda, det var bara naturligt eftersom han alltid hade varit sån. Mamma och pappa gjorde heller aldrig nån stor affär av det. Det är klart att dom blev chockade när han föddes och så men sen gjorde dom alltid det bästa av situationen. Han var världens bästa storebrorsa.

Jösses vilka lekar han kunde hitta på."

Ellinor strök Saba över huvudet och log.

"Det var först i tonåren som han förstod hur annorlunda han var. Som när han blev kär första gången och insåg att han inte kunde konkurrera med killar som hade armar och som var som alla andra. Som var "normala".

Hennes fingrar lämnade Sabas nacke och markerade i luften att hon tyckte det var en särdeles dålig benämning.

"Min brorsa är en sån där kille som alla tjejer drömmer om att träffa. Rolig, smart, snäll. Han har en humor och en fantasi som ingen jag har träffat har varit i närheten av, vare sig dom har haft armar eller inte. Men då i tonåren så var det inga tjejer som såg honom, dom såg bara armarna som fattades, och till slut så gjorde han det själv också."

Maj-Britt hade dragit upp täcket till hakan och hoppades att den märkliga bekännelse Ellinor ansåg sig behöva avge snart skulle vara avklarad.

"Och då när han insåg att han aldrig skulle kunna bli den han drömde om så blev han motsatsen istället. Över en natt blev han ett fullständigt svin som ingen orkade ha med att göra. Han var så jävla elak att det inte gick att vara i

145

närheten av honom. Ingen fattade nånting och till slut krävde han att morsan och farsan skulle skaffa eget boende åt honom på ett servicehem, men där orkade personalen knappt med honom heller. Då var han arton. Arton år och fullständigt ensam eftersom han varken ville träffa mig eller morsan och farsan, fastän vi var dom enda som verkligen brydde oss. Men jag sket i det. Jag gick dit ett par gånger i veckan och sa precis vad jag tyckte. Att han var ett jävla självömkande kräk som kunde ruttna bort på det där jävla servicehemmet om det nu var det han ville. Han bad mig fara åt helvete men jag fortsatte gå dit ändå. Ibland vägrade han till och med att öppna dörren. Då skrek jag genom nyckelhålet istället."

Herregud, vilket språk hon använde! Att det gick att klämma in så många svordomar. Obildat och vulgärt var vad det var!

Ellinor hade plötsligt tystnat och Maj-Britt förmodade att det var för att hon behövde hämta andan. Inte ens hon kunde tydligen låta sin outsinliga svada pågå utan syretillförsel. Synd att det gick så fort för vissa att dra ett andetag. Ellinor såg Maj-Britt rakt i ögonen och fortsatte.

"Sitt här då din jävla fegis och förstör ditt liv. Men du ska inte tro att du blir av med mig, jag

146

kommer att dyka upp här med jämna mellanrum och påminna dig om vilken jävla idiot du är."

Maj-Britt bet ihop käkarna så att det värkte.

"Det var vad jag sa till min bror alltså."

Ellinor strök Saba över ryggen en sista gång innan hon reste sig.

"Idag är han gift och har två barn, för till slut orkade han inte med mitt tjat. Är det nåt särskilt du vill att jag ska köpa till nästa gång?"

11

ENNY LÅGA flämtade på graven. Hon såg sin mammas händer stoppa tillbaka den brända tändstickan i asken, för vilken gång i ordningen visste hon inte. Bara att det var alltför många.

Beslutet låg fast. Hon skulle berätta för Thomas och för första gången i sitt liv erkänna vad som hänt och vad hon hade gjort. Och inte gjort. Den här gången skulle hon inte låta rädslan få allt att gå till spillo. Inte en gång till.

Det luktade instängt i lägenheten och hon var på väg fram till vardagsrumsfönstret för att vädra när mobilen ringde. Hon hade just tänkt ringa själv och hade så gärna velat hinna före. Mobilen låg i handväskan och hon gick tillbaka ut i hallen för att svara. Det var ett okänt nummer som visades på displayen och det fick henne att tveka. Han var den enda hon ville prata med och hon hade ingen som helst lust att bli sittande i ett långt samtal med någon annan. Men så lät hon pliktkänslan få ta beslutet. Alla dessa val som formar livet. Om hon inte hade svarat. Om hon bara hunnit prata med Thomas innan hon fick veta. Men det hann hon aldrig.

"Ja, det är Monika."

Först trodde hon att det var någon som ringt fel, eller någon som försökte driva med henne. En kvinnoröst hon inte kände igen skrek i luren och det var omöjligt att uppfatta vad hon sa. Hon skulle just lägga på när hon plötsligt insåg att det var Åse. Trygga, självklara Åse som bara med sin blotta närvaro hjälpt henne igenom de senaste dygnen. Inget gick att begripa. Åse hörde till kursen och lät främmande där hemma i den ovädrade lägenheten. Kanske var det därför hon inte förstod på en gång.

"Åse jag hör inte vad du säger. Vad är det som har hänt?"

Och så plötsligt gick där att urskilja några ord. Något om att komma och att hon var läkare. Men hon hann inte bli rädd. Inte då. I några sekunder var det tyst. Sedan hördes ljudet från sirener som närmade sig. Först då kom den första förnimmelsen av oro. Inget alarmerande, bara en tillstymmelse till förhöjd närvaro.

"Åse, var är du nånstans? Vad är det som händer?"

Flämtande andetag. Grunda och hastiga som från en människa i chock. Okända röster i bakgrunden, en ordlös ljudmatta som inte gav någon information. Valet gjordes omedvetet. Någonting i det som hände fick Monika att träda in i sin professionella yrkesroll.

"Åse, nu lyssnar du på mig. Tala om var du är nånstans?"

Kanske hörde Åse förändringen. Kanske var det just det hon behövde. En auktoritet som talade om för henne vad hon skulle göra.

"Jag vet inte, nånstans på vägen, det bara smällde Monika, jag såg den inte, jag hann inte ens bromsa."

Rösten brast. Den trygga, självklara Åse brast ut i förtvivlad gråt. Yrkesrollen slöt sig tätare runt Monika när hon träffades av Åses smärta. Som ett pansar la den sig tillrätta för att skydda henne från att dras med i fallet.

"Jag kommer."

Hon var läkare när hon gav sig iväg. Tankarna skenade längs en saklig bana som bara krävde information, inget känslomässigt pjunk fick tränga emellan. Man fick inte dra några förhastade slutsatser innan man försäkrat sig om tillförlitliga fakta. Efter varje kurva förväntade hon sig att få syn på en mötande ambulans men ingen dök upp. En gång ringde telefonen och hon såg hans namn på displayen. Han hörde inte dit, just nu fick han ställa sig åt sidan, just nu var hon en läkare på väg till en olycksplats.

Hon såg den på långt håll. I andra änden av en lång raksträcka pulserade blåljus mot en gråblå horisont. Alldeles uppe på ett backkrön. Utryckningsbilar hade parkerat huller om buller för att sedan bli instängda bakom avskärmande koner och rödvita plastband. En liten kö av bilar hade uppstått och en polisman gjorde sitt bästa för att låta den tråckla sig förbi ute på vägrenen. Monika körde in till kanten bakom kön och parkerade med varningsljusen igång. Det var ett hundratal meter fram till konerna och hon halvsprang längs bilarna. Allt som fanns var olycksplatsen där framme. Det enda som betydde något. Steg för steg närmade hon sig och nu var hon nästan där men en brandbil alldeles innanför avspärrningen skymde sikten för henne. Hon böjde sig ner för att ta sig under det rödvita bandet.

"Hallå, det är avstängt här."

"Jag är läkare och jag känner Åse."

Hon stannade inte ens upp. Såg inte ens på honom. Bara sökte av omgivningen i jakt på lugnande besked. Bakdelen på den röda skåpbilen stack upp ur diket. Börjes Bygg. Vanliga normala bokstäver som gick att läsa. En vajer från en bärgningsbil var fäst i dragkroken och sakta ruckades bilen ur sitt läge.

Brandmän, poliser, ambulanspersonal. Men någonting var fel. Ett oroväckande lugn rådde mitt uppe i det visuella kaoset. Ingen mer än hon själv verkade ha bråttom. En brandman som lugnt och metodiskt packade ihop sina verktyg. En sjukvårdare i ambulansens förarsäte som hade tid att fylla i en rapport.

Så fick hon syn på Åse. Framåtlutad och med ansiktet i händerna halvsatt hon i bakre änden av en ambulans. Bredvid henne satt en kvinnlig polis med armen om hennes axlar och uttrycket i polisens ansikte fick Monika att tappa andan. Alldeles stilla blev hon stående i allt som pågick runt omkring henne. Någon kom fram och sa något men hon uppfattade bara en mun som rörde sig. Det var bara några få steg. Fler än två den här gången men lika svåra att förmå sig att ta. Det hon inte ville veta fanns dolt där nere i diket, men den spända vajern blev kortare och kortare och skulle i vilket ögonblick som helst avslöja katastrofens fulla vidd. Hon slog handen för ögonen. I mörkret hörde hon något om att de hittat älgen en bit in i skogen. Motorljudet från bärgningsbilen upphörde men hon höll kvar sin hand, vägrade att få veta.

Hon var där igen. Än en gång stod hon där och var alldeles levande och allting hade varit hennes fel. Ingenting var möjligt att förändra, att göra ogjort, hon hade gillrat fällan och han skulle aldrig komma ut.

Så öppnade hon ögonen och någonting gick slutgiltigt sönder. Där passagerarsidan förut varit fanns bara skrynklig plåt och en bit krossad vindruta.

Och så en söndertrasad kropp som inte gick att känna igen men som borde ha varit hennes.

12

*H*EJ MAJSAN!

Jag får väl börja med att tacka för ditt brev även om jag måste erkänna att det inte gjorde mig särskilt glad. Men det var väl heller inte avsikten. Du kan vara lugn, jag ska inte fortsätta min brevväxling på egen hand, men det här brevet kändes nödvändigt att skicka. Det får bli det sista.

Jag ber om ursäkt om jag förolämpade dig med mina funderingar i mitt förra brev, det var verkligen inte min mening. Däremot tänker jag inte be om ursäkt för att jag faktiskt HAR de funderingar som jag har. Om det är något jag är trött på så är det människor som är så fullkomliga i sin tro att de tar sig rätten att se ner på och fördöma andras. Och jag fördömer inte alls dina föräldrars tro så som du skrev. Jag tar mig bara rätten att tro annorlunda själv. Jag tänker fundera vidare på saker och ting och se om jag hittar några nya

154

bra svar, för vi kanske ändå kan vara överens om att det vi hittills har kommit fram till inte har skapat någon särskilt trevlig värld. Som jag läste i en bok som fängelseprästen gav mig: "Alla stora upptäckter och framsteg har gjorts utifrån en villighet att anse att man inte har haft rätt hittills, att lägga alla rätt åt sidan och tänka om."

Vad det gäller min "hemmagjorda hednatro" så är det väl bara så enkelt att vi tror olika, men det är helt okej för mig. Det står ju så fint i din Bibel att bara Gud har rätt att döma. Tankar kring andlighet har säkert de flesta av oss ibland. Jag begriper inte varför vi människor så fort vi lyckas hitta något att tro på genast måste sätta igång att övertyga alla andra om att vi har rätt, som om vi inte vågar tro något ensamma utan måste göra det i grupp för att det ska räknas. Då blir det plötsligt viktigt att alla ska tro exakt likadant och hur gör man för att uppnå det? Jo, man upprättar lagar och regler som håller tron inom de ramar man satt upp och för att få vara med måste man anpassa sig. Man får helt enkelt sluta att ställa svåra frågor och hoppas på att hitta några nya svar, eftersom man redan skrivit ner de rätta i religionens stadgar. Det måste väl ändå vara rena dödsstöten för all typ av utveck-

ling? Då handlar det väl bara om makt? Det är i alla fall vad religion handlar om för mig, för ingen religion är skapad av någon Gud utan av oss människor, och historien har visat vad vi anser oss ha rätt att göra i dess namn.

Jag inser när jag läser vad jag skrivit att jag förmodligen har förolämpat dig i det här brevet också. Jag vill bara att du ska veta att jag också är troende, men min Gud är inte lika dömande som din. Du skrev att det med tanke på att jag sitter inne på livstid inte finns någon anledning att ta del av mina sjuka funderingar. Nej, det må så vara, men jag vill ändå avsluta med att berätta min version av varför jag sitter här i dag.

Minns du att jag drömde om att bli författare? I mitt barndomshem var det som du kanske förstår ungefär som att drömma om att bli kung, men vår lärare i svenska (kommer du ihåg Sture Lundin?) uppmuntrade mitt skrivande. När du och jag tappade kontakten hade jag flyttat till Stockholm och där utbildade jag mig till journalist. Inte för att någon av mina artiklar har gått till historien, men jag försörjde mig som journalist i nästan tio år. Sedan träffade jag Örjan. Om du visste hur mycket tid jag har ägnat åt att försöka förstå varför jag blev så vansinnigt kär, för i efterhand är det så obegripligt att jag blundade för alla varningstecken. För sådana fanns det så att det räckte och blev över, men jag var som för-blindad. Det märkligaste av allt är att jag kände mig trygg med honom, trots att allt han sa och gjorde borde ha fått mig att känna precis tvärt-om. Redan då drack han alldeles för mycket, och han hade alltid pengar utan att någonsin berätta var han fick dem ifrån. Nu efteråt har jag insett att det var för att han påminde om min egen far och att "tryggheten" kom sig av att jag kände igen mitt eget barndomshem. Jag kände mig hemma och visste precis hur jag skulle förhålla mig. Ingen av alla "vanliga, snälla" män som jag stött på genom åren blev jag förälskad i efter-som de gjorde mig osäker. Jag visste aldrig hur jag skulle bete mig mot dem. Örjan gillade inte att kvinnor var för självständiga, och mitt arbete var onödigt eftersom han kunde försörja oss med sina pengar. Och jag mitt nöt försökte anpassa mig efter hans önskemål och något halvår efter att vi hade träffats sa jag upp mig. Därefter var det mina vänner som han inte gillade att jag träffade och för att undvika bråk slutade jag att höra av mig till dem. Naturligtvis fick det dem att sluta höra av sig till mig också. Efter bara ett år hade jag förlorat all kontakt med omvärlden och blev mer eller mindre livegen. Jag ska inte trötta dig med några detaljer, men Örjan var en sjuk människa. Naturligtvis var han säkert inte född sådan, men han hade växt upp i ett hem fullt av misshandel och fortsatte leva så som han blivit lärd. Det började nästan omärkligt. Små elaka ord då och då som undan för undan blev så vanliga att jag vande mig. Till slut trodde jag på dem och började anse att han hade rätt att uttala dem. Sedan började han slå. Det fanns dagar då jag knappt kunde röra mig men det var bara bra sa han, för då visste han ju var han hade mig. Men det visste han ändå för jag vågade aldrig lämna huset utan att be om lov och det fick jag aldrig.

Det är nu det svåra kommer, när jag ska berätta om mina älskade barn. De är ständigt i mina tankar och så många gånger har jag ältat alla OM som finns. Men för 17 år och 94 dagar sedan såg jag ingen annan lösning än att ta dem med mig i döden för att rädda dem från helvetet vi levde i, som JAG hade fött dem till. Jag kunde inte se någon annan lösning. Jag var så in i märgen trött på att ständigt vara rädd. Kanske kan bara en människa som levt i ständig skräck under lång tid förstå hur det känns och hur kraftlös man blir till slut. Vad som hände med mig var inte viktigt, men jag orkade inte se mina barn lida mer. Jag skämdes något så oerhört över mig själv och allt jag tillåtit ske att jag inte vågade söka hjälp. Jag var ju medskyldig! Jag hade inte stoppat honom i tid! Jag hade sett hur han gav sig på barnen och jag hade inte vågat stoppa honom då heller. Jag önskade inget högre än döden men jag kunde inte lämna mina barn med honom. Min hjärna var vid det laget så förvriden att det inte fanns någon annan utväg. Jag såg det som vår enda räddning. Jag gav dem lugnande medel och kvävde dem i deras sängar. Det var aldrig min plan att döda Örjan, men han kom hem tidigt fastän han sagt att han skulle bli sen och han hittade mig i barnens sovrum. Jag har aldrig varit så rädd i hela mitt liv. Jag lyckades komma undan och ner i köket och när han kom ikapp hade jag fått tag i en kökskniv. Efteråt tömde jag bensindunken som Örjan hade i förrådet och la mig hos barnen och väntade. Vad jag minns starkast av de där timmarna var känslan när jag hörde lågorna som sprakade på nedervåningen och sakta men säkert förintade vårt fängelse. För första gången i mitt liv upplevde jag total frid.

Den värsta stund jag upplevt var när jag

vaknade på sjukhuset ett par veckor senare. Jag hade överlevt, men mina barn var med honom på andra sidan. Jag överlevde, men det betyder inte att jag fick tillbaka mitt liv.

Jag försöker inte ursäkta mig, men det lättar något när jag försöker se orsakerna till att allt blev som det blev. Mitt straff är inte att sitta inlåst här. Mitt straff är tusen gånger värre och kommer att vara i resten av mitt liv. Det är att varje sekund som återstår se mina barns ögon framför mig, minnas blicken de gav mig när de förstod vad jag var på väg att göra.

Det existerar inget helvete efter döden som din Gud dömer oss till. Helvetet skapar vi själva här på jorden genom att välja fel. Livet är inte något som "drabbar oss", det är något vi själva är med och utformar.

Jag ska följa din önskan att inte höra av mig mer. En sak måste jag dock skriva innan våra vägar skiljs igen. Om det är så att du har ont någonstans så tror jag att du bör få det undersökt, och för säkerhets skull så bör du göra det så snart som möjligt.

Du vet var jag finns om du behöver mig.

Din vän,
Vanja

13

"TACK FÖR ATT DU KOM DIT."

Åse satt i soffan i sitt ombonade vardags-
rum och Börje hade lagt en filt över hennes ax-
lar. Bedrövad men oändligt tacksam satt han nu
bredvid henne med hennes hand i sin grova näve,
och med den andra torkade han sig med jämna
mellanrum under ögonen.

Chefsläkare Lundvall hade blivit stående på
golvet. Med yrkesrollen knäppt upp till halsen
i ett desperat försök att hålla samman hade hon
trots sitt inre inferno lyckats ta sig igenom de
två senaste timmarna. Talat med poliser och am-
bulanspersonal, frågat brandmän om skåpbilens
vidare öden för att full av information till sist
skjutsa hem Åse och vidarebefordra all viktig
fakta till Börje. Men där inne i det hemtrevliga
vardagsrummet hade chefsläkare Lundvall för
säkerhets skull valt att förbli stående, för om hon
satte sig ner i en av de inbjudande fåtöljerna och

tillät sig att slappna av var hon rädd att Monika skulle lyckas bryta sig ut. Instängd bakom den rationella fasaden irrade hon runt bland spillrorna, förtvivlad och skräckslagen. När som helst skulle hon lyckas ta sig ut och vid det laget måste chefsläkare Lundvall se till att befinna sig någon annanstans. Hon skulle just inleda sin avskedsreplik när hon hörde ytterdörren öppnas.

"Hallå?"

Det var Börje som svarade.

"Hallå, vi är här inne."

Han såg på chefsläkare Lundvall och förklarade.

"Det är vår dotter Ellinor. Jag ringde och bad henne komma."

I nästa stund dök hon upp i dörren, en blond ung kvinna med ivriga steg. Bara ett mål i sikte, föräldrarna där i soffan. Hon såg inte ens chefsläkare Lundvall när hon passerade på bara någon meters avstånd.

"Hur känns det?"

Dottern satte sig bredvid Åse och la sin panna mot hennes axel. I knät möttes allas händer: mamma, pappa, barn. Den samlade familjen. I vått och torrt skulle man hålla ihop genom livet.

"Det är ingen fara, men hon orkar inte riktigt

prata om det än. Hon har fått lite lugnande."

Börje talade lugnt och lågmält men hans ömhet strålade genom handen som rättade till filten som glidit ner från Åses axel. Sedan strök han Ellinor över håret.

Monika rev och slet där inne. Vräkte sig gång på gång mot det sköra skal som höll henne fången. Chefsläkare Lundvall fick allt svårare att andas och det började bli bråttom nu, riktigt bråttom.

"Om det är okej så går jag nu."

Det hördes i hennes röst. I alla fall hörde hon det själv. Men kanske de i soffan var för upptagna av sin tacksamhet för att höra det de också. Börje reste sig och gick fram till henne.

"Jag vet inte vad jag ska säga mer än tack. Det är lite svårt att hitta ord just nu."

"Du behöver inte säga nånting."

Hon tog hans framsträckta hand och kramade den snabbt, vände sig sedan mot Åse som såg på henne med gränslös sorg i blicken.

"Hejdå Monika, tack för att du kom."

Och när hon hörde sitt namn rämnade fasaden men hon hann ta sig ut till bilen innan skriket kom.

Bilen kunde vägen bättre än hon. Oförmögen till något som helst beslut fann hon sig plötsligt på parkeringen till kyrkogården. Benen gick de välbekanta stegen och lågan som tänts i en annan tid vajade i sin plastbehållare. Hon sjönk ner på knä. La sin panna mot den kalla stenen och grät. Hur länge visste hon inte. Det hade blivit mörkt och kyrkogården var tom, kvar fanns bara hon och en sten och en ljuslåga. Alla tårar som lydigt och behärskat stoppats undan genom åren kom vällande som ett ursinne. Men ingen lindring kunde de ge, bara driva henne längre in i förtvivlan. Det fanns inget hon kunde göra. En kvinna hade mist sin älskade och ett barn förlorat sin far och själv satt hon där levande till ingen nytta för någon mänsklig varelse. Än en gång var hon den som överlevt och istället lyckats ha ihjäl någon som borde ha fått leva. Om det fanns någon Gud så var hans vägar i sanning outgrundliga. Varför ta Mattias och låta henne gå? Två människor var beroende av honom. Hans nya jobb skulle ha blivit deras räddning. Och själv förväntades hon fortsätta som om inget hänt. Bara åka hem till Thomas och med alla möjligheter i tryggt förvar börja bygga upp sin framtid. Återvända till sina dyra saker och sitt välbetalda arbete och låtsas att hon värnade om människoliv, när sanningen var den motsatta.

Hon rätade på sig och läste orden för tusende och åter tusende gången.

Min älskade son.

Så självklara, så alltid närvarande. Och så alltid utom räckhåll.

Hon la sina handflator över hans namn på den kalla stenen, och från djupet av sitt hjärta ägde hon bara en enda önskan.

Att hon en gång för alla skulle få byta plats.

14

MAJ-BRITT SATT i fåtöljen och tv:n stod
på. Program efter program hade rullat
förbi och så fort någon tanke hade lyckats tränga
sig igenom de förbiflimrande bilderna hade hon
knappat över till en ny kanal. Det enda hon inte
lyckades komma undan var smärtan i korsryggen.
Sedan hon läst Vanjas ord var den mer påtaglig
än någonsin.

Innan hon flytt in i tv-utbudet hade hon hunnit
konstatera sammansvärjningen. Inte ett ord hade
hon sagt om sin onda rygg, men Ellinor hade av-
slöjat henne med sina snokande ögon. Och vem
annan än hon kunde ha berättat för Vanja?

Allt skulle ha kunnat återgå om det inte varit
för Ellinor. Om Vanja skickade något mer brev
skulle Maj-Britt kunna komma undan genom att
inte läsa, och det hon redan hade tvingats läsa
skulle hon kunna kväva genom tv och mat om

hon bara ansträngde sig ordentligt. Men så var det som sagt Ellinor. Den hyggliga Ellinor som i själva verket var lierad med Vanja och det hade inte varit en tillfällighet att de båda samtidigt hade trängt sig in och nästan lyckats välta omkull hennes värld. Bakom hennes rygg smidde de sina ondsinta planer, vad de var ute efter var obegripligt. Men hade inte livet alltid varit så? Emot henne. Utan att hon någonsin kunde begripa varför.

Och så var det skammen. Att Vanja visste att hon ljugit om sitt liv och kände till att hon satt där i lägenheten och var beroende av hemtjänsten för att kunna fortsätta existera. Att Maj-Britt genom sina lögner erkänt hur misslyckad hon egentligen var.

Hon hörde ingen hälsningsfras när dörren öppnades och kort därefter drogs igen. Saba lyfte på huvudet och viftade lite på svansen men låg kvar innanför balkongdörren. Hon ville ut men Maj-Britt hade inte förmått resa sig.

Hon hörde steg som närmade sig och när de stannade visste hon att Ellinor befann sig i rummet, bara ett par meter bakom hennes rygg.

"Hej."

Maj-Britt svarade inte, höjde bara ljudet med fjärrkontrollen. Så dök Ellinor upp i synfältets utkant på väg mot Saba och balkongdörren.

"Vill du gå ut?"

Saba reste sig, viftade på svansen och förpassade sin tunga kropp ut genom den öppnade dörren. Där utanför blåste det och när en kastby slet åt sig dörren stängde Ellinor igen. Maj-Britt såg henne stå kvar med ryggen mot rummet och blicken ut genom glasrutan.

Något var annorlunda. Ellinors vanliga pladdrande var som bortblåst och det vilade något tungt över henne. Maj-Britt fann det obehagligt. En förändring som förvirrade och som hon på något sätt måste hantera. Ellinor stod länge vid dörren och när hon plötsligt började tala kom det så oväntat att Maj-Britt ryckte till.

"Känner du folk här i huset?"

"Nej."

Hon hade svarat fastän hon hade tänkt låta bli. Ellinors nya beteende skrämde henne, särskilt nu när hon visste att hon där bakom den bussiga ytan dolde sina egentliga avsikter.

"Det bor en familj tvärsöver gården där pappan dog igår. I en trafikolycka."

Maj-Britt ville inget veta, men hon såg den

där pappan framför sig, han som brukade vara ute och gunga med sitt barn och den där mamman som verkade ha ont någonstans. Som vanligt blev hon informerad om saker som hon inte ville ha med att göra och som hon inte hade bett att få veta. Hon bytte kanal.

Ellinor öppnade dörren för att släppa in Saba och sedan hörde Maj-Britt hur hon försvann ut i köket. På tv:n förvandlades tre personers utseende med hjälp av operationer och makeup och Maj-Britt lyckades hålla sig avskärmad en lång stund. Men så var Ellinor tillbaka igen. Maj-Britt låtsades som ingenting men ur ögonvrån såg hon att Ellinor kom in i rummet med något i händerna och att hon satte sig i soffan. Satte sig i soffan med den självklarhet som människor gör som vet att de när som helst kan resa sig ur den igen.

"Jag tänkte laga den här."

Maj-Britt vred på huvudet. Ellinor satt med hennes klänning i knät, den av de två som hon fortfarande gick i men som hade börjat spricka lite i sömmarna. Maj-Britt ville säga emot men visste att lagningen behövdes. Alternativet var att gå igenom besväret med att få en ny uppsydd och hon rös fortfarande vid minnet av förra gången. Och att själv sy. Nej. Av någon anledning hade tanken aldrig ens slagit henne, inte ens på den

169

tiden när det fysiskt varit en möjlighet. Hon ägde inte ens nål och tråd. Men att se hur Ellinors fingrar rörde sig över det som i vanliga fall brukade finnas tätt mot hennes hud var vedervärdigt.

Maj-Britt bet ihop och återvände till tv:n. Men så reagerade hon på en rörelse bortifrån soffan. Ellinor sträckte upp armen ovanför sitt huvud. Maj-Britt hann aldrig tänka. Hon hann aldrig med sitt förnuft förstå vad som fick henne att vända hela sin uppmärksamhet mot Ellinor och samtidigt fyllas av en skräck så stark att hon plötsligt inte kunde röra sig. Hon stirrade på Ellinor. Mellan hennes händer gick en armslängd sytråd och Maj-Britt kunde inte värja sig, som förhäxad följde hon tråden ner till rullen i Ellinors vänsterhand. Och sedan var allt för sent. Minnet trängde in från allt det vita. Som en nerdragen rullgardin med fjädern spänd till bristningsgränsen och som plötsligt rullas upp med en skräll. Maj-Britt satt som lamslagen och såg på det som tog form framför henne. Det som så länge tvingats undan men som utan förvarning tagit sig tillbaka genom alla år. Och ingenting kunde hon göra för att värja sig.

Ingenting.

Hon satt i köket men det var inte deras kök där hemma, utan köket hemma hos pastorn och hans familj. Hon hade varit där i nästan två veckor, sovit i ett kalt rum med två sängar och i den andra sängen hade pastorns fru sovit. Inte en minut hade hon lämnats ensam, och inte en sekund hade hon fått lämna rummet om det inte var för att besöka badrummet, vilket hon tilläts göra varje morgon och kväll. Men inte ensam, dörren lämnades alltid öppen med en decimeterstor springa och därutanför väntade pastorsfrun.

Det var ett stort hus av trä och hon kände inte igen ljuden som bebodde det. Särskilt på nätterna kröp de oväntat in i rummet genom de mörka golvbräderna och då var hon glad att hon inte lämnats ensam, men på dagarna hade hon gärna velat få vara ifred en stund. Men det gick inte. Hon var under övervakning och hon visste att det var nödvändigt, visste att det var för hennes egen skull, för att hjälpa henne efter leken som de hade lekt i vedboden. Hon skulle få hjälp att fördriva de där tankarna som kom över henne och som fick henne att göra saker som hon inte ville.

Nu satt hon på en köksstol och såg hur pastorsfrun dukade fram koppar och fat på en bricka. Hon kände att hon borde hjälpa till men vågade inte

171

fråga. Trots att de tillbringat varje stund tillsammans de senaste veckorna, utom någon timme då och då när pastorn själv hade tagit över, så hade de inte lärt känna varandra. Mycket av tiden hade förflutit i tystnad, och resten hade de ägnat åt bön och den heliga skrift. Maj-Britt kände tacksamhet mot kvinnan som var villig att offra så mycket av sin tid för att hjälpa henne, men hon skrämde henne också, det kändes så tydligt att pastorsfrun egentligen inte tyckte om henne utan gjorde det hon gjorde av plikt. Något som måste göras.

Maj-Britt drog in den ljuvliga doften av nybakade bullar och kastade en blick mot fönstret. Det hade blivit mörkt därute. Så många gånger hade hon stått på andra sidan, utanför staketet nere vid vägen, och tittat mot det vackra huset. Sett mot de upplysta fönstren och fantiserat om hur det skulle kännas att få vara därinne. Där inne på andra sidan, i det hus som var så fyllt av kärlek att Gud själv valt ut mannen som bebodde det att föra Hans talan. Och nu satt hon där i köket. De hade tagit emot henne och upplåtit sitt hem och sin tid för att hjälpa henne och hennes föräldrar att ställa allt tillrätta. Hon fylldes av en stor tacksamhet. De visste vad hon hade gjort, och de första dagarna hade hon inte vågat se någon av dem i ögonen. Hon hade gjort allt hon kunde för att försöka förtränga minnet, hur hon själv stått i bara trosorna med byxorna neddragna framför Vanja och Bosse när hennes pappa hade kommit på dem. Bosse hade varit doktor och Vanja sköterska och de hade inte tänkt göra något mer, bara dra ner byxorna en efter en och den värsta skammen var att erkänna för sig själv hur det liksom hade pirrat i bröstet av spänning och nyfikenhet. Hon hade inte ens mått dåligt när Satan hade intagit henne, men det vågade hon inte erkänna. Det fick bli en hemlighet som hon för alltid skulle gömma undan, men för Gud gick det inte att ha några hemligheter. Och kanske gick det inte heller att ha några hemligheter för pastorn, för varje kväll hade han läst för henne: "Om än ondskan smakar ljuvligt i hans mun, så att han gömmer den under sin tunga, är rädd om den och ej vill gå miste därom, utan håller den förvarad inom sin gom, så förvandlas denna kost i hans inre, bliver huggormsetter i hans liv. Den rikedom han har slukat måste han utspy, av Gud drives den ut ur hans buk. Ja, huggormsgift kommer han att dricka, av etterormens tunga bliver han dräpt."

Och hon hade bett allt ihärdigare att Gud skulle hjälpa henne. I två veckors tid hade hon bett om att få bli utvald som de andra i Församlingen hade blivit, att hon också skulle få omslutas av Hans kärlek och nåd. Hon bad inte om att få förstå, hon visste att Hans vägar var outgrundliga, men hon ville så gärna kunna lyda! Att Han skulle tvinga henne till underkastelse så att hon fick bli ren.

Nu satt hon där i köket och visste inte varför, och eftersom hon inte hade något annat för sig passade hon på att be, såsom hon lärt sig de senaste två veckorna att hon skulle göra. Man skulle inte missbruka Herrens nåd.

Hon hörde ljudet av porslinskoppar som med jämna mellanrum mötte sina fat och plinget från skedarna när de gled in bredvid kopparna. Pastorsfrun hade försvunnit in i matsalen och det var därifrån ljuden nu letade sig tillbaka till de skåp varur kopparna hämtats. Allt kändes hemtrevligt och tryggt. Doften från bullarna och ljudet från dukningen. Hon hade blivit utsläppt ur sitt rum och det måste ju betyda att hon uppfyllt deras förväntningar, att de lyckats bota henne och nu ansåg henne betrodd att vistas bland resten av mänskligheten.

"Maj-Britt, kan du komma hit?"

Hon reste sig genast och gick mot matsalen varifrån pastorsfrun ropat. Hon stod bakom en stol vid bordets kortända och vilade händerna mot ryggstödet. Det var ett vackert rum. Ett stort brunt bord i rummets mitt med tolv stolar runtomkring och så fyra extra längs två av väggarna. Den tredje väggen täcktes av ett jättelikt skåp som hörde ihop med resten av möblemanget och vid den fjärde stod hon själv i dörröppningen till köket.

"Du kan gå och sätta dig där."

Hon pekade på en av stolarna längs ena väggen. Maj-Britt gjorde som hon blivit tillsagd. Hon undrade varför bordet var dukat med så vackert porslin, vilka det var som väntades till kvällskaffet. Hon kände nästan lite förväntan, det var så många dagar sedan hon sett någon annan än pastorn och hans fru. Och om mamma och pappa skulle komma. Då skulle hon få visa att hon nått bot och bättring och att deras böner inte hade varit förgäves. Hon kunde nästan känna ett litet uns av stolthet, inget stort och skrävlande utan mer en liten lättnad. Hon hade lyckats bli av med allt det där inuti som hade lockat henne på villovägar. Visst hade hon haft hjälp, men det var hon själv som hade klarat det. Genom sina enträgna böner hade hon äntligen lyckats ta kommandot över de tankar som ständigt smitit utom räckhåll

175

för hennes förbud. Gud hade äntligen lyssnat och kommit henne till hjälp. I sin nåd hade Han förlåtit henne och skulle inte låta henne lida mer. Och inte hennes föräldrar heller, de skulle också bli skonade.

Pastorsfrun gick fram till skåpet och drog ut lådan under den mellersta luckan. Hon plockade med något med ryggen mot Maj-Britt, det kom ljud av små saker som flyttades runt. Så vände hon sig om med en trådrulle i handen. En trådrulle av trä med alldeles vit sytråd.

"Så tar du av dig kjolen och underkläderna."

Maj-Britt förstod först inte vad hon sagt. Ett kort ögonblick var det fortfarande bara doften av nygräddade bullar och hoppfull förtröstan. Men så kom rädslan smygande, hennes kläder var inte trasiga, vad skulle pastorsfrun med tråden till? Maj-Britt synade sin kjol, sökte efter en söm som spruckit men ingen kunde hon hitta.

"Gör nu bara som jag sagt och så sätter du dig på stolen igen."

Hennes röst var mild och vänlig. Den passade inte till orden och Maj-Britt förstod inte vad hon menade fastän hon begrep vad hon sa. Så höjde pastorsfrun armen över huvudet och drog ut en armslängd tråd. På vägen ner slängde hon en

176

blick på sitt armbandsur.

"Nu får du skynda dig så att jag hinner duka fram resten."

Maj-Britt kunde inte röra sig. Att ta av sig kläderna här, i pastorns matsal. Hon förstod inte men hon såg att pastorsfrun började bli otålig och hon ville inte göra henne arg. Med darrande händer gjorde hon som hon hade blivit tillsagd och satte sig på stolen igen. Skammen brände som eld. Med händerna i knät försökte hon skyla sitt hemliga. Kläderna låg i en hög bredvid stolen och det var så svårt att motstå impulsen att ta upp dem och springa därifrån.

Pastorsfrun kom fram och satte sig på huk vid hennes sida. Så tog hon den tunna sytråden och knöt fast den i hennes högerben, alldeles under knät knöt hon den med en enkel knut innan hon gjorde fast den andra änden runt stolsbenet.

"Det här gör vi för din egen skull Maj-Britt, så att du ska förstå allvaret i det du gjorde."

Hon tog klädhögen och reste sig upp.

"Det är av kärlek till dig som dina föräldrar och vi alla i Församlingen försöker hjälpa dig att hitta tillbaka till den sanna vägen."

Maj-Britt skakade. Hennes kropp riste av förnedring och rädsla. Han hade lurat henne,

Han hade inte förlåtit, bara invaggat henne i falsk förhoppning och bidat sin tid.

"Av kärlek Maj-Britt, även om det kanske inte känns så nu, men när du blir äldre kommer du förstå. Vi vill bara lära dig hur du borde ha känt när du blottade dig inför den där pojken. Och hur du för alltid kommer att känna, om du inte ändrar ditt beteende."

Hon vek ihop kläderna i en prydlig hög och försvann ut i köket. Maj-Britt satt alldeles stilla. Hon var så rädd att tråden skulle gå av om hon rörde sig.

Det gick tid. Alldeles vit tid utan sekunder och minuter. Bara ögonblick som förflyttade sig framåt och blev alltmer betydelselösa. Där över bordet hängde en stor kristallkrona. Prismorna blänkte och skimrade. Och så bordet som var så vackert dukat. Sirliga, vita koppar med små blommor på och nu kom pastorsfrun tillbaka med två brödfat fyllda av de ljuvligaste kanelbullar. Och det var ju ganska bra att hon satt fast för annars skulle hon ju kunnat äta upp allihop innan gästerna ens hade hunnit komma. Men det gjorde de visst nu. Hon hörde dörrklockan och röster som mumlade men inte vad de sa men det var säkert ändå inget som hon hade med att göra. Luftdraget från ytterdörren fick prismorna i kristallkronan att glittra som ädelstenar. Tänk att få sitta och titta på en sådan fantastisk skapelse. Och nu kom alla gästerna in i rummet, parvis eller en och en satte de sig ner vid bordet, Gustavssons och Wedins, och där kom Ingvar som ledde kören som det var så roligt att få vara med i. Och Gustavssons hade sin Gunnar med sig, tänk vad stor han hade blivit. Alla hade de så fina kläder, kostymer och klänningar som skulle de till söndagsmässan. Till och med Gunnar hade kostym, fastän han bara var fjorton. Den var mörkblå och så hade han slips och såg så vuxen ut. Och så mamma och pappa. Det var så roligt att se dem för det var så länge sedan, men de hade inte tid med henne nu och det förstod hon. Pastorn hade börjat prata om saker som gällde Församlingen och nu bjöds det på bullar och fylldes på kaffe i kopparna. Men hennes mamma såg så ledsen ut. Flera gånger torkade hon sig under ögonen med en näsduk och Maj-Britt hade så gärna velat kunna gå fram till henne och trösta, säga att allt var bra, men hon satt ju fast i stolen och hon visste att hon måste göra det. De gjorde det här för hennes skull fastän de låtsades att hon inte fanns. Bara Gunnar sneglade lite på henne ibland.

Och så plötsligt skulle alla gå igen. De reste sig och följdes åt ut i hallen och sedan tystnade alla röster. Bara ett svagt mummel som hon lärt sig kom från pastorn och hans fru och så trängde sig plötsligt sekunderna tillbaka in i tiden.

Hon satt på en stol i pastorns matsal utan kläder på underkroppen och nu hade hon förstått hur hon borde ha känt.

Och hon hade lärt sig att hon aldrig någonsin skulle göra så som hon gjort igen.

Nästa dag fick hon åka hem. Hon fick ta trådrullen med sig som en påminnelse. Den ställdes på hyllan i köket för att hon aldrig skulle glömma.

15

VISSA SAKER VAR det inte meningen att man skulle få behålla. En del ting hade som uppgift att bara stryka förbi och påminna vissa människor om vad det var de aldrig kunde få. Se till att de inte skulle vanvårda sin hopplösa längtan, eller rent av glömma bort den. Kanske till och med lära sig att leva med den och känna en viss förnöjsamhet. Nej, när människor inte ville inse sin nöd var det dags att påminna dem, låta dem känna smaken, läska dem lite.

Thomas hade varit en sådan.

En påminnelse som tittat förbi och berättat hur livet kunde ha blivit. Om hon inte varit en sådan som levde på bekostnad av andra.

En sådan som förbrukat sin rätt.

Allt var sönderslaget. Den omtumlande känslan av förhoppning hade runnit ut och lösts upp i den gränslösa hopplöshet som tagit över.

Hon satt på en stol vid vardagsrumsfönstret. Hennes vackra vardagsrum där ingen prislapp fått henne att tveka i valet av inredningsdetaljer. Allt var handplockat, utsökt och genomtänkt. En stolthet för den som bebodde det och en utmaning för dem som kom på besök.

I jämförelse.

Fick dem att också vilja ha.

Alla hennes dyra, fina saker.

Alla lampor i lägenheten var släckta. Ett kallt sken utifrån målade en bred gata i parkettgolvet men gav upp en bit upp i bokhyllan på motsatta väggen. Alldeles ovanför hyllan med glasskulpturen. Den som många av hennes läkarkollegor också hade, inte riktigt likadan men nästan. Som visade att man hade både råd och smak.

Hon hade stängt av sin mobiltelefon. Flera gånger hade han ringt men hon hade inte svarat. Hon bara satt där vid fönstret i sitt allt mindre viktiga vardagsrum och lät timmarna passera.

Det hade varit så lätt att fylla upp överbliven tid. Tv, gymmet, sena kvällar på jobbet. Som ensamstående var hon van att planera sin tid, inte så mycket för att den skulle räcka till, utan snarare för att se till att den skulle räcka precis. Det fick inte bli för långa luckor där allt stannade av och grubblet kunde ta över. Det var tillräckligt kämpigt att leva ändå. Och när det ändå blev för tungt gick det alltid att finna tröst i en ny tröja, en dyr flaska vin, ett par nya skor eller en ny sak för att göra hemmet ännu mer fulländat. Och råd hade hon.

Det var bara ett liv hon saknade.

Och ingen förmögenhet i världen kunde laga det som nu hade gått sönder.

Konturerna längs gatan vid hennes fötter blev allt vagare och gled till slut in i gryningsljuset. En ny dag nalkades för henne och för alla andra som fanns kvar. Men inte för Mattias. Och för Pernilla och deras dotter startade den hopplösa resan mot acceptans av livets orättvisor och dess obegripliga syfte.

Den första dagen.

Hon slöt ögonen.

För första gången i sitt liv önskade hon att hon hade en tro. Ett aldrig så litet handtag att hålla sig i, hon skulle med tacksamhet byta ut vartenda föremål i rummet för att i en enda sekund få fyllas av ett uns förtröstan. En känsla av att det fanns en mening, en högre orsak som hon inte förstod, en gudomlig plan att lita till. Men det fanns ingen. Livet hade en gång för alla bevisat sin fullständiga orimlighet och att ingen ansträngning spelade någon roll. Det fanns ingenting som hon kunde tro på. Ingen tröst att få.

Hennes värld var uppbyggd av vetenskap. Allt hon lärt sig, använde sig av, litade på, allt var noga vägt och mätt och bekräftat. Hon godtog bara exakta och grundligt underbyggda forskningsresultat som kunde bevisa sin giltighet. Det var där tryggheten fanns. Och här, i det perfekta hemmet. Det som kunde ses och bedömas. Det var så allting fick sitt värde. Men nu räckte det inte längre, inte nu när allting vacklade och skrek efter ett syfte. Det skulle räcka med känslan av ett litet, litet kanske, den svagaste förnimmelse, bara det kunde förmå henne att ställa all logik åt sidan och känna tillförsikt.

Telefonen ringde. Det tog som vanligt fyra signaler innan svararen gick igång.

"Det är jag igen. Jag måste faktiskt säga att jag...jag vet faktiskt inte om jag klarar av att ha det så här... Jag skulle bli väldigt tacksam om du hörde av dig och förklarar vad det är som händer så att jag vet. Det kanske inte är att begära allt för mycket, eller?"

Hon kände ingenting när hon hörde hans röst. Han ringde från ett annat liv som inte angick henne längre. Som hon inte hade rätt till nu. Gentemot honom hade hon inga skyldigheter, det var till andra hon stod i skuld.

Telefonen stod på fönsterbrädan. Hon lyfte luren och slog hans nummer, slog de välbekanta siffrorna för sista gången och han svarade direkt.

"Thomas."

"Det är Monika Lundvall här. Du hade ringt på telefonsvararen och bad om att få en förklaring så jag ville bara säga att jag inte vill att vi ska träffas mer. Okej? Hejdå."

Hon gick ut i köket och hällde vatten i vattenkokaren, tryckte in knappen och blev stående. Klockan var tjugo i sju. Någonstans inte långt därifrån vaknade snart en liten ettåring som inte längre hade någon pappa. Hon gick in i arbetsrummet och hämtade telefonkatalogen och sökte efter hans namn. Det fanns bara en Mattias Andersson, men han fanns åtminstone. Till nästa tryckning skulle han raderas bort. Hon antecknade adressen och programmerade in telefonnumret i mobilen. Så blev hon stående igen. Ånga väste upp ur vattenkokaren och hon tittade på den gröna knappen som visade att vattnet var klart. Hon lät det vara. Istället gick hon ut i hallen och tog på sig ytterkläderna.

Det var ett u-format hyreshus med fyra våningar. På gräsmattan i mitten fanns en liten inhägnad lekplats med en bänk, några gungor och en sandlåda. Porten med deras nummer låg i vänstra flygeln. Hon blev stående en stund och tog in miljön, letade efter tecken som visade att några i huset just hade drabbats av en tragedi. Ett ljud fick henne att vrida på huvudet. På nedre botten av den högra flygeln öppnades en balkongdörr och den fetaste hund hon någonsin sett stack ut huvudet genom en glugg i spjälorna. Den betraktade henne en stund innan den tappade intresset och såg ut att fundera på om det verkligen var värt besväret att förflytta sin tunga kropp nerför trappsteget till gräsmattan. Monika lämnade hunden åt sitt öde och började gå mot den port som hon visste var deras. I varje steg var hon medveten om att hon gick i hans spår, att det var hans väg hon gick. Hon la sin hand på portens svarta handtag, runt och av plast. Hon slöt ögonen och lät handen ligga. Det var märkligt med handtag.

Hon tänkte aldrig på dem, men när hon efter många år återvänt till byggnader där hon tidigare ofta vistats, kände alltid händerna igen porthandtaget. De glömde aldrig. Händer hade en alldeles egen förmåga att lagra minnen och kunskap. Det här handtaget hade varit hans. Hans händer hade burit minnet av dess form, med självklarhet dragit till sig dörren varje gång han skulle hem och ingen aning hade han haft i torsdags när han gett sig iväg att han aldrig skulle göra det igen.

Hon öppnade och klev in i trapphuset. På vänstra väggen satt en inglasad tavla med namnen på de boende, textade med vita plastversaler på en blå filtmatta. Anderssons lägenhet fanns på andra våningen. Sakta började hon gå upp för trappan. Hon lät handen glida längs ledstången och undrade om han också brukade göra så. Lyssnade på morgonljuden som trängde ut från lägenhetsdörrar hon passerade. Dova röster, någon som spolade vatten, längre upp i huset en dörr som öppnades och låstes med en rasslande nyckelknippa. De möttes i trappan mellan första och andra våningen. En äldre man med rock och portfölj som hälsade artigt. Monika log och sa hej hon också. Sedan var han borta och hon tog steget upp till det andra våningsplanet. Där fanns tre dörrar. Andersson bodde bakom den i mitten. Det var där innanför de fanns.

Över brevinkastet satt en barnteckning upptejpad. Monika gick närmare. Obegripliga streck och krumelurer ritade huller om buller med grön tuschpenna. Från krumelurerna gick det röda pilar och i andra ändarna hade någon skrivkunnig tolkat konstnärens verk. "Daniella, mamma Pernilla, pappa Mattias."

Hon lät handen närma sig handtaget, lät den stanna alldeles ovanför utan att röra vid det, ville bara uppleva känslan av att vara riktigt nära. I samma ögonblick började Daniella gråta därinnanför och hon ryckte snabbt till sig handen. Ljudet från ännu en dörr som öppnades någonstans i trapphuset fick henne att snabbt ta sig ner för trappan och tillbaka ut till bilen.

Men nu visste hon var de fanns.

Han väntade utanför lägenheten när hon kom hem. Sittande i den djupa fönsternischen i trapphuset. Hon såg honom redan innan hon tagit de sista stegen upp för trappan och benen saktade in men stannade inte helt. Bara gick förbi honom och fram till dörren.

"Jag trodde att jag hade gjort mig förstådd per

188

telefon. Jag har inte mycket mer att säga."

Hon hade ryggen till och fingrarna letade fram den rätta nyckeln. Han svarade inte, men hon kände hans blick i nacken. Hon låste upp dörren och vände sig om.

"Vad vill du?"

Han såg trött ut, mörka ringar under ögonen och skäggstubb. Hon ville inget hellre än att kasta sig i hans armar.

"Jag ville bara se dig säga det."

Chefsläkare Lundvall bytte otåligt fot.

"Okej. Jag vill inte att vi träffas mer."

"Du skulle inte kunna tänka dig att berätta vad det är som har hänt?"

"Ingenting. Jag har bara insett att vi två inte passar ihop. Det var ett misstag från början."

Hon tog ett steg in mot lägenheten och gjorde en ansats att dra till sig dörren.

"Har du träffat nån annan?"

Hon stannade mitt i rörelsen, funderade en sekund och insåg att det var just vad hon hade gjort.

"Ja."

Det ljud hon hörde lät som en fnysning. Instinktivt fick hon ett behov av att försvara sig, om någon fnös hade man förtjänat deras förakt.

"Jag har träffat nån som verkligen behöver mig."

"Och det gör inte jag menar du."

"Det kanske du gör men inte lika mycket som han."

Hon stängde dörren och skar bort honom ur sitt liv. Och hon insåg att varje ord hon sagt var sant. Hon hade träffat någon annan, att han numera var död var inget som Thomas behövde veta. Mattias tunga ansvar levde kvar och från och med nu var det hennes plikt att ta över. Det var det minsta man kunde begära av henne. Att göra saker ogjorda gick inte, det enda som återstod var att åtminstone försöka ställa så mycket som möjligt tillrätta. Genom att tillåta sig Thomas hade hon försökt roffa åt sig den lycka som hon inte ägde rätten till, och det som hänt Mattias hade varit en slutgiltig tillrättavisning. Nu återstod bara att underordna sig. Hennes offer var ingenting i jämförelse med den förödelse hon åstadkommit.

Hon gick in i badrummet och tvättade sina händer.

Hon hörde porten slå igen efter honom ute i trapphuset och först när hon såg sitt ansikte i spegelbilden upptäckte hon att hon grät.

Hennes fingrar knappade in snabbnumret till klinikchefen på mobilen. För första gången på de elva år som hon varit anställd sjukskrev hon sig. Eftersom hon inte ville smitta ner någon av de andra skulle de nog räkna med att hon blev borta hela veckan. Sedan gick hon ut i vardagsrummet och lät pekfingret glida längs bokryggarna. På tredje hyllan hittade hon vad hon sökte, hon drog ut boken och gick och la sig i soffan, snappade till sig ett äpple från fruktskålen på bordet och slog upp första sidan i "Sveriges historia".

16

HON STOD FRAMFÖR spegeln i sitt rum. Vände och vred på sig och försökte se hur hon såg ut bakifrån också, men för att se det måste hon vrida kroppen på det mest onaturliga vis. Så som hon såg ut där i spegeln skulle hon ju inte alls se ut om hon hade tittat rakt fram. Och det var viktigt hur hon såg ut bakifrån, för det var därifrån han vanligtvis brukade se henne. Men inte idag. Idag skulle det vara särskilt.

Hon hade fått låna Vanjas nya blus. Vanja som var den enda som visste, den enda som hon hade vågat berätta för. Det var så märkligt med Vanja. De hade varit vänner i så många år men egentligen förstod hon inte varför, de var ett så osannolikt par. Vanja var så modig, inte en sekund tvekade hon att säga sin mening och stå för den i alla sammanhang. Maj-Britt visste att hon hade det jobbigt hemma, hennes far var en välbekant figur i samhället, alla kände till honom och framförallt hans alkoholproblem. Men Vanja lät sig inte dras ner av föraktet. När hon så mycket som anade en nedlåtande ton slog hon blixtsnabbt tillbaka. Inte fysiskt, men verbalt var hon som en boxare. Och Maj-Britt stod bredvid och beundrade henne, önskade att hon också lika självklart skulle våga säga vad hon tyckte och framför allt våga stå för det.

Någon Gud ingick inte i det vokabulär som användes i Vanjas hem, men Satan däremot åkallades ganska ofta. Maj-Britt hade svårt att bestämma sig för vad hon skulle tycka. Hon ogillade alla svordomar, men på något underligt vis gick det ändå lättare att andas hemma hos Vanja. Det var som om Gud hade lämnat en liten fristad här på jorden och att den låg just i Vanjas hem. Även när hennes far var full och satt och mumlade för sig själv vid köksbordet och Vanja tilläts säga de mest förfärliga saker till honom utan att bli avbruten, till och med då gick det lättare att andas där än det gjorde hemma hos henne. För i hennes hem var Gud ständigt närvarande. Han noterade minsta förskjutning i beteendet, såg varje tanke och handling, allt för att sedan väga och kvitta mot eventuella förtjänster. Där fanns inga stängda dörrar, inga släckta lampor, ingen ensamhet som var fredad från hans blick.

Vanja hade så länge Maj-Britt kunde minnas varit hennes ventil mot världen utanför. En liten öppning där det strömmade in frisk luft från någonting annat. Men hon var noga med att inte visa hemma hur mycket det egentligen betydde. Visst hade hennes föräldrar hellre velat att hon skulle hålla sig till ungdomarna inom Församlingen, och de hade inte gjort mycket för att dölja vad de tyckte om Vanja, men de hade inte uttryckligen förbjudit Maj-Britt att umgås med henne. Och för det var Maj-Britt djupt tacksam. Hon visste inte hur hon skulle klara sig utan Vanja. Vem hon annars skulle ha vänt sig till med sina växande problem. Hon hade försökt fråga Honom, men Han hade aldrig svarat.

Nu tyckte väl kanske inte Vanja att det var just några problem som Maj-Britt hade, utan att allt var fullständigt normalt och kanske såg hon det till och med som ett friskhetstecken. Men Maj-Britt visste bättre. Det var på grund av alla de där tankarna som förledde henne att göra det där fula och vidriga som Gud inte ville ha henne. Hon var så rädd för att bli blind eller att hon skulle få håriga händer, hon visste att det kunde bli så om man ägnade sig åt sådant som hon ibland hade gjort. Men att hon var en sådan som gjorde det hade hon inte ens vågat berätta för Vanja.

Hon hörde sin mamma stöka ute i köket, middagen var snart klar, och när de ätit skulle Maj-Britt ge sig iväg till kören. Det var inte barnkören längre, där hade hon slutat när hon fyllt fjorton. De senaste fyra åren hade hon istället sjungit i kyrkokören. Altar och sopraner och basar och tenorer. Hon var duktig på att sjunga och hade lyckats övertala sina föräldrar om att få sjunga i den vanliga kyrkans kör, inte bara Församlingens egen. Till slut hade de gett med sig mot löftet att hon, om några körframträdanden skulle kollidera, alltid skulle prioritera Församlingens.

Han sjöng första tenor, och han gjorde det med den äran. Körledaren valde alltid ut just honom om stycket innehöll krävande partier.

"Du Göran tar det höga g:et. Ni andra kan stanna på tersen om ni inte kommer upp så högt."

Han hade lagt märke till henne, det visste hon, även om de bara bytt några enstaka ord. Hon satt alltid med de andra sopranerna i pausen, men ibland hade deras blickar snirklat sig fram till varandra mellan altar och basar. I ett ögonblick nuddat varann för att sedan skyggt vandra vidare. Just den här kvällen skulle bli annorlunda. Den här kvällen skulle det inte finnas någon kör där deras blickar kunde gömma sig undan, det skulle bara vara de två och körledaren. Han hade bett bara Göran och henne att komma dit för just de två hade blivit utvalda som solister till julkonserten. Det var en mäktig känsla att ha blivit utvald. Och särskilt att ha blivit det tillsammans med Göran.

Hon såg honom på långt håll när hon närmade sig kyrkan. Han stod på kyrktrappan och läste i sina notpapper. Omedvetet saktade hon in för hon visste inte hur hon skulle våga vara ensam med honom. Om körledaren dröjde skulle de bli stående där på kyrktrappan, och vad skulle hon säga då? I nästa stund lyfte han blicken och fick syn på henne och med klappande hjärta fortsatte hon att gå. Han log när hon närmade sig.

"Hej."

Hon hälsade snabbt och sänkte sedan blicken. Det var som om det brändes att se på honom, som om ögonen själva valde att se åt ett annat håll.

Det blev tyst lite för länge för att det skulle kännas bekvämt. Båda stod de och bläddrade i

sina notpapper som om de aldrig hade sett dem
förut. Maj-Britt insåg förundrad att Göran, som
annars alltid brukade märkas och höras, plötsligt
inte heller verkade veta vad han skulle säga.

"Har du hunnit öva nåt?"

Hon svarade tacksamt.

"Ja, lite grann. Men jag tycker att det är gan-
ska svårt utan ackompanjemang."

Göran nickade, och i nästa stund sa han det
märkvärdiga, det hon under de följande dagarna
ständigt skulle upprepa inom sig.

"Jag är nästan mer nervös för att sjunga inför
bara dig än jag är för själva julkonserten."

Han log generat när han sa det. Och till lju-
det av körledarens steg på grusgången vågade
hennes blick för första gången stanna i hans.

"Då tar vi från början utan förspelet, och så går
du direkt på vers två efter refrängen."

Maj-Britt hade satt sig längst fram i en av kyrk-
bänkarna. Fastän han erkänt hur nervös han var
kände hon sig tacksam över att hon hade sluppit
börja. För han var inte den enda som var nervös.
Omtumlad satt hon där på kyrkbänken och förund-
rades över orden han sagt. Att han också kunde
känna så. Hon såg honom stå där framför henne,

följde minsta rörelse han gjorde, så begåvad och så vacker. Med slutna ögon började han sjunga. Hans klangfulla stämma jublade mellan stenväggarna och hon kände en rysning längs ryggraden. På bänken bredvid henne hade Göran lagt sin jacka, och i smyg stack hon in handen och vidrörde fodret just på det ställe där hans hjärta brukade finnas. Ingen man hade någonsin fått komma i närheten av henne, men nu fladdrade en liten vilsen vilja därinne i hennes bröst. Hon ville vara i hans närhet, försäkra sig om att hon ägde hans intresse, för när han inte fanns där var han ändå ständigt närvarande. Det var så obegripligt att en människa som aldrig hört till saken plötsligt kunde fylla hela hennes varelse.

När han sjungit färdigt slog han upp ögonen och såg på henne. I ett ögonblick av tyst samförstånd visste de båda.

Efteråt berättade hon för Vanja. Gång efter gång berättade hon vad som hänt och vad han sagt och med vilket tonfall och hur han sett ut när han sagt det, och Vanja lyssnade intresserat och tålmodigt och kom med precis de tolkningar som Maj-Britt ville höra. På kvällarna låg hon i sängen och räknade timmarna till nästa körövning då hon skulle få träffa honom igen. Men inget blev som hon hade hoppats. Uppblandade med resten av kören var de åter som främlingar för varandra. Göran märktes och hördes som han brukade göra, där fanns inte ett spår av den osäkerhet som han blottat för henne. Och de få gånger som deras blickar möttes tappade de genast taget och gick vilse i kören.

Vanja hade kommit med goda råd.

"Men Majsan, du måste ju prata med honom fattar du väl!"

Men vad skulle hon säga?

"Jamen tänk ut nåt som du vet fångar hans intresse. Vad gör han mer än sjunger i kören? Det finns väl nåt annat han är intresserad av? Eller tappa nånting rakt framför honom så att det finns en anledning att börja prata. Ni har väl några notpapper eller nåt som kan fladdra iväg?"

Det var så enkelt för Vanja som var så modig. Men Maj-Britts notpapper satt som fastklistrade i händerna och för att få dem att fladdra iväg ända bort till tenorerna skulle det behövas ett mirakel. Men Han som utförde sådana hade klart och tydligt visat sitt ointresse. Och Vanja var inte nöjd. Efter varje körrepetition ringde hon och förhörde sig nogsamt om alla detaljer.

Till slut var det ändå Vanja som löste problemet. Genom slugt detektivarbete i bekantskapskretsen förvissade hon sig om att Göran minsann också var intresserad, och när hon trots påtryckningar inte förmådde Maj-Britt att ta något initiativ tog hon saken i egna händer. En kväll ringde hon Maj-Britt och bad henne komma ner till kiosken. Maj-Britt ville inte, och för första gången blev Vanja arg och kallade henne tråkmåns. Maj-Britt ville inte vara någon tråkmåns, särskilt inte i Vanjas ögon. Så trots sina föräldrars förbryllade blickar tog hon på sig jackan och gav sig iväg. Smink fick hon inte använda men hon brukade låna av Vanja och var sedan noga med att torka bort det igen innan hon kom tillbaka. Inte ens håret hade hon borstat innan hon gav sig av, och det grämde hon sig över när hon närmade sig kiosken. För där stod han. Alldeles bredvid glasskylten vid cykelstället. Han log lite och sa hej och det gjorde hon också och sedan stod de bara där, blyga och generade och det kändes precis som det hade gjort den gången de hade stått på kyrktrappan. Ingen Vanja dök upp. Och inte den Bosse som Göran väntade på heller. Maj-Britt tittade ideligen på klockan för att försäkra honom om att hon verkligen väntade, och Göran gjorde sitt bästa för att fylla ut konversationen som uteslutande handlade om de två som ännu icke var närvarande. Och om varför de inte var det. Det tog dem ett tjugotal minuter innan de förstod. Bosse var Vanjas kusin och medan sekunderna tickade undan insåg Maj-Britt att någon Vanja förmodligen inte tänkte visa sig vid kiosken den här kvällen. Att hon till slut tröttnat på notblad som aldrig fladdrade iväg och bestämt sig för att hjälpa ödet lite på traven. Och Göran började förstå han också, och han var den av dem som fann sig först.

"Om det skulle vara så att Bosse inte kommer och inte Vanja heller, vad gör vi då tycker du?"

Ja, vad skulle de göra tyckte hon? Maj-Britt visste inte. Vad gör man en tisdagskväll när man är arton år och just har insett att ens hemliga kärlek inte är så hemlig längre, och att föremålet för den står på andra sidan cykelstället och också just har blivit avslöjad. Nej, Maj-Britt visste verkligen inte. Och inte blev det lättare av att det just i den stunden började regna och att ingen av dem egentligen ville gå därifrån. Det var inget normalt litet strilande som sakta trappades upp, det var ett regelrätt skyfall som plötsligt och oväntat dök upp från ingenstans. Kioskägaren hade börjat stänga och var i full färd med att veva in den markis som skulle ha kunnat skydda dem, och något annat takliknande fanns inte i närheten.

Det var Göran som började skratta först. Till en början försökte han hålla tillbaka och därför lät det mest som ett litet ofrivilligt jämmer, men så tog regnet i så till den milda grad att det inte gick att stå emot längre. Och hon skrattade hon också. Befriad lät hon honom ta hennes hand och i skydd av hans jacka sprang de iväg tillsammans.

"Vi kan gå hem till mig en stund om du vill?"

"Får vi det då?"

De hade stannat på andra sidan landsvägen där deras vägar normalt borde skiljas. Han såg förvånad ut över frågan.

"Varför skulle vi inte få det?"

Hon svarade inte, bara log lite osäkert. Vissa saker var så enkla för andra.

"Jag har egen ingång så du behöver inte ens träffa morsan och farsan om du inte vill."

Hon tvekade bara en liten, liten stund men sedan nickade hon och lät sig dras med i det underbara som hände.

Det var som han sagt, han hade egen ingång. En dörr på husets gavel och därinnanför en trappa upp till övervåningen. Han hade till och med en liten spis med två plattor och en ugn så det var nästan som en egen lägenhet. Och varför skulle han inte kunna ha det egentligen, han var tjugo år och kunde ha flyttat hemifrån om han ville. Det kunde hon också ha gjort för den delen.

Det var bara så otänkbart.

Han öppnade en väggfast garderob i hallen och gav henne en frottéhandduk för att hon skulle kunna torka bort den värsta vätan. Sin blöta jacka hängde han på en stolsrygg som han sedan ställde mot elementet. Det var bara en liten hall och ett rum. En mörkbrun bokhylla med några böcker, en obäddad säng och ett skrivbord med stol. Ljudet från en tv-apparat inne hos föräldrarna skvallrade om att det var ett lyhört hus de bodde i.

"Jag visste ju inte att du skulle komma."

Han gick fram till den obäddade sängen och slängde på överkastet.

"Vill du ha te?"

"Ja tack."

Spisen stod på den låga bokhyllan och han hämtade kastrullen som stod på en av plattorna.

"Sätt dig om du vill."

Han försvann ut i hallen och vidare till vad hon förmodade var en toalett för hon hörde vatten som spolade och klirret av porslin. Hon såg sig omkring för att hitta någonstans att sitta. Det var antingen stolen vid elementet med den blöta jackan eller den nästan obäddade sängen. Hon stod kvar där hon stod. Men sedan när han kokat deras te och hon höll en av de udda kopparna mellan händerna och han frågade om hon inte ville sätta sig bredvid honom så gjorde hon det. De drack sitt te och det var mest han som pratade. Han berättade om sina framtidsplaner, att han ville flytta därifrån och kanske söka in på Musikhögskolan i Stockholm eller Göteborg och att han var så trött på den där lilla hålan som de bodde i. Hade aldrig hon som sjöng så bra funderat på att göra något av sin röst? Hon tillät sig att dras med av hans drömmar, förundrades över alla de möjligheter som han plötsligt trollade fram. Fastän hon var arton år och myndig hade tanken aldrig slagit henne att det fanns andra alternativ än dem som Församlingen ansåg lämpliga. Inte insett att myndig betydde att hon var en vuxen medborgare med rätt att själv bestämma över sitt liv. Det enda hon visste säkert just i den stunden var att hon inte ville vara någon annanstans än där hon befann sig just då. I Görans rum med en tom tekopp i handen. Allt annat var oväsentligt.

Och efter den kvällen var allt som det skulle. Månader gick och utanpå såg allt ut som vanligt. Men inuti porlade en förvandling. En olydig nyfikenhet vågade sig fram som började ifrågasätta alla begränsningar. Och när den väl insett sin rätt sträckte den sig mot himmelen längs en helt annan väg än den hon dittills kämpat.

Ingen Gud i världen kunde ha något emot det hon äntligen fick uppleva. Inte ens deras Gud.

Men för säkerhets skull var det bäst att de inget fick veta.

17

S JUNDE DAGEN EFTER olyckan ringde Åse.
Enda gången Monika lämnat lägenheten var
när hon skjutsat sin mamma till graven och se-
dan tagit vägen förbi bokhandeln för att köpa fler
böcker. Hon var nästan framme vid 1800-talet
och ingen detalj i den svenska historien hade
varit för obetydlig för att lägga på minnet. Inlär-
ning av fakta hade aldrig varit något problem.

"Jag är ledsen att jag inte har ringt tidigare
men jag har inte riktigt orkat ta mig för nånting.
Jag ville bara tacka för att du kom dit Monika.
Jag vågade inte ringa hem till Börje för han har
redan haft en liten infarkt och jag visste inte om
han hade klarat av ett sånt samtal."

Åses röst var trött och klanglös. Det var svårt
att tro att det var samma människa.

"Det var väl klart att jag kom dit."

Det blev tyst en liten stund. Monika fortsatte
att läsa om missväxtåret 1771.

"Jag åkte dit igår."

"Till olycksplatsen?"

Hon vände blad.

"Nej, till henne. Till Pernilla."

Monika slutade läsa och satte sig upp i soffan.

"Åkte du dit?"

"Jag var bara tvungen, jag hade inte stått ut med mig själv annars. Jag var tvungen att se henne i ögonen och förklara hur ledsen jag är."

Monika la ifrån sig boken.

"Hur var hon då?"

En lång utandning följde.

"Det är så fasansfullt alltihop."

Monika ville veta mer. Få ur Åse varenda detalj som kunde vara användbar.

"Men hur var hon?"

"Ja, vad ska man säga. Ledsen. Men på nåt vis samlad. Jag tror hon hade fått lugnande för att ta sig igenom de första dygnen. Men den lilla flickan…"

Rösten brast.

"Hon kröp omkring där på golvet och skrattade och det var så…det är så ofattbart vad det är jag har ställt till med."

"Det var inte ditt fel Åse. När en älg kommer

på det viset så har man inte en chans."

"Men jag borde ha kört saktare. Jag visste ju att det inte fanns viltstängsel."

Monika tvekade. Inget var Åses fel. Allt hade varit meningen. Det var bara det att fel person plötsligt suttit i passagerarsätet.

Det blev tyst en stund och Åse samlade sig. Snörvlade några gånger men slutade gråta.

"Mattias föräldrar har varit där ett par dagar men dom bor i Spanien så dom har åkt tillbaka nu igen. Pernillas pappa lever men är tydligen dement och sitter på nåt hem nånstans och hennes mamma dog för tio år sen, men hon hade fått hjälp av kommunen. Nån frivillig krisgrupp som kommer dit och tar hand om dottern så att hon kan få sova."

Monika lyssnade spänt. En frivillig krisgrupp?

"Vad var det för krisgrupp, vet du det?"

"Nej."

Hon skrev KRISGRUPP???? under anteckningarna om Jacob Magnus Sprengporten och strök under ordet flera gånger.

"Jag var ju så rädd att hon skulle vara arg eller så men det var hon inte. Hon till och med tackade för att jag varit så modig att jag vågade åka dit.

Börje och Ellinor var med, jag hade inte vågat mig dit ensam. Hon var så tacksam över att få veta alla detaljer om hur det hade gått till, det hjälpte att få veta det sa hon."

Monika kände hur kroppen stelnade.

"Vad då för detaljer menar du?"

"Om själva olyckan och så. Hur det var där på olycksplatsen. Och hur han hade varit under kursen. Jag sa att han hade berättat så mycket om henne och Daniella."

Monika behövde veta mer om de där detaljerna som Pernilla hade fått veta, men det var en svår fråga att ställa. Åse lämnade henne utan val. Hon gjorde sitt bästa för att försöka få frågan att låta naturlig.

"Inte för att det spelar nån roll men … sa du nåt om mig?"

Det blev en liten paus. Monika satt på helspänn och väntade. Tänk om Åse hade lyckats förstöra allting?

"Nej…"

Hon stirrade framför sig. Så reste hon sig och gick mot datorn i arbetsrummet, hon hade hunnit halvvägs när Åse ställde frågan.

"Men hur känner du dig själv nu då?"

Hon stannade. Blicken fastnade i väggen

ovanför dataskärmen. Åse hade framfört sin fråga så försiktigt, nästan blygt, som om hon knappt vågade uttala den.

"Vad då menar du?"

Hon lät vassare än hon avsett.

"Nej, men jag menar bara att jag tänkte att du kanske hade känt att, ja eller att du hade tänkt att, men det finns ju verkligen ingen anledning för…"

Under någon halvminut gjorde Åse sitt bästa för att försöka ludda bort sin fråga i en lång harang av osammanhängande oväsentligheter. Monika stod alldeles stilla. Hennes skuld var hennes och inget som angick någon annan. Men frågan fick henne att inse att Åse också hade insett den och att det var alldeles nödvändigt att hålla Åse borta från Pernilla. Hon kunde inte riskera att ha Åse springande där och förr eller senare avslöja att allt egentligen var Monikas fel.

"Är du kvar?"

Monika svarade genast.

"Ja, jag är här. Jag bara funderade lite."

"Jag vet inte riktigt vad man ska göra. Man vill ju så gärna försöka hjälpa henne på nåt sätt."

Monika fortsatte fram till datorn och knappade sig fram till kommunens hemsida. Hon skrev krisgrupp i sökrutan och fick träff på en gång. Så släppte hon skärmen med blicken. I fönstret stod en hibiskus som behövde vatten. Hon gick fram och tryckte ner pekfingret i den torra jorden.

"Faktum är Åse, att jag tror att det bästa du kan göra för henne är att låta henne vara. Det finns ingenting du kan göra. Jag säger det här som läkare för det är den erfarenhet jag har av sånt här. Du måste försöka skilja på vad som är bra för henne och vad som egentligen bara är för din egen skull."

Åse blev tyst och Monika väntade. Hon ville ha Pernilla för sig själv. Hon var hennes ansvar och ingen annans. Åse lät närmast förvirrad när hon fortsatte.

"Tror du verkligen det?"

"Ja. Jag har varit med om det här förr vid olyckor."

Det blev tyst igen. Hon nöp av ett torrt blad och gick mot köket.

"Försök ta hand om dig själv Åse, din familj behöver dig. Det som har hänt kan inte göras ogjort och det bästa du kan göra är att försöka gå vidare och inse att inget var ditt fel."

Hon fortsatte fram till diskbänken och öppnade skåpet som dolde soppåsen, kramade sönder det torra bladet i handen och lät smulorna falla ner bland resten av soporna.

"Jag ringer dig om några dagar och ser hur du mår."

Och så avslutade de samtalet.

Men Monika skulle aldrig ringa. Det skulle bli Åse som ringde nästa gång också.

Monika var illa till mods när de avslutat samtalet. Det hände saker där i Pernillas lägenhet som var utanför hennes kontroll. Det var dags att ta nästa steg. Dags att träda in i den nya rollen på allvar. Hon gick ut i hallen och tog på sig ytterkläderna.

Det lättade redan i bilen, nu när hon var på väg. Det var alltid att ta ut riktningen som var svårast, när hon väl bestämt målet var resten bara handlingskraft. Och handlingskraft hade hon gott om. Hennes uppgift hade trängt bort hopplösheten där inuti och nu var allt beslutsamhet. Allt hade fått en mening igen.

Hon tvekade inte när hon gick in i porten den här gången, bara konstaterade handtagets form med handen och visste att den snart skulle kännas som en gammal bekant. Hon fortsatte förbi deras dörr och halvvägs upp till tredje våningen, lyssnade bara lite med örat mot dörrbladet när hon gick förbi men det hördes inget. Allt var tyst där inne. Hon satte sig i trappan, vek kappan dubbel för att skydda sig mot det kalla stenunderlaget. Så gick det en timme. Varje gång hon hörde någon komma reste hon sig och låtsades vara på väg, uppåt eller neråt, det som verkade mest naturligt beroende på från vilket håll de kom. En gång kom samma man tillbaka som gått en stund tidigare och de konstaterade med ett leende att de fick sluta ses på det här sättet. Monika hade just vikt ihop kappan för att sätta sig igen när dörren äntligen öppnades.

Hon reste sig. Hon var alldeles utom synhåll och såg bara fötterna på den som kom ut, men det var en kvinnas skor. Dörren stängdes utan att något sas och de okända fötterna gick mot trappan. Monika följde efter. Kvinnan var i övre medelåldern med uppsatt hår och beige kappa. När hon nådde porten var Monika ikapp och hon log när kvinnan höll upp dörren för henne, tackade och fortsatte till bilen.

Hon hade redan programmerat in numret på mobilen, hon hade skrivit av det från kommunens hemsida.

"Det gäller Pernilla Andersson som ni har

213

varit och hjälpt de senaste dagarna."

"Jaha, ja just det, ja det stämmer."

"Hon bad mig ringa och tacka så mycket för hjälpen och säga att ni inte behöver komma mer. Hon har vänner som tar över nu."

Mannen på kommunens krisgrupp var glad att de hade kunnat vara till nytta och hälsade att Pernilla gärna fick höra av sig igen om hon behövde stöd eller hjälp. Det trodde inte Monika skulle behövas, men hon tackade naturligtvis artigt för erbjudandet.

Det var viktigt att det gick rätt till.

Verkligen viktigt.

Hon satt kvar i bilen en halvtimme innan hon återvände till deras dörr. En kort stund stod hon där och bara andades, iklädde sig noggrant yrkesrollen men lämnade översta knappen oknäppt. Hon var där som vän och inte läkare, det var Monika och inte chefsläkare Lundvall som ägde uppgiften, men hon behövde sin yrkesmässiga självkänsla. Till det hon skulle göra nu räckte hennes egen inte till.

Hon knackade lätt på dörren, ville inte väcka någon som sov. När inget hände och en lång stund hade gått knackade hon lite hårdare, och då hörde hon steg som närmade sig därinnanför.

214

Bara lyssna. Inte försöka trösta utan bara lyss-na och finnas där.

Hon hade varit på flera kurser i hur man bemöter människor i sorg.

Dörren öppnades. Monika log.

"Pernilla?"

"Ja."

Hon såg inte ut som Monika föreställt sig. Hon var liten och smal med mörkt kortklippt hår och klädd i grå träningsbyxor och en alldeles för stor stickad tröja.

"Jag heter Monika och kommer från kommunens krisgrupp."

"Jaha, jag trodde inte det skulle komma nån mer idag. De sa att det var ont om folk."

Monika log ännu bredare.

"Vi löste det."

Pernilla lämnade dörren öppen och försvann inåt lägenheten. Monika tog klivet över tröskeln. Hon kunde känna det med en gång. Känna hur det lättade. Det var som om något plötsligt släppte och för en sekund blev hon orolig att det skulle göra henne svag igen. Bara att få se Pernilla med egna ögon, få en egen bild av hennes ansikte och beviljas tillstånd att vara i hennes närhet gjorde allting lättare att bära. Här kunde hon uträtta något. Göra allting mindre oförlåtligt. Men hon

215

måste ta det varligt, fick inte ha för bråttom, Pernilla måste få möjlighet att förstå att hon var att lita på. Att hon var där för att hjälpa henne. Lösa alla problem.

Hon hängde av sig kappan och ställde stövlarna på skohyllan. Det stod flera herrskor där. Gympadojor och lågskor i alldeles för stor storlek för att de skulle passa till Pernillas späda fötter. Kvarlämnade för att aldrig mer behövas. Hon passerade en toalettdörr med ett litet rött keramikhjärta och fortsatte in i lägenheten; köket på höger hand, i hallens andra ände en öppning mot vad som verkade vara vardagsrummet. Hon såg sig noggrant omkring, ville inte missa en enda detalj i sin ansträngning att lära känna den som bodde där. Hennes smak, hennes värderingar, vad hon föredrog för egenskaper hos en vän. Det skulle få ta den tid som behövdes, det enda som brådskade var att sortera bort de farligaste fällorna. Om Pernilla avvisade henne skulle hon vara förlorad.

Pernilla satt i soffan och bläddrade till synes ointresserat i en tidning. Daniella syntes inte till. På en avlutad byrå stod ett brinnande ljus i en mässingsljusstake och skenet föll över hans breda leende. Fotografiet var uppförstorat och insatt i en slät guldram. Monika såg ner i golvet när han mötte hennes blick, ville ut ur hans synfält, men hans anklagande ögon hade uppsikt över hela rummet. Det fanns ingenstans där hon kunde komma undan. Hon kunde känna hur han misstänksamt bevakade henne och ifrågasatte hennes närvaro. Men hon skulle visa honom, med tiden skulle han inse att hon var hans lierade och att han kunde lita på henne. Att hon inte skulle lura honom en gång till.

Pernilla la ifrån sig tidningen på bordet och såg på henne.

"Allvarligt talat så tror jag att vi klarar oss själva här ikväll. Jag menar om ni hade ont om folk."

"Nej, men det är ingen fara. Absolut inte."

Monika undrade oroligt vad som förväntades av henne, vad de andra från krisgruppen gjort för att behövas. Men hon hann inte komma på något innan Pernilla fortsatte.

"Jag vill absolut inte verka otacksam, men om jag ska vara riktigt ärlig så börjar det bli lite jobbigt att alltid ha främmande människor här i lägenheten. Det är absolut inget personligt."

Pernilla log lite, som för att verka mindre avvisande, men leendet nådde aldrig ögonen.

"Jag tror faktiskt att jag skulle behöva vara lite ensam ett tag."

Monika log tillbaka för att dölja sin desperation. Inte nu, inte nu när hon var så nära.

I nästa stund kastade Pernilla ut den livlina som Monika så förtvivlat behövde.

"Men om du bara kunde hjälpa mig att få ner en sak i köket innan du går."

Monika kände rädslan ge vika, allt hon behövde var en ingång, en liten öppning för att få bevisa vikten av hennes närvaro. Tacksamt antog hon uppdraget.

"Självklart, visst, vad är det för något?"

Pernilla reste sig från soffan och Monika registrerade grimasen hon gjorde när ryggen sa ifrån. Såg hur hon vred fram höger axel i ett försök att bli av med smärtan som plågade henne.

"Det är brandvarnaren i taket. Batteriet börjar ta slut så den piper till med jämna mellanrum."

Monika följde efter Pernilla ut i köket. Såg sig snabbt omkring för att lära sig lite till. Mest Ikea, en röra av bilder och lappar på kylskåpet, några keramikföremål som såg ut att vara egentillverkade, tre historiska porträtt i enkla ramar över köksbordet. Hon motstod frestelsen att gå fram till kylskåpet och läsa. Det fick bli senare.

Pernilla drog fram en stol och ställde den under brandvarnaren.

"Jag har problem med min rygg och den där ställningen med armen över huvudet är helt omöjlig."

Monika klev upp på stolen.

"Vad har du för problem med ryggen?"

Ett inledande samtal. De kände inte varandra. Från och med nu skulle Monika glömma allt hon redan visste.

"Jag var med om en olycka för fem år sen. En dykolycka."

Monika vred bort larmdosan från hållaren.

"Det låter allvarligt."

"Ja, det var det också, men det är bättre nu."

Pernilla tystnade. Monika gav henne larmet. Pernilla pillade ut batteriet och gick fram till köksbänken och när hon öppnade skåpet skymtade Monika städartiklar och en utdragbar sopsorteringsanordning.

Pernilla vände sig om och Monika insåg att hon förväntade sig att hon skulle gå nu när hon fullgjort sitt uppdrag. Men det hade hon inte. Inte på långa vägar. Monika vände sig mot porträtten på köksväggen.

"Vilket vackert porträtt av Sofia Magdalena.

Det är Carl Gustav Pilo som målat det va?"

Hon kunde se att Pernilla blev förvånad.

"Ja, det kanske det är. Jag vet inte riktigt vem som har målat det."

Pernilla gick fram till porträttet för att undersöka om det fanns någon signatur, men hittade tydligen ingen. Hon vände sig mot Monika igen.

"Är du intresserad av konst?"

Monika log.

"Nej, inte just av konst, men av historia. Särskilt Sveriges historia. Och då snappar man ju upp lite konstnärsnamn av bara farten. I perioder blir jag nästan lite fanatisk när det gäller att läsa historieböcker."

Pernilla log lite, och den här gången glimrade det till lite i ögonen också.

"Vad märkligt. Jag är också väldigt historieintresserad. Mattias använde ofta just det ordet. Att jag nästan var fanatisk."

Monika stod tyst och lämnade över initiativet. Pernilla tittade på porträtten igen.

"Det finns nåt trösterikt med historia på nåt vis. Att läsa om alla dessa livsöden som har kommit och gått. Det har i alla fall hjälpt mig att få lite perspektiv på mina egna problem, ja det här med ryggen efter olyckan och så."

Monika nickade intresserat och som om hon verkligen höll med. Höll med precis. Pernilla såg ner på sina händer.

"Men nu vet jag inte."

Hon gjorde en liten paus.

"Hur det skulle kunna finnas nån tröst i historia menar jag. Mer än att han är död som alla andra."

Bara lyssna. Inte försöka trösta utan bara lyssna och finnas där.

Det blev tyst. Inte bara på grund av det hon lärt sig på sina kurser, utan mer för att hon inte kunde komma på något att säga. Hon sneglade på röran på kylskåpsdörren. Ville så gärna ta sig en närmare titt. Försöka hitta fler vägar in i Pernillas liv.

"Han valde mellan den här och den han hade på sig när han dog. När han packade."

Pernilla strök med handen över den stora tröjan hon hade på sig. Drog upp kragen och la den mot sin kind.

"Jag körde en stortvätt dagen innan han dog. Hann igenom hela tvättkorgen. Så nu har jag inte ens doften efter honom kvar."

Bara lyssna. Men det hade inte sagts så mycket på de där kurserna om hur man skulle bete sig för att stå ut med allt man fick höra.

Det var Daniella som räddade henne. Ett nyvaket missnöje hördes från rummet innanför köket. Pernilla släppte ner tröjan och gick. Monika tog de tre stegen fram till kylskåpet och började snabbt ögna igenom collaget. Familjefotografier. Klippkort hos en pizzeria. En remsa med bilder av Mattias och Pernilla från en fotoautomat. Fler obegripliga barnteckningar. Några urklipp från någon tidning. Hon hann bara läsa rubriken på det ena innan Pernilla var tillbaka.

”Det här är Daniella.”

Barnet gömde ansiktet mot sin mammas hals.

”Hon är lite nyvaken men snart är hon igång igen.”

Monika gick fram till dem och la sin hand på Daniellas rygg.

”Hej Daniella.”

Daniella tryckte sitt ansikte ännu hårdare in i gömstället.

”Vi får hälsa sen när du har vaknat till lite.”

Pernilla drog ut en köksstol och satte sig ner med Daniella i famnen. Återigen uppstod känslan att hon förväntade sig att Monika skulle gå, så som hon bett henne att göra. Men Monika ville stanna lite till. Stanna här där det gick att andas.

"Vilken fin keramikskål."

Hon pekade på en keramikskål på fönster-brädan.

"Äh, den där. Den har jag gjort själv."

"Har du?"

Monika gick fram och tog sig en närmare titt. Blå och lite snett drejad.

"Verkligen jättefin. Jag gick också på drejkurs ett tag men jag har inte hunnit de senaste åren. Jobbet tar lite för mycket tid."

Det var inte ens någon lögn. Hon hade haft keramik som fritt valt arbete under högstadiet.

"Den där är ju precis sne. Jag har den bara kvar som minne för att jag fick sluta med keramiken när jag skadade ryggen, det funkade inte att sitta still så länge längre."

Pernilla satt och såg på skålen.

"Mattias gillade också den där. Han tyckte den påminde om mig, sa han. Jag ville slänga den men han ville absolut ha den kvar."

Varje gång hans namn nämndes kände Moni-ka hjärtslagen. Hur pulsen ökade och signalerade fara. Daniella hade kommit fram ur sitt gömställe och satt och såg på henne. Monika log.

"Jag kan gå ut med henne en stund om du vill, så att du kan få vara ifred lite. Jag såg att det fanns en lekplats här ute."

Pernilla lutade kinden mot sin dotters huvud.

"Vill du det gumman? Vill du gå ut och gunga lite?"

Daniella lyfte på huvudet och nickade. Monika kände hur oron släppte. Hur hjärtat lugnade sig och föll tillbaka i sin vanliga rytm. Hon hade klarat första testet.

Nu återstod bara resten.

18

DET KOM BLOD i toaletten när hon kissade. Hon hade upptäckt det för några dagar sedan men kanske hade det pågått ännu längre. Det var länge sedan hennes menstruationer hade upphört så hon visste att det betydde att något var fel. Men hon orkade inte veta det. Inte det också. Hon försökte mota ut det i allt det vita, men de avgränsande kanterna fanns inte kvar längre. Allt som funnits där utanför på säkert avstånd hade återvänt och tagit form i den skarpa ljuskäglan, och det lämnade Maj-Britt med en sorg för tung att bära. Då gjorde lite blod i urinen varken till eller från. Allting var ändå outhärdligt.

Vanja hade haft rätt. Hennes minnesbilder hade varken varit påhittade eller förvrängda och hennes svarta ord mot de vita papperen hade fått Maj-Britts alla känslominnen att återvända. Hon var tillbaka mitt i rädslan. Hon hade anat det redan då när det pågick men inte orkat förstå.

För man gör inte så mot sitt barn.

Inte om man älskar det.

Det hade varit enklare att glömma.

Hon stod vid balkongdörren och såg ut över gräs-
mattan. En kvinna som hon aldrig sett förut gav
skjuts åt en gunga. Men barnet kände hon igen.
Det var barnet som brukade vara där med sin far
och ibland också med sin mamma som hade ont
någonstans. Hon undrade om det var den familjen
som Ellinor berättat om. Där pappan hade dött i
en bilolycka för ett tag sedan. Hon tittade mot
fönstret där hon sett mamman stå men fönstret
var tomt.

Det hade gått en vecka sedan allt som inte längre
funnits plötsligt hade återuppstått. Hon visste att
det hade hänt på grund av Vanja. Och på grund
av Ellinor. I sju dagar hade Maj-Britt försökt tiga
ihjäl henne. Hon hade kommit och gått men Maj-
Britt hade inte sagt ett ord. Hon hade utfört sina
uppgifter men Maj-Britt hade låtsats som om hon
inte fanns. Men hon behövde veta. Frågorna växte
sig starkare för varje dag som gick och nu orkade
hon inte leva i ovisshet längre. Rädslan var stark

nog ändå och hotet hon kände från dem båda var mer än hon mäktade med. Hur kände de varandra? Varför hade de plötsligt bestämt sig för en gemensam attack? Hon behövde veta vilken plan de hade så att hon fick en möjlighet att försvara sig. Vad det nu var som hon skulle försvara? Det enda de hade uppnått med att tvinga Maj-Britt att minnas var att beröva henne all anledning.

Att försvara någonting.

Men hon måste åtminstone få veta.

Hon hörde nyckeln i dörren och sedan hälsningen när Ellinor hängde upp sin jacka. Saba dök upp i sovrumsdörren och gick henne till mötes. Maj-Britt hörde hur de hälsade och sedan ljudet av Sabas tassar mot parkettgolvet när hon gick tillbaka in och la sig. Hon stod kvar vid fönstret och låtsades inte märka att Ellinor såg på henne på sin väg mot köket. Hon hörde matkassarna ställas ner på köksbordet och i den stunden bestämde hon sig. Den här gången skulle hon inte komma undan. Maj-Britt gick ut i hallen, drog med händerna över Ellinors jacka för att förvissa sig om att hennes mobiltelefon låg i någon av fickorna. Hon fick inte ha den på sig. För nu skulle Maj-Britt ta reda på hur allt låg till.

Hon stod kvar och väntade. Ellinor kom ut ur köket med en hink i handen och stannade när hon fick syn på henne.

"Hej."

Maj-Britt svarade inte.

"Hur är det?"

Ellinor väntade några sekunder innan hon suckade och svarade själv.

"Jo tack, det är ganska bra, hur är det själv?"

Hon hade skaffat sig den ovanan under den senaste veckan. Att föra ett eget samtal istället för att bara finna sig i Maj-Britts tigande. Och det var häpnadsväckande hur mycket svada som kunde rymmas i den tunna flickkroppen. För att inte tala om de svar hon fyllde i för Maj-Britts räkning. Häpnadsväckande var ordet. Hon gick där i sin falskhet utan skam i kroppen. Men nu skulle det bli slut med det.

Ellinor öppnade äntligen badrumsdörren och försvann utom synhåll. Maj-Britt hörde hinken fyllas med vatten. Det var bara tre steg. Tre steg och så vräkte hon igen dörren med ett brak.

"Vad gör du?"

Maj-Britt lutade hela sin tyngd mot dörren och såg bara hur handtaget trycktes ner. Men att rubba dörren var omöjligt. I alla fall för en sådan nätt liten varelse som Ellinor när det stod ett berg på andra sidan och höll emot.

"Men Maj-Britt sluta nu! Vad håller du på med?"

"Hur känner du Vanja?"

Det blev tyst ett par sekunder.

"Vilken Vanja?"

Maj-Britt skakade misslynt på huvudet.

"Bättre kan du."

"Vadå, vilken Vanja? Jag känner ingen Vanja."

Maj-Britt stod tyst. Förr eller senare skulle hon erkänna. Annars skulle hon få bli kvar där inne i badrummet.

"Maj-Britt öppna nu. Vad fan är det du håller på med?"

"Svär inte."

"Varför inte då? Du har ju för fan stängt in mig i badrummet!"

Än så länge var hon bara arg. Men när hon förstod att Maj-Britt menade allvar skulle oron komma krypande. Då skulle hon få känna på hur det kändes. Hur det var att befinna sig mitt i den skärande, förlamande rädslan.

Och vara alldeles utlämnad.

"Vadå, menar du den där Vanja Tyrén?"

Så där ja.

"Just det. Duktig idiot."

229

"Jag känner väl inte henne, det är ju du som gör. Öppna dörren nu Maj-Britt."

"Du kommer inte ut därifrån förrän du berättar hur du känner henne."

Hugget i ryggslutet fick det att svartna för ögonen. Maj-Britt lutade sig framåt i ett försök att häva smärtan. Sylvass grävde den sig genom lager efter lager och hon andades snabbt genom näsan, in och ut, in och ut, men den vägrade att ge med sig.

"Men jag känner inte Vanja Tyrén. Hur skulle jag kunna känna henne, hon sitter ju i fängelse."

Hon behövde en stol. Kanske skulle det släppa lite om hon bara fick sätta sig ner.

"Vadå, har hon sagt att vi känner varann eller? I så fall ljuger hon."

Den närmaste stolen fanns i köket men då måste hon lämna dörren och det var uteslutet.

"Maj-Britt släpp ut mig nu så att vi kan prata om det här, annars ringer jag Trygghetsjouren på mobilen."

Maj-Britt svalde. Det var svårt att tala när det gjorde så ont.

"Gör det du. Når du ända ut till jackan i hallen?"

Då blev det tyst där på andra sidan.

Maj-Britt kände att ögonen tårades och hon tryckte handen mot den punkt där smärtan kulminerade. Hon behövde tömma blåsan. Tänk att ingenting någonsin gick som hon ville. Allting var alltid emot henne. Det här hade inte varit någon bra idé, det insåg hon nu, men nu var det som det var. Ellinor satt instängd där i badrummet och om Maj-Britt inte fick veta nu så skulle hon aldrig få veta. Sannolikheten att Ellinor skulle komma tillbaka efter det här var obefintlig. Maj-Britt skulle få stanna i ovisshet och någon ny liten motbjudande människa skulle dyka upp med sina hinkar och föraktfulla blickar.

Alla dessa val. En del så kvickt gjorda att det var omöjligt att begripa att dess följder kunde bli så avgörande. Men i efterhand satt de där som stora röda plumpar. Tydliga som vägmärken markerade de riktningen genom det förflutna. *Här vek du av. Här började det som blev som det blev.*

Men det gick aldrig att gå tillbaka samma väg. Det var det som var problemet. Att vägen var enkelriktad.

Han stod med hackan och den flätade korgen bredvid sig och kantade trädgårdsgången. Det såg inte ut att behövas men det hade aldrig spelat någon roll. Det var glädjen i att utföra sysslan som var eftersträvansvärd. Det visste Maj-Britt för det hade de berättat för henne. Men hon visste också att det var viktigt att trädgården var perfekt, och det hade de inte ens behövt säga. Allt som syntes var det viktigt att vara noga med. Allt sånt som syntes utåt. Insidan var man själv ansvarig för, och där var Herren enväldig domare.

Hennes far slutade hacka när hon dök upp i grindhålet, tog av sig kepsen och strök sig över det höga hårfästet.

"Hur gick övningen?"

Hon hade varit på kören. Det var i alla fall vad de trodde. I ett års tid hade det ofta varit extra körövningar på de mest besynnerliga tider, men nu hade hennes dubbelliv börjat tära. Att fortsätta undanhålla sanningen började kännas omöjligt. Att ständigt smyga med sin kärlek. Hon var nitton år och hade bestämt sig. I månader hade hon samlat mod och Göran hade stöttat henne. Idag skulle de lägga alla kort på bordet men än så länge stod han gömd en bit bort utom synhåll.

Hon såg sig om i trädgården och så fick hon syn på sin mor. Hon låg på alla fyra vid rabatten utanför köksfönstret.

"Far, det är en sak som jag behöver prata med er om. Med dig och mor."

Hennes far fick genast en bekymrad rynka mellan ögonbrynen. Detta hade aldrig hänt förut. Att hon tog initiativ till ett samtal.

"Det är väl inget som har hänt?"

"Inget farligt som du behöver oroa dig för, men jag måste berätta en sak. Vi kanske kan gå in lite?"

Hennes far såg på grusgången vid sina fötter. Han var inte riktigt färdig än och att avbryta en syssla som inte avslutats var inget som han gillade. Hon visste det och visste också att det inte var bästa förutsättningen för samtalet som väntade, men nu stod Göran där borta på vägen och hon hade lovat. Lovat att äntligen ge dem möjligheten att skapa sig ett liv tillsammans. På riktigt.

"Gå in ni så länge. Jag ska bara hämta nån som jag vill att ni ska träffa."

Hennes far såg genast mot grinden. Hon såg det i hans blick. Hade vetat det även om hon blundat.

"Har du gäster med dig nu? Men vi är ju …"

Han tittade ner på sina arbetskläder och händerna strök hastigt över dem som om det skulle göra dem renare. Och hon ångrade sig redan. Att ta hem gäster utan att hennes föräldrar hunnit förbereda sig var emot de oskrivna regler som gällde i hemmet. Det här hade blivit helt fel. Hon hade låtit sig övertalas till något som bara kunde misslyckas. Göran hade så svårt att förstå hur det var. Allt var så annorlunda i hans hem.

"Inga, Maj-Britt har en gäst med sig."

Hennes mor avslutade genast rensandet i rabatten och ställde sig upp.

"En gäst? Vad då för gäst?"

Maj-Britt log och försökte utstråla ett lugn som hon inte kände.

"Om ni bara går in så kommer vi om … Är en kvart bra? Och ni behöver inte tänka på kaffe eller så, jag ville bara presentera…"

Hon hade tänkt säga honom men ville vänta med det. Det var illa nog som det var. Hennes mamma svarade inte. Bara sopade av det värsta från byxbenen och gick med hastiga steg mot köksdörren. Hennes far tog korgen och hackan för att ställa tillbaka dem i trädgårdsskjulet. Det var tydligt. Han var redan irriterad över att ha blivit avbruten. Han såg sig omkring när han gick över gräsmattan för att försäkra sig om att inget annat låg framme och skräpade.

"Tar du in mors redskap där borta."

Det var ingen fråga och hon gjorde som han sa.

En kort stund stannade de på trappan och tog varandras händer. Görans hand var fuktig och det brukade den inte vara.

"Allt blir bra. Förresten lovade jag mamma att vi skulle fråga om dom ville komma över på kaffe nån dag så att dom äntligen kan få träffas. Påminn mig om det så att jag inte glömmer att säga det därinne."

Allting var så lätt för Göran. Och snart skulle det bli så för henne också. Hon la handen på dörrvredet och visste att det var nu det gällde. Det fick bära eller brista.

Hon hade bestämt sig.

Ingen mötte dem i hallen. De hängde upp sina jackor och hörde vatten som spolade i köket och sedan det klapprande ljudet från någon med inneskor som närmade sig. Så i nästa stund dök hennes mor upp i dörröppningen. Hon hade den blommiga klänningen och sina svarta skor som hon bara brukade använda till fint. Och en kort stund tänkte Maj-Britt att de kanske förstod hur högtidligt det här var. Att de gjorde det för hennes skull.

Hennes mamma log och sträckte fram sin hand mot Göran.

"Välkommen."

"Det här är min mor Inga och det här är Göran."

De skakade hand och hennes mors leende växte sig bredare.

"Det var trevligt att Maj-Britt tog med sig en av sina kamrater hem men du får verkligen ursäkta att vi inte har hunnit förbereda nåt att bjuda på så jag fick ta det som fanns."

"Men det behövs inget. Verkligen inte."

Göran log tillbaka.

"Jag ville bara komma förbi och hälsa."

"Dumheter, det är väl klart att vi vill bjuda på nåt. Maj-Britts far väntar i salen så du kan gå in så länge så kommer jag strax med kaffe. Maj-Britt, du hjälper mig här i köket."

Hennes mor försvann igen och en kort stund såg de på varandra. Kramade hårt varandras händer och nickade. Vi klarar det här. Maj-Britt pekade mot vardagsrummet och Göran tog ett djupt andetag. Så formade han ljudlöst de tre orden som fyllde henne med nytt mod. Hon log och pekade först på sig själv och sedan på honom och nickade. För det gjorde hon verkligen.

Hennes mamma stod med ryggen till och hällde nykokt vatten i melittan. De hade tagit fram finporslinet. Den sirliga porslinskannan med de blå blommorna. Hon fick plötsligt dåligt samvete. Hon borde ha förberett dem på att de skulle få främmande istället för att utsätta dem för det här. Hon såg att hennes mors hand darrade. Hon hade ju plötsligt fått så bråttom.

"Ni hade inte behövt göra er så mycket besvär."

Hennes mamma svarade inte. Lät bara lite mer vatten rinna över kanten på kastrullen och beblanda sig med den svarta sörjan i melittan. Maj-Britt ville in till salen. Ville inte lämna honom ensam därinne med hennes far. De hade bestämt att de skulle göra detta tillsammans. Som allting annat framöver.

Hon såg sig omkring.

"Vad kan jag göra?"

"Han sjunger i kören va?"

"Ja. Första tenor."

Det hördes inte ett ljud ifrån salen. Inte ens ett svagt litet mummel.

237

"Ska jag ta in den här?"

Maj-Britt pekade på det lilla fatet med socker och gräddsnipa. Samma porslin som kaffekannan. De hade verkligen gjort sig besvär.

"Häll på grädde först."

Maj-Britt hämtade grädden i kylskåpet och när hon fyllt på snipan hade kaffet äntligen runnit igenom. Hennes mor stod med kannan i ena handen och med den andra rättade hon till sitt hår.

"Ska vi gå då?"

Maj-Britt nickade.

Hennes far satt vid bordet i vardagsrummet och hade på sig sin svarta finkostym. De skarpa mangelvecken på den vita duken stack upp från bordsytan men tvingades på sina ställen ned av de blåblommiga finkopparna och fatet med åtta sorters kakor. Göran reste sig när de kom in i rummet.

"Vilket kalas. Det var verkligen inte min mening att ställa till med ett sånt besvär."

Hennes mor log.

"Äsch, det var inget som helst besvär, jag tog bara lite av det som fanns hemma. Lite kaffe?"

Maj-Britt satt alldeles stilla. Det fanns något overkligt i hela situationen. Göran och mor och

238

far i samma rum. Två världar, så väsensskilda från varandra men plötsligt i samma blickfång. De människor hon älskade mest samlade på samma plats, samtidigt. Och Göran här i hennes hem, där Gud ständigt vakade över varje tilldragelse. De var här tillsammans. Allihop. Och allt var tillåtet. De bjöd honom till och med på kaffe ur finporslinet. Med sina finkläder på.

Alla satt med sitt kaffe och valda kakor på assietten. Flyktiga leenden utväxlades över bordet men inget sas, inget viktigt, inget som slet sig loss ur artigheterna om utsökta bakverk och vällagat kaffe. Göran gjorde så gott han kunde, och hon kände sekunderna ticka iväg. Hur situationen blev alltmer ohållbar. Känslan av att stå inför ett stup. Avnjuta de sista sekunderna i tryggt förvar före språnget ut i det okända.

"Så ni har lärt känna varann i kören?"

Det var hennes far som frågade. Han rörde i kaffet med skeden och droppade av den innan han la den tillrätta vid koppens sida.

"Ja."

Maj-Britt ville säga något mer men det kom inget.

"Vi såg dig ju på julkonserten i fjol, då när ni sjöng solo. Det är en vacker röst du har, verkligen fin. Var det "O helga natt" du sjöng?"

"Ja, just det, och så sjöng jag "Advent" också, men det är väl "O helga natt" som är mest känd kan jag tänka mig."

Så la sig tystnaden igen. Hennes far började återigen röra i koppen och ljudet kändes hemtrevligt på något vis. Bara tickandet från väggklockan och det rytmiska ljudet från skeden i hans kopp. Inget att oroa sig för. Allt var som det skulle. De satt här tillsammans och kanske borde de prata lite mer men ingen ställde några frågor och ingen möjlighet till samtal bjöds. Göran sökte hennes blick. Hon mötte den snabbt och såg ner i golvet.

Hon vågade inte.

Göran ställde ifrån sig koppen.

"Det är en sak som jag och Majsan vill berätta."

Skeden i koppen stannade. Maj-Britt slutade andas. Hon stod kvar på kanten men plötsligt gav den efter utan att hon frivilligt tagit steget.

"Jaha?"

Hennes far lät blicken vandra mellan dem, från Göran till Maj-Britt och tillbaka igen. Ett nyfiket leende lekte i hans ansikte, som om han just fått en oväntad present. Och Maj-Britt förstod med ens. Det de skulle säga var så otänkbart att

240

hennes far inte ens slagits av tanken.

"Jag tänker söka till Björklidens musik-folkhögskola och kommer att flytta härifrån och jag har bett Majsan att följa med mig och hon har sagt ja."

Hon hade aldrig upplevt det som hände i verkligheten förut, men någon gång hade hon sett det på tv. Hur bilden plötsligt frös och allting stannade. Hon kunde inte ens avgöra om tickandet från väggklockan fortfarande hördes. Så började allting röra sig igen, men det gick lite trögare nu. Som om förlamningen delvis satt kvar och måste mjukas upp innan allt blev återställt. Hennes fars leende utplånades inte direkt, det skedde snarare genom en gradvis förändring av hans ansiktsuttryck. Anletsdragen omformades och när de till slut la sig tillrätta kunde Maj-Britt utläsa ren förtvivlan i hans ansikte.

"Men..."

"Ja, vi kommer självklart att gifta oss eftersom vi tänker bo ihop."

Hon kunde höra desperationen i Görans röst. Hon såg på sin mor. Hon satt med huvudet böjt och händerna knäppta i knät. Den högra tummen strök med hastiga rörelser fram och tillbaka över vänsterhanden.

Så mötte Maj-Britt sin fars blick och det hon såg skulle hon ägna livet åt att glömma. Hon såg sorgen, men det andra kände hon tydligare. Föraktet. Hennes lögner hade blivit avtäckta och hon hade svikit dem. De som gjort allt för henne, gjort allt för att hjälpa henne. Nu hade hon vänt dem och Församlingen ryggen genom att välja en man utanför deras krets och hon hade inte ens vädjat om deras samtycke. Bara kommit här och tvingat på dem finkläderna och lämnat beskedet.

Hon kände inte till namnet på den färg som hennes far bar i ansiktet.

"Jag vill tala med Maj-Britt i enrum."

Göran satt kvar i stolen.

"Nej. Jag stannar här. Från och med nu får ni se oss som ett par och det som angår Majsan angår också mig."

Jo. Klockan tickade faktiskt. Hon kunde höra det nu. Vila i den regelbundna rytmen, tick, tack, tick, tack, kling, klang, klockan går, gå upp och plocka mossa.

"Jag har väl ändå rätt att prata med min egen dotter i enrum!"

Dagen lång och magen trång och lite mat i påsen.

"Hon är min blivande fru. Från och med nu

242

gör vi allt tillsammans."

"Ja, stanna du då. Det är väl lika bra att du också får höra. Det har varit bestämt sedan länge vem Maj-Britt ska gifta sig med och inte är det med dig, det kan jag försäkra. Gunnar Gustavsson heter han. En ung man i Församlingen som både jag och Maj-Britts mor känner stort förtroende för. Jag vet inte vad du har för tro men eftersom jag aldrig har sett till dig på nån av våra sammankomster så betvivlar jag starkt att du är av samma tro som Maj-Britt, och därmed är äktenskap naturligtvis en omöjlighet."

Maj-Britt stirrade på sin far. Gunnar Gustavsson? Han som hade suttit i sin fina kostym hemma hos pastorn och sett henne förnedras. Hennes far såg på henne och hans röst dröp av vämjelse.

"Se inte så oförstående ut. Du vet mycket väl att det har varit sagt så sedan länge. Men vi och Gunnar har beslutat att vänta tills Gud anser dig redo eftersom du har haft sådana problem med..."

Han avbröt sig och det ryckte i hans underläpp när han knep ihop munnen. Två rosafärgade streck med alldeles vitt runt om. Hennes mor vaggade fram och tillbaka och det hördes ett lågmält jämmer. Händerna i knät vred sig kring varandra med snabba rörelser.

"Vadå för problem?"

Det var Göran som undrade. Det var bara Göran som undrade vad det var för problem hon hade haft. Hon var tillbaka i pastorns matsal. Satt där blottad och fastbunden och kanske var allt ändå hennes eget fel. De hade gjort allt för att rädda henne men hon vägrade att låta sig räddas och eftersom hon inte lydde dömde hon sig själv för evigt och det var väl en sak, men hon drog dem med sig i fallet. För att de avlat henne i synd och för att deras Gud inte ville veta av henne. För att hon till slut gett upp och inte längre var villig att avsäga sig allt för att vara Honom till lags. Och nu undrade Göran vad det var för problem hon hade haft, och om det fanns något enda sätt att göra allt hon gjort ogjort så skulle hon göra det nu.

"Jag frågade vad det är för problem som Maj-san har haft."

Det fanns irritation i hans röst och Maj-Britt förundrades över hur det var möjligt att faktiskt våga ha den tonen här och nu och i detta hus. Allt hon lärt och förstått under det senaste året rann ur henne. Vissheten att Görans och hennes kärlek var ren och vacker, att den fick henne att växa

244

som människa. Övertygelsen att när den kunde
göra dem så lyckliga var den menad att få fin-
nas och kunde inte vara någon synd. Inte ens för
deras Gud. Nu kändes plötsligt inget självklart
längre.

"Varför säger du inget själv Maj-Britt? Har du
helt tappat målföret?"

Det var hennes far som talade till henne.

"Varför berättar du inte för honom om dina
problem?"

Maj-Britt svalde. Skammen brände i krop-
pen.

"Maj-Britt har haft problem med att vårda
sin relation till Gud och att du befinner dig här
kan man se som ett resultat av det. Är man ren i
själen kan inte såna där perversioner tränga sig
på, för som sann kristen avstår man från sexua-
litetens förbannelse, och man gör det med glädje
och tacksamhet! Vi har gjort allt för att hjälpa
henne men nu har hon tydligen låtit sig förledas
på allvar."

Göran stirrade på honom. Hennes far fortsatte.
Varje stavelse som rappet från en piska.

"Du undrade vad det är för problem hon har
haft. Självbefläckelse, det är vad det kallas!"

Jesus Kristus låt mig få slippa det här. Herre

förlåt mig för allt jag har gjort. Hjälp mig, snälla, hjälp mig! Hur kunde de veta?

"Otukt Maj-Britt, det är vad du ägnar dig åt. Det du gör är syndigt och betraktas som avfällighet från den sanna vägen."

Göran såg förvirrad ut. Som om orden han hörde uttalades på ett för honom främmande språk. När hennes far tog till orda igen ryckte hon till av styrkan i hans röst.

"Maj-Britt. Jag vill att du ser mig i ögonen och svarar på min fråga. Är det sant som han säger att du tänker ge dig iväg härifrån med honom? Är det det du är här för att tala om?"

Maj-Britts mor brast ut i gråt och vaggade fram och tillbaka med huvudet gömt bakom händerna.

"Du vet att Kristus dog på korset för våra synders skull. Han dog för din skull Maj-Britt, för din skull! Och nu gör du så här mot Honom. Du kommer bli evigt fördömd, för evigt utestängd från Guds rike."

Göran reste sig upp.

"Vad är det här för dumheter?"

Hennes far reste sig också. Som två stridstuppar stod de och mätte varandra med blickarna över den manglade duken. Det sprutade saliv ur hennes fars mun när han bemötte det vanvördiga uttalandet.

"Du din Satans utsände! Herren kommer att straffa dig för det här, för att du har lurat henne i fördärvet. Du kommer att få ångra det här, sanna mina ord."

Göran gick fram till Maj-Britts stol och sträckte fram sin hand.

"Kom Majsan, vi behöver inte stanna och lyssna på det här."

Maj-Britt kunde inte röra sig. Benet satt fortfarande fast.

"Om du går nu Maj-Britt, så är du inte välkommen tillbaka igen."

"Kom nu Majsan!"

"Hör du det Maj-Britt? Om du väljer att följa med den där mannen så får du stå ditt kast. En giftig rot måste avskiljas från de andra för att inte sprida sin smitta. Går du nu avsäger du dig din församling och din rätt till Guds nåd, och du är inte längre vår dotter."

Göran tog hennes hand.

"Kom nu Majsan så går vi."

Vägguret slog fem slag. Slungade ut den exakta tidpunkten i rummet. Och just i den stunden visste hon inte att en stor röd plump tog form i kalendern.

Maj-Britt reste sig. Lät Görans hand föra henne ut i hallen och efter att han hjälpt henne på med jackan vidare ut genom dörren. Inte ett ljud hördes från vardagsrummet. Inte ens jämret från hennes mor. Bara en förintande tystnad som aldrig skulle ta slut.

Göran drog henne med sig nerför trädgårdsgången och vidare ut genom grinden men där stannade han och tog henne i famnen. Hennes armar hängde längs sidorna.

"Dom kommer att ändra sig. Du får bara ge dom lite tid."

Allting var tomt. Det fanns ingen glädje, ingen lättnad över att lögnerna var över, ingen förväntan över möjligheterna som väntade. Inte ens Görans vrede kunde hon dela. Bara en stor, svart sorg över all oförmåga. Hennes egen och föräldrarnas. Över Görans, som inte kunde förstå vad det var han hade åstadkommit därinne. Och över Herrens, som hade skapat dem alla med en fri vilja, men som ändå fördömde dem som inte gjorde som Han ville. Som alltid var ute efter att straffa henne.

Hon hade längtat så efter att de skulle få sova en

hel natt tillsammans, och nu skulle de äntligen få göra det, men allting hade blivit förstört. Hon ville att Vanja skulle komma och Göran lånade sina föräldrars bil och åkte och hämtade henne. Under bilresan redogjorde han noggrant för besöket i Maj-Britts hem och Vanja osade av vrede när hon klev in genom dörren.

"Fan Majsan. Låt dom nu inte få förstöra det här också! Visa dom istället."

Göran kokade tekanna efter tekanna och medan natten fortskred lyssnade Maj-Britt till Vanjas efter hand alltmer fantastiska vinklingar på problemet. Hon lyckades till och med få henne att skratta några gånger. Men det var i slutet av en lång tirad av övertalning som hon plötsligt sa några ord som fick Maj-Britt att haja till.

"Man måste ju våga släppa det gamla om man vill ge plats åt nåt nytt, eller hur? Ingenting kan ju börja växa där det inte finns nån plats."

Vanja tystnade som om hon själv begrundade vad hon sagt.

"Jösses, det där var ju riktigt bra."

Och hon bad Göran om en penna och krafsade snabbt ner sina ord på ett papper, läste dem tyst för sig själv och log sedan stort.

"Ha! Om jag nån gång skriver den där boken

så ska jag ha med dom här orden."

Maj-Britt log. Vanja och hennes författardrömmar. Av hela sitt hjärta önskade Maj-Britt henne all lycka. Vanja såg på sitt armbandsur.

"Bara för att jag kom på det här så har jag bestämt mig nu och jag tar beslutet klockan tjugo i fyra den femtonde juni nittonhundrasextionio. Jag flyttar till Stockholm. Då kan vi flytta samtidigt Majsan, även om det inte blir till samma stad, och utan mig vill du väl ändå inte vara kvar i den här hålan?"

Både Göran och Maj-Britt skrattade.

Och när gryningen kom hade hennes visshet återvänt. Hon hade valt rätt och de skulle inte få ta det här ifrån henne. Hennes underbara Vanja. Som en stenstod fanns hon alltid där när Maj-Britt behövde henne. Vad skulle hon ha tagit sig till om hon inte hade funnits.

Vanja.

Och Ellinor.

Maj-Britt lyssnade inåt badrummet. Det var tyst där inne. Smärtan i ryggen hade klingat av. Bara ett molande som det gick att stå ut med fanns kvar. Och ett trängande behov av att gå på toaletten.

"Jag svär till Gud att jag inte känner den där Vanja."

Maj-Britt fnös. Svär på du bara. Mig gör det inget. Och knappast Honom heller.

"Dom kommer snart att ringa efter mig, jag skulle varit hos nästa Brukare för mer än en halvtimme sen."

Det här var meningslöst. Hon skulle aldrig få ur henne sanningen. Och snart skulle hon dessutom kissa på sig. Maj-Britt suckade, vände sig om och öppnade dörren. Ellinor satt på toalettstolen med locket nerfällt.

"Ut härifrån. Jag måste gå på toaletten."

Ellinor såg på henne och skakade sakta på huvudet.

"Du är ju inte klok. Vad är det du håller på med?"

"Jag är kissnödig sa jag ju. Försvinn."

Men Ellinor satt kvar.

"Jag flyttar mig inte förrän jag får veta varför du tror att jag känner henne."

Ellinor lutade sig lugnt tillbaka och korsade armarna över bröstet. Satte sig tillrätta med ena benet över det andra. Maj-Britt bet ihop. Om hon bara inte känt sådan motvilja vid tanken på att röra vid henne hade hon gärna smällt till henne.

251

Ett hårt slag över ansiktet.

"Då kissar jag på golvet. Och du vet vem det blir som får torka upp."

"Kissa du."

Ellinor borstade bort något från sitt byxben. Maj-Britt skulle snart inte kunna hålla sig längre, men aldrig i livet att hon skulle förnedra sig så, inte inför den där lilla avskyvärda varelsen som alltid lyckades få övertaget. Och hon kunde definitivt inte riskera att Ellinor upptäckte blodet i urinen, då skulle den lilla svikaren trycka på stora larmknappen. Det fanns bara en sak att göra, hur mycket det än bar emot.

"Det var bara nåt hon skrev i ett brev."

"I ett brev? Vad skrev hon då?"

"Det har inte du med att göra, kan du flytta på dig nu?"

Ellinor satt kvar. Maj-Britt blev alltmer desperat. Hon kände några droppar tränga fram och väta ner underbyxorna.

"Jag måste ha missförstått och jag ber om ursäkt för att jag stängde in dig här, okej, kan du gå nu?"

Äntligen reste hon sig, tog hinken och med en sur blick försvann hon ut genom dörren. Maj-Britt skyndade sig att låsa och satte sig så snabbt hon kunde på toaletten. Kände befrielsen när

252

blåsan äntligen tilläts lätta på trycket.

Hon hörde ytterdörren slå igen. Hejdå Ellinor.
Vi ses inte igen.

Plötsligt, alldeles utan förvarning, växte en
hård klump i halsen. Hur hon än försökte svälja
bort den så gick det inte. Det kom tårar också, helt
utan anledning vällde de fram över ögonkanten
och till sin fasa kände hon att de inte gick att
hejda. Det var som om något brustit inuti och hon
gömde ansiktet i händerna.

En sorg för tung att bära.

Och när nederlaget var ett faktum tvingades
hon erkänna sin fåniga längtan. Hur starkt hon
egentligen önskade att det skulle finnas någon
enda människa, bara en enda, som alldeles frivil-
ligt och utan att få betalt ville vara hos henne en
liten stund.

19

HON HADE RINGT till jobbet och tagit ut fem av sina innestående semesterdagar. Hon hade tappat räkningen på hur många hon hade sparade, för dittills hade det aldrig intresserat henne. Fem veckors semester var mer än hon ville ha, och under åren hade de outnyttjade semesterdagarna staplat sig på hög. De hade inte frågat varför hon skulle vara ledig och hon visste att hon hade ledningens förtroende. En plikttrogen chef som hon var inte borta så länge från jobbet utan grava skäl.

Dagarna som följde gick hon till Pernilla varje eftermiddag. Hon hade berättat att det bara var hon som skulle komma från krisgruppen i fortsättningen och Pernilla hade mottagit upplysningen utan att visa vare sig glädje eller motvilja. Monika tog det som ett gott tecken. Än så länge nöjde hon sig med att bara vara accepterad.

Större delen av tiden tillbringade hon utomhus med Daniella. Lekplatsen blev snart för tråkig så deras promenader blev allt längre. Sakta men säkert lyckades hon vinna Daniellas förtroende, och hon visste att det var en bra väg att gå. Att nå mamman genom barnets godkännande. För det var Pernilla som satt på makten. Monika var medveten om det under varje sekund av dygnet. Det ständigt närvarande hotet om att plötsligt bli förvisad, att Pernilla skulle tycka att de klarade sig bättre utan hennes hjälp.

Bara tanken på att en dag inte längre vara välkommen fick Monika att inse hur långt hon var beredd att gå för att slippa bli avvisad. Hon hade så mycket kvar att rätta till.

En gång kom det förbi en kompis till Pernilla och Monika kände sig kluven när hon tvingades gå därifrån och lämna dem ensamma. Hon borde naturligtvis vara glad för Pernillas skull men samtidigt ville hon vara delaktig i det som hände, veta vad de talade om, om Pernilla hyste några planer för framtiden som Monika inte kände till. Men oftast låg Pernilla bara och sov de timmar som Monika och Daniella gav sig iväg på sina utflykter. Monika försökte hålla sig kvar i lägenheten när de kom tillbaka för att visa hur bra hon och Daniella kom överens. Pernilla drog sig oftast undan in i sovrummet och de pratade inte så mycket med varandra, men Monika njöt av varje sekund hon fick vara där. Bara Mattias ögon gjorde henne illa till mods. De bevakade henne från den avlutade byrån när hon satt på golvet och lekte med Daniella. Men kanske började han förstå att hon var där i ett gott syfte, nu när hon plikttroget återvände varje dag för att ta sitt ansvar.

Fastän inte Pernilla sa så mycket kände Monika att hon gjorde en insats bara genom att finnas i lägenheten, och varje gång hon lämnade den stannade lugnet kvar ett par timmar. Känslan av att ha lyckats med första etappen av ett hedersamt åtagande. Att hon hade förtjänat en stunds lättnad. Och hon insåg också hur betydelselöst allt annat hade blivit. Som om alla oväsentligheter skalats av och bara en enda förutsättning att existera fanns kvar. Men redan efter några timmar kom hjärtklappningen tillbaka. Hon kunde sin vetenskap, visste exakt vad det var för automatiska förändringar som ägde rum i hennes kropp. Att allt den strävade efter var att maximera hennes chanser att överleva. Rädslan dirigerade blodet till de stora musklerna och levern frigjorde sitt förråd av glukos för att ge dem bränsle att orka, bultandet i öronen var hjärtat som arbetade för att höja blodtrycket, mjälten drogs samman för att spruta ut fler röda blodkroppar och höja blodets förmåga till syreupptagning, adrenalin och noradrenalin strömmade genom kroppen, men den här gången hjälpte det inte att hon hade fått högsta betyg på alla sina tentor. Vad de hade glömt att lära henne var hur hon skulle bete sig för att hantera reaktionen. Hela hennes kropp arbetade för att hjälpa henne att fly, men vad gjorde man när det inte gick att komma undan? På dagarna hade hon känslan av att befinna sig i en glasbubbla, avskärmad från allt som pågick utanför, som om det inte angick henne längre. På kvällarna åkte hon till gymmet för att trötta ut sig med ett hårt träningspass, men somna kunde hon ändå inte när hon väl gick och la sig. När hon släckte lampan kom ångesten krypande. Och förvirringen. De tankar som hon lyckades hålla ifrån sig under dagarna genom att ständigt hålla sig i rörelse krävde att bli tänkta där i mörkret, men det var uteslutet. Hon misstänkte att de kanske skulle ifrågasätta vad hon gjorde, och därför hade hon all rätt att hålla dem ifrån sig. Eftersom ingenting någonsin rättade sig efter förnuft och rättvisa stod hon i sin fulla rätt att utforma sin egen strategi för att bringa ordning i systemet. De krafter som verkade över liv och död saknade all logik och urskillning. Ingen acceptans var möjlig. Hon måste få en möjlighet att återgälda.

När hon väl somnade lurade andra faror. Thomas tog sig in till henne i drömmen. Han kom och gick som han ville och väckte en längtan i henne som fick allt att vackla. Det hon med vilja tvingat sig att glömma fanns kvar som minnen i hennes kropp och händerna vägrade värja sig.

Hon skrev ut ett recept med sömnmedel för att försvara sig.

Efter det blev hon lämnad ifred.

Den tredje dagen tog hon mod till sig och föreslog att hon skulle stanna kvar och laga middag åt dem på kvällen. Ja, och självklart åka och handla först förstås. Hon bjöd gärna, la hon till. Pernilla tvekade bara en kort stund, men sedan erkände hon att det verkligen skulle uppskattas. Ryggen hade blivit värre sedan hon blev ensam och hon hade inte varit hos sin kiropraktor på över tre veckor. Monika visste varför, att det var pengar som saknades, men hon behövde höra det från Pernilla och framför allt behövde hon fler detaljer. Hon hoppades komma åt dem under middagen.

Hon stod i hallen och tog på sig kappan och hade just tänkt ut att hon skulle göra den där goda inbakade oxfilén med potatisgratäng. Och hon funderade på om hon skulle köpa en flaska vin också när Pernilla kom ut i hallen.

"Du förresten, jag är vegetarian, jag sa nog aldrig det va?"

Monika log.

"Vilken tur. Jag ville inte säga att jag är det för jag tänkte att du kanske ville ha kött. Hur länge har du varit vegetarian?"

"Sen jag var arton."

Monika knäppte sista knappen i kappan.

"Är det nåt särskilt du är sugen på?"

Pernilla suckade.

"Nej. Ska jag vara ärlig är jag inte ens särskilt hungrig."

"Du borde nog försöka äta lite, jag hittar på nåt i affären. Vill du ha ett glas vin förresten? Jag kan åka förbi bolaget och köpa en flaska om du vill."

Pernilla funderade lite.

"Det var nån annan från krisgruppen som var här som sa att jag skulle vara försiktig med alkohol den närmaste tiden. Det är tydligen ganska vanligt att man börjar trösta sig med ett par glas vin om kvällarna när man är i min situation."

Monika svarade inte, undrade en kort stund om hon hade blivit tillrättavisad. Men så fortsatte Pernilla.

"Men det är ingen risk för min del, för jag har ändå inte råd att köpa nåt. Jag skulle väldigt gärna vilja ha ett glas vin."

Monika gick länge och valde i grönsaksdisken. Hon kunde inga vegetariska recept och till slut bad hon en i personalen om hjälp. Jodå, det fanns olika receptförslag på en hängare borta vid mjölkdisken och hon valde ut ett med kantareller som såg lite lyxigt ut och som hon trodde att hon skulle klara av att laga till. Hon var nästan förväntansfull när hon med fullmatade kassar gick tillbaka till bilen. Pernillas förtroende för henne verkade ha ökat, och hotet att bli avvisad kändes för stunden mindre överhängande. Och ikväll skulle de äta middag tillsammans. De skulle få tillfälle att lära känna varandra lite bättre och hon tänkte inte göra Pernilla besviken. Hon hade just

ställt ner kassarna för att ta fram bilnycklarna
när hon fick syn på den. Hon såg inte var den
kom ifrån, plötsligt stod den bara där på asfalten,
alldeles bredvid den ena matkassen. En silvergrå
duva med lilaskimrande vingar. Monika tappade
bilnyckeln. Med små svarta ögon stirrade den an-
klagande på Monika, och hon blev plötsligt rädd
att duvan skulle göra henne illa. Utan att släppa
den med blicken böjde hon sig sakta ner och rafs-
ade till sig nyckelknippan, låste upp bilen och
öppnade. Först när hon lyfte upp matkassarna
flaxade den skrämt iväg över parkeringsplatsen,
och så snabbt hon kunde lastade hon in maten i
bilen. Hon låste dörrarna om sig innan hon körde
iväg.

När hon parkerat utanför Pernillas hus satt hon
kvar i bilen en stund för att samla sig. Hon såg
den där feta hunden igen. Bara någon meter från
balkongen där den hörde hemma satt den på huk
och gjorde sina behov, men så fort den var klar
ville den tillbaka in. Någon öppnade balkong-
dörren men det var mörkt i lägenheten så hon
kunde inte urskilja om det var en kvinna eller en
man.

Pernilla satt i soffan och tittade på tv. Hon hade

tagit på sig Mattias stora tröja igen och Monika såg att hon hade gråtit. Framför henne på bordet låg en hög med uppsprättade fönsterkuvert. Monika ställde ner kassarna. Förhoppningen att det skulle kännas bättre igen när hon äntligen fick komma tillbaka in i lägenheten hade infriats, och hon kände hur all beslutsamhet kom tillbaka. Hon satte sig bredvid Pernilla i soffan. Det var dags att ta nästa steg.

"Hur är det?"

Pernilla svarade inte. Bara blundade och gömde ansiktet bakom handen. Monika sneglade på kuverten på bordet. De flesta var adresserade till Mattias och alla såg ut som räkningar. Det här var ett gyllene tillfälle som inte fick gå förlorat.

"Jag förstår att det måste vara jobbigt att öppna alla hans brev."

Pernilla tog bort handen och snörvlade lite. Drog upp benen och slog armarna om knäna.

"Jag har inte orkat öppna posten på ett tag men jag gjorde det nu medan du var och handlade."

Monika reste sig och gick in i köket och hämtade lite hushållspapper som hon gav Pernilla när hon kom tillbaka. Pernilla snöt sig och knycklade ihop pappret till en boll i handen.

"Vi kommer inte ha råd att bo kvar här. Jag har

ju vetat det hela tiden men jag har bara inte orkat tänka på det."

Monika satt tyst en stund. Det var den här informationen som hon hade väntat på att Pernilla skulle anförtro henne.

"Förlåt att jag frågar men hur hade ni det med försäkringar och så? Jag menar olycksfallsförsäkring."

Pernilla suckade. Och sedan kom hela historien. Den som Mattias en gång berättat och som hon nu äntligen fick känna till. Den här gången var redogörelsen mer utförlig. Monika la varenda detalj på minnet, varje siffra, antecknade noggrant varje upplysning i sitt vältränade faktaminne och när Pernilla talat färdigt var Monika insatt i hela problemet. Att lånet de hade tvingats ta för att klara sig efter Pernillas olycka inte varit ett vanligt banklån, utan ett Finaxlån med 32 procents effektiv ränta. Och eftersom de inte hade haft råd med några amorteringar steg det från månad till månad och uppgick nu till sjuhundraarton tusen kronor. Pernillas enda inkomst var hennes sjukpension och även om de möjligen kunde få bostadsbidrag så skulle hon inte klara av ekonomin.

"Mattias hade precis börjat på ett nytt jobb

och vi var så himla glada för det. Vi skulle få några tuffa år till men vi skulle åtminstone kunna börja betala av det där jävla lånet som har sabbat allting."

Monika hade redan tänkt ut vad hon skulle säga när det här tillfället kom, och nu var stunden äntligen inne.

"Du, jag bara sitter här och funderar på en sak. Jag kan naturligtvis inte lova nånting, men jag vet att det finns en fond där man kan söka bidrag när det händer nåt sånt här."

"Vadå för fond?"

"Jag vet inte riktigt, det var nån annan som jag var hemma hos efter ett dödsfall, ja alltså för krisgruppens räkning, och hon fick hjälp från den där fonden. Jag lovar att jag ska kolla upp det direkt i morgon bitti."

Pernilla ändrade ställning och vände sig mot henne. För stunden ägde hon hela Pernillas uppmärksamhet.

"Ja, om du har tid och lust så vore det ju jättesnällt."

Hjärtat slog lugna fina slag.

"Det är väl självklart att jag fixar det. Men då behöver jag underlag. Lånehandlingar, försäkringar, vad du har för utgifter för boendet och så. Vad din rehabilitering kostar. Kiropraktorer, massage. Orkar du ta fram det tror du?"

Pernilla nickade.

Och medan Monika stod i köket och fräste kantareller och Daniella lekte vid hennes fötter och Pernilla med jämna mellanrum kom förbi och frågade om något papper som hon undrade om Monika behövde, upplevde hon för första gången på mycket länge en sällsam känsla av frid.

20

PÅ TRE DAGAR hade ingen hört av sig från hemtjänsten. Varken Ellinor eller någon annan. Mat hade hon så det räckte, det var ingen fara på så sätt, men hon började undra lite. Kanske hade Ellinor blivit så arg att hon inte ens ordnat med någon ersättare utan tänkte lämna över problemet till Maj-Britt att lösa bäst hon kunde. Det vore ju just likt henne.

Men mat fanns det som sagt kvar. Efter tre dygn utan påfyllning. Pizzabudet hade hon inte ringt på flera veckor. Någonting var förändrat, och hon misstänkte att det hade med den där smärtan att göra. Och blodet i urinen. Det gick bara inte att äta som hon brukade längre, lusten till mat hade försvunnit som allt annat. Klänningen som hon varit rädd att hon höll på att växa ur hade plötsligt blivit rymligare, och ibland inbillade hon sig till och med att det var lite enklare att ta sig upp ur fåtöljen. Men trots det var hon mer sorgsen än någonsin, och all anledning hade gått henne förlorad.

Hon stod i vardagsrumsfönstret och såg ut över gården. Den där främmande kvinnan var ute och gungade det där barnet igen. Med ett oändligt tålamod gav hon gungan fart, gång efter annan. Maj-Britt såg på barnet men förmådde inte hålla blicken kvar. Så många år hade gått. Minnet hade legat obrukat så länge men trots det hade inget mist sin skärpa. Så mycket enklare allt hade varit när detaljerna hållit sig utom räckhåll. Vad skulle man med minnen till som inte gick att uthärda?

"Är det verkligen sant?"

Hon undrade med ens hur hon någonsin kunnat tveka. Hur hon i sin vildaste fantasi kunnat tro att han inte skulle bli glad. Hon hade oroat sig för att han kanske skulle tycka att det störde hans planer på musikutbildningen, att han tyckte att det gärna kunde få dröja lite. Men nu stod han där glädjestrålande och bara var glad över att han snart skulle få bli far. Hon var redan i fjärde månaden. Alla som ville kunde snabbt räkna ut att det hänt före bröllopet, men det gjorde inget längre. Hon hade valt sida och ångrade sig inte.

Det hade blivit som hennes far hade sagt den

där dagen. Inte ens på bröllopet hade de kommit, trots att de gifte sig i kyrkan bara några hundra meter från deras hem. Maj-Britt undrade vad de tänkte när de hörde kyrkklockorna ringa. Hon fann det så märkligt. Att samma Gud som i hennes hem fördömde Görans och hennes kärlek, bara några hundra meter bort ville välsigna deras äktenskap.

Brudgummens sida var fullsatt men på brudens satt bara Vanja. Längst fram i mitten.

Hon älskade Göran och han älskade henne. Hon vägrade att acceptera att det kunde finnas någon synd i det. Men ibland kom tvivlet över henne, ibland när hon tänkte på dem därhemma som inte ville veta av henne mer. Då var det svårt att stå stark och hålla fast vid sin övertygelse att hon hade gjort rätt. För alla var borta. De hade rensat bort henne som ett ogräs ur sina liv och sin gemenskap. Hon hade varit en del av Församlingen sedan den dag hon föddes och när alla försvann tog de största delen av hennes barndom med sig. Ingen fanns kvar som delade hennes minnen. Hon kunde sakna sammanhållningen, att få ingå, få ta del av den starka gemenskapen. Allt hon var van vid, kände till, var hemmastadd med, allting var borta och hon var inte välkommen längre. Det fanns ingenting att återvända till om det en dag skulle bli nödvändigt. Eller att besöka om hon drabbades av hemlängtan.

Även om vreden fortfarande var stark kunde hon ibland känna klumpen i halsen när hon tänkte på mor och far. Men då tog hon till orden som Vanja hade sagt.

Låt dem inte få förstöra det här också. Visa dem istället!

Ibland vaknade hon om nätterna och det var alltid samma dröm. Hon stod ensam på en klippa i ett stormande hav och alla andra hade klivit ombord på ett fartyg. De stod där på däck allesammans, men hur hon än skrek och viftade så låtsades de inte se henne. När fartyget försvann bort i fjärran och hon insåg att de tänkte lämna henne åt sitt öde vaknade hon med fasan som en snara runt halsen. Hon försökte förklara för Göran hur hon kände, men han ville inte förstå. Han kallade dem bara för knäppgökar och på så vis blev han lika fördömande som hennes far hade varit mot dem. Som om det skulle vara bättre.

Bara Vanja hade hon kvar, men de bodde ju så långt ifrån varandra. Och redan nu började det bli svårt att hitta något att prata om i telefon eller i breven, nu när de levde så vitt skilda liv. Vanjas tillvaro i Stockholm verkade så spännande och händelserik och hos Maj-Britt hände det inte så mycket. Hon gick därhemma i det lilla hus som de hyrt en bit utanför stan och försökte få dagarna att gå medan Göran var i skolan. De skulle bara bo där tillfälligt. Det fanns varken bad eller toalett och sedan det blivit minusgrader var det svårt att få upp någon riktig värme. Än så länge klarade de sig bra med utedass, nu när det bara var de två. När barnet fötts skulle det bli värre.

Men så var det det andra svåra. Det där som hon gärna ville, men som det var så svårt att erkänna att hon inte hade något emot. Hon hade hoppats att det skulle bli lite enklare efter att de hade gift sig, men det hade det inte blivit. Det var fortfarande någonting i henne som sa att de inte hade rätt att ägna sig åt sånt där. Inte bara som ren njutning. Inte utan att det hade något syfte.

Hon var noga med att lampan skulle vara släckt. Hon skylde sig fortfarande om Göran någon gång råkade se henne naken. I början hade han skrattat åt henne, inte elakt utan kärleksfullt, men nu på senare tid hade hon tyckt sig ana ett sting av irritation i rösten. Han brukade förklara hur vacker hon var och hur mycket han tyckte om att se henne naken och att det gjorde honom upphetsad. Maj-Britt ville inte höra på det där, verkligen inte, det var en sak att göra det i mörkret men något helt annat att prata om det. Hans ovana att sätta ord på det de gjorde generade henne, och hon bad honom alltid att sluta. Det var som om orden i sig gjorde det hela oanständigt. På samma sätt som om de skulle ha gjort det med tänd lampa, så att det syntes. Det var inte det att hon inte ville. Hon älskade när han rörde vid henne. Det var som om deras enighet växte sig ännu starkare när de kom så nära varann, som om de delade en stor hemlighet. Men efteråt kom alltid skuldkänslorna. Det hände allt oftare att hon tvivlade på om det de gjorde verkligen var rätt och riktigt. Om det verkligen gick att försvara all den njutning som hon tillät sig. Och ibland inbillade hon sig att det stod någon där och tjuvkikade på henne, förfasade sig över hennes lösaktighet och antecknade allting noga i protokollet.

De hade kommit överens om att Göran skulle gå färdigt sitt år på Folkhögskolan. De betalade så lite i hyra att de klarade sig bra på hans studielån. Men när barnet kom skulle han ta sig ett jobb, vilket som helst sa han, bara det gav så att det räckte. Hon anade vad han kände innerst inne, att drömmen om Musikhögskolan inte lät sig kuvas riktigt så lätt som han ville få henne att tro.

Ibland ringde hans mamma. Maj-Britt ville så gärna veta om hon hade sett till hennes föräldrar, men hon frågade aldrig. Ingen nämnde dem längre, de var som utraderade, som om de aldrig hade funnits. Så som de och Församlingen hade gjort med henne.

Dagar kom och gick och blev allt svårare att fylla. Hon kände ingen mer än Göran och några av hans klasskamrater där på orten, men de gånger hon följde med och träffade dem kände hon sig bara ännu mer ensam. De hade ju sin utbildning gemensamt, och de hade utvecklat en särskild jargong som hon inte hängde med i. Göran var den äldste eleven på skolan och hon tyckte att han blev så barnslig när de umgicks med hans klasskamrater. Det dracks groggar och lyssnades på musik, och alltihop var så långt ifrån det hon var van vid och hur det hade varit innan de flyttade. Då var det de två som hade haft kören gemensamt, och kvällarna hade de helst tillbringat ensamma. Läst böcker, pratat, älskat. Hon kände sig alltid underlägsen de andra som var med, särskilt kvinnorna. Hon satt där med sin växande mage och var tyst och tråkig eftersom hon aldrig hade något att berätta, och Göran verkade inte förstå att hon blev trött tidigt och att hon helst av allt ville att de skulle gå hem. Hon längtade efter Vanja. Hon skulle ha förstått hur Maj-Britt kände och ställt sig på hennes sida. Sagt allt det som hon själv inte förmådde säga. Särskilt Harriet tyckte hon illa om, det fanns något i hennes sätt att se på Göran som störde henne. Tyst för sig själv fantiserade hon om vad Vanja skulle ha gjort om hon hade sett det. Då kändes det lite lättare.

En fredagskväll kom han hem och hon kände på lukten att han hade druckit. Inte så att det märktes på honom, men hon stod vid diskbänken i köket och han kom och ställde sig bakom henne och la sina händer på hennes axlar och då kände hon det på hans andedräkt. Hon fortsatte med disken. Hans händer trevade längs hennes sidor och letade sig in under jumpern och när han tryckte sig mot henne kunde hon känna hans upphetsning. Hon blundade, försökte dämpa sina andetag. Hon skulle inte ge efter, inte den här gången. Hon skulle visa att hon kunde kontrollera sina begär och att hon inte var en slav under lustan.

"Sluta."

Göran fortsatte smeka henne.

"Göran, sluta nu är du snäll."

Hans händer försvann. Och hon hörde ytterdörren slå igen.

Det tog henne nästan en timme att göra sig kvitt åtrån som han väckt.

Magen fortsatte växa. Livstecknen från Vanja kom alltmer sällan och Görans dagar på skolan ville aldrig ta slut. Ibland kom han inte hem förrän vid åttatiden på kvällen. Det var extrarepetitioner och körövningar och allt möjligt som höll honom kvar och som var obligatoriskt för alla elever. Magen var stor och tung och hon intalade sig att det var därför de aldrig rörde vid varandra längre.

Därför som hon hade dragit sig undan.

Med tiden hade han slutat att ens försöka.

Det fanns mycket tid till grubblerier där i ensamheten, hennes tankar jagade vilset runt i slutna cirklar och stötte aldrig på några motargument eftersom de aldrig uttalades. Hon hade trott att allt skulle bli så mycket lättare om hon bara kom bort från alla bevakande ögon. Att hon äntligen skulle få känna sig fullkomlig när hon hade frigjort sig från alla tvång och fått ta del av den värld som glimtvis uppenbarats för henne genom åren, delvis genom Vanja, men framförallt genom Göran. Hon hade trott att det skulle bli mycket bättre om hon själv fick ta ansvar för sitt liv och sina beslut, istället för att bara inrätta sig och förlita sig på Honom som ändå aldrig svarade eller visade vad Han tyckte. Så hade det inte blivit. Istället förstod hon nu hur okomplicerat hennes gamla liv hade varit, när hon bara kunnat överlämna sig till Församlingens gemensamma synsätt och rättesnören. Hur enkelt det hade varit när hon slapp tänka själv. Här ute stod hon helt ensam.

En giftig rot som avskiljts för att inte sprida sin smitta.

Och hon hade valt det själv.

Hon hade varit så säker på att Görans och hennes kärlek och allt vad den innebar var naturlig och sund. Att det var hennes far och mor och Församlingen som hade haft fel. Nu insåg hon hur själviskt hon hade betett sig. Hon hade bara tänkt på sig själv och sin egen tillfredsställelse. Nu när vreden hade lagt sig och sorgen hunnit ikapp insåg hon i vilken förtvivlan hon måste ha lämnat sina föräldrar, vilken skam de måste ha känt. Det fanns ingen välvilja i det hon hade gjort, bara en stor, avskyvärd egoism. Hon hade trott att hon skulle kunna byta ut sin fruktan inför Gud mot kärleken hon kände till Göran, att den skulle hela henne, hon hade anklagat dem för att tvinga henne att välja. Men nu hade misstanken vaknat att hon kanske bara hade gett efter, att hennes val egentligen bara hade grundats på hennes oförmåga att tygla sina begär. Pastorns ord förföljde henne.

Syftet med sexuallivet är barnen, liksom det biologiska syftet med att äta är att nära kroppen. Om vi skulle äta närhelst vi har lust och hur mycket vi vill är det ofrånkomligt att somliga av oss skulle äta för mycket. Dygden kräver kontroll av kroppen och dygden bringar ljus. Det finns ingen konflikt mellan Gud och naturen, men om vi med naturen menar våra naturliga begär, så måste vi lära oss att tygla dem, såvida vi inte vill ödelägga våra liv.

Och han citerade ur Romarbrevet: *Jag vet att i mig, jag menar i mitt kött, inte bor något gott.*

För varje dag som irrade runt i de slutna cirklarna började hon bli alltmer övertygad om att han hade haft rätt. För det var inte riktigt, hon kunde ana det nu. De hade avlat ett barn så gott som inom äktenskapet och det var helt i sin ordning, men att fortsätta att göra det där ändå var inte försvarbart. Det var inte för att hennes föräldrar tyckte så som hon hade ändrat sig, utan för att hon själv kommit till insikt. Hon hade plötsligt börjat känna sig smutsig. Oren. Och eftersom hon visste

att det kom sig av det där de gjorde så kunde det
inte vara rätt. När det gav henne sådan vånda.

Oren.

Köttets sinne är fiendskap mot Gud.

Det var svårt att göra sig tillräckligt ren över disk-
hon i köket, men det gick bussar ute på landsvä-
gen två gånger om dagen och från busshållplatsen
i stan var det bara några hundra meter till bad-
huset. Hon började åka dagligen men sa aldrig
något om det till Göran. Hon var alltid tillbaka
när han väl kom hem. De åt sin middag och bytte
några ord men samtalen blev allt fattigare och
hennes tankar alltmer kvävande. Hon tänkte att
allt säkert skulle bli bättre när barnet hade kom-
mit och han slutade på skolan så att det bara blev
de igen. Då kanske de kunde börja skaffa sig ett
barn till. Då skulle de kunna få vara tillsammans
igen utan att det var fel.

Hon hade fått telefonnumret till Folkhögssko-
lans expedition och hon hade lärt sig det utantill.
Det beräknade datumet började närma sig och
om förlossningen satte igång medan Göran var i
skolan så skulle hon ringa. Han hade redan gjort
upp om att få låna en bil så hon skulle inte be-
höva oroa sig. Sa han.

Hon stod i duschen på badhuset när vattnet gick. Alldeles utan förvarning kände hon plötsligt att något hände och när hon vred av duschen fortsatte vatten rinna längs benen. Det stod en äldre kvinna i båset mittemot och Maj-Britt hade vänt ryggen till, det var obehagligt att visa sig naken för kvinnorna i duschrummet också. Hon snappade åt sig sin handduk och gick ut och satte sig på bänken i omklädningsrummet. Den första värken kom när hon just fått på sig underkläderna. Hon lyckades ta på sig resten och när hon var fullt påklädd bad hon kvinnan från duschrummet att ta reda på var det fanns en telefon. De kom varann nära igen under förlossningen. Han höll hennes hand och smekte hennes panna och visste inte till sig i sin iver att försöka hjälpa henne genom värkarna. Allting skulle bli bra igen, hon visste det nu. Hon skulle tala med honom om alla sina funderingar som sakta men säkert höll på att bryta sönder henne, försöka få honom att förstå. Hon gjorde sitt yttersta för att foga sig under smärtorna som skar hennes kropp i bitar och förundrades över att Gud var så grym att han straffade kvinnan så hårt för synden Eva hade begått. Orden från Skriften ekade i hennes huvud: *Se, i synd är jag född, och i synd blev jag till i min moders liv.*

Tiden gick. Värkarna riste genom timmarna men hennes kropp vägrade öppna sig och släppa ifrån sig det den skapat. Sniket behöll den sitt grepp om barnet som stred där inne för att ta sig ut i livet, och barnmorskan tycktes alltmer oroad. Det hade gått tjugo timmar när de tvingades ge upp. Beslutet togs och Maj-Britt fördes iväg till operation för att förlösa barnet genom kejsarsnitt.

Se, i synd blev jag född, och i synd blev jag till i min moders liv.

"Majsan."

Hon hörde rösten men den kom så långt bortifrån. Hon var någon annanstans än på den plats där rösten hade sitt ursprung. Ett svagt skimmer av ljus trängde med jämna mellanrum igenom dimmorna i hennes synfält, och rösten hon hörde ekade som genom en lång tunnel.

"Majsan, hör du mig?"

Hon lyckades öppna ögonen. Vaga konturer av det som fanns i närheten tog form och ögat ställde motvilligt in skärpan för att sedan förlora den igen.

"Det blev en liten flicka."

Och då såg hon plötsligt. Narkosen släppte sakta sitt grepp och hon kunde se att han stod där med ett barn i sina armar. Göran var kvar, han hade inte övergivit henne. Och barnet i hans armar måste vara deras barn, det som hennes kropp inte förmått föda fram av egen kraft. Barnet i hans famn hade vita kläder på sig, det såg hon också. Det var färdigt och klart och tvättat och rent och hade vita kläder på sig.

"Älskling, det blev en liten flicka."

Han la ner den lilla varelsen på hennes arm och hennes ögon försökte förtvivlat anpassa skärpedjupet till det nya avståndet. En liten flicka.

Dörren öppnades och en sköterska rullade in en telefonautomat.

"Ni måste väl ringa och berätta den glada nyheten för alla."

Och Göran ringde sina föräldrar. Och Vanja. Maj-Britt orkade bara säga några ord men Vanja skrek av glädje där i andra änden.

Men till några andra ringde de aldrig.

Det blev inte riktigt som Göran hade sagt. Istället för att ta sig ett arbete bad han sina föräldrar om ekonomisk hjälp för att få möjlighet att gå färdigt det andra året i skolan också. Och lägenheten som han lovat att de skulle flytta till fick de också vänta med ett tag. Men han hade pratat med kommunen och det skulle inte bli några problem när det väl var dags. Hade de sagt.

Maj-Britt fortsatte tiga om sina tankar men nu hade hon åtminstone något som distraherade henne. De bestämde att flickan skulle heta Susanna och att de skulle döpa henne i kyrkan där hemma, med samma präst som välsignat deras äktenskap. Hon skrev ett brev till sina föräldrar och berättade att de fått ett barnbarn och om tidpunkten för dopet men hon fick aldrig något svar.

Det var något med flickan, Maj-Britt kunde känna det. Det var inte så att hon inte tyckte om henne, men det kändes nödvändigt att bibehålla en viss distans. Hon krävde så mycket och det var viktigt att hon från början lärde sig att behärska sina behov. Att uppfostra var också att sätta gränser och ingen ansvarsfull förälder lät sitt barns vilja styra över en vuxens auktoritet. Det skulle vara att göra dem en otjänst. Hon ammade var fjärde timme så som hon blivit tillsagd att göra och lät barnet skrika sig trött om hon blev hungrig däremellan. Klockan sju varje kväll skulle hon sova, det hade de på Barnavårdscentralen sagt var en lagom tid. Det kunde ta några timmar för henne att somna, till slut var det som om skriken inte hördes längre. Men Göran hade svårt att acceptera dem. De kvällar han kom hem innan hon somnat gick han av och an i huset och ifrågasatte allt starkare hennes uppfostringsmetod att låta flickan ligga ensam och skrika sig till sömns.

Hon var fyra månader när det konstaterades. Maj-Britt hade känt att något inte var som det skulle men förbjudit misstanken att mogna till insikt. Hon hade genom varierande bortförklaringar lyckats undgå de senaste kontrollerna på Barnavårdscentralen, men till slut hade de ringt och hotat med att komma på hembesök om Maj-Britt inte infann sig med barnet. Göran hade inte fått bli delaktig i hennes misstankar, hon hade burit dem själv, och han visste heller inte om att hon struntat i kontrollerna. Hon ville inte gå dit, inte sitta där och få beskedet och låtsas att hon inte redan visste hur det stod till. Eller orsaken till varför det hade blivit så.

Självbefläckelse är vad det kallas.

Och det var som hon anat. Hon mottog beskedet på samma sätt som om hon hade fått en vägbeskrivning. Ställde bara några kompletterande frågor för att få allt korrekt. På kvällen vidarebefordrade hon budskapet till Göran på samma sätt.

"Hon är blind. Dom konstaterade det på kontrollen idag. Vi ska komma tillbaka om två veckor."

Från den dagen började allt vittra sönder. Den sista krampaktiga spillran av försöket att bryta sig loss försvann slutgiltigt och allt som återstod var skam, samvetskval och bävan. Ångern och skuldkänslorna frätte som syra genom kroppen, den kropp som hon hatade mest av allt på jorden, som aldrig velat henne något annat än ont. Samma kropp som det tydliga beviset för hennes synd nu var beroende av var fjärde timme. *Ett dåligt träd bär dålig frukt. För syndens skull står varje människa med verklig skuld inför Gud och hotas av hans vrede och straffande rättfärdighet. Det oemotståndliga, mörka begäret till det onda fortplantas och går i arv från generation till generation och denna arvsynd är orsak till alla andra synder i tankar, ord och gärningar.*

Hon hade i sin högfärd satt sig upp mot Gud och straffet var vedervärdigare än hon någonsin kunnat föreställa sig. Henne hade Han tigit ihjäl, men Han gav sig på hennes avkomma istället. Skulle låta nästa generation få bära straffet som hon själv borde ha burit.

Och sedan kom brevet från hennes föräldrar. De hade hört det skvallervägen. De hade inte förlåtit henne, men hela Församlingen skulle hålla förbön för hennes barn som hade drabbats av Guds rättfärdiga vedergällning.

Det gick ett par månader till. Göran blev allt tystare de stunder han var hemma. Han talade inte ens om den nya lägenheten längre, den som de skulle flytta till i början av sommaren. Två rum och kök på nedre botten, 68 kvadratmeter med balkong. Och badrum. Äntligen skulle de få ett badrum så att hon kunde få tvätta sig ordentligt.

Hon hade redan börjat packa eftersom hon behövde ta sig för någonting, det hade blivit allt svårare att sitta still. Hon hade just öppnat linneskåpet i hallen ovanför trappan och sträckte sig efter en trave lakan. De hade fått dem av Görans föräldrar, hans initialer fanns prydligt broderade i blått. Hon såg att flickan kröp över tröskeln från sovrummet, att hon stötte huvudet i dörrkarmen

284

och blev sittande. Det fanns ingen grind som skydd framför trappan. Maj-Britt gick förbi henne och fortsatte in till flyttkartongen som stod uppfälld på sängen och la i lakanen. När hon vände sig om råkade hon slå i smalbenet i sänggaveln. Smärtan var kort och explosiv och varade bara i ett ögonblick, men det var som om den fysiska förnimmelsen slet bort en spärr i henne. Allting blev vitt. Vrålet kom först. Hon skrek rakt ut tills halsen värkte men det hjälpte ändå inte. Flickan blev skrämd av hennes vrål och Maj-Britt anade i ögonvrån hur hon hulkande började dra sig längre ut i hallen. Närmare trappan. Men hennes raseri dämpades inte, det växte sig allt starkare och hon grep tag i kartongen framför sig med bägge händerna och vräkte den med full kraft in i väggen.

"Jag hatar Dig! Hatar Dig, hör du det? Du vet att jag var redo att offra allt men det var ändå aldrig tillräckligt!"

Hon knöt sina nävar och riste dem mot taket.

"Hör Du det? Va? Kan Du nån enda gång svara när man talar med Dig?"

Allt uppdämt raseri sprängde sig loss och störtade fram som en flodvåg. Hon kände hur det dunkade i tinningarna och hon slet upp lakanen ur den bäddade sängen och vräkte dem över rummet. En tavla på väggen drogs med i fallet och det fanns ingen grind till trappan där ute i hallen, och nu syntes inte hennes blinda dotter längre, hon hade försvunnit bakom dörrkarmen. Men någonting gick inte att hejda längre, någonting hade en gång för alla gått sönder därinne och nu måste det få komma ut för annars skulle hon sprängas.

"Du tror Du ska vinna va? Att jag ska böna och be om Din förlåtelse nu när allt ändå är för sent, nu när Du har låtit henne få ta straffet som jag skulle ha. Tror Du det va?"

Det fanns inget mer att kasta så hon tog upp kartongen och kastade den en gång till. Hon stod i sovrummet och kastade en flyttkartong fastän det inte fanns någon grind framför trappan där ute i hallen.

"Jag klarar mig utan Dig i fortsättningen, hör du det!"

Och efteråt mindes hon att hon just i den stunden skulle gå ut i hallen eftersom det inte fanns någon grind framför trappan och hennes blinda dotter befann sig ensam därute på golvet, men hon hann aldrig så långt.

Hon skrek aldrig när hon föll.

Det hördes bara några dunsar och sedan blev allting tyst.

21

DET VAR NÅGOT särskilt med nätterna. Att vara vaken när andra sov. Då när allting gått till ro, när alla människors tankar samlats upp och sorterats in i olika drömtillstånd och lämnade luftrummet fritt. Det var som om det blev lättare att tänka då, som om funderingarna hade lättare att ta sig fram när de slapp väja för all rusningstrafik. Under sin studietid hade hon i perioder ofta vänt på dygnet och föredrog när möjligheten gavs att läsa till sina tentor just på natten. När luften var fri.

Nu hade natten blivit förknippad med fara, just av samma anledning. Ju färre distraktioner och störningsmoment, desto öppnare lämnades fältet. För någonting därinne opponerade sig och sökte kontakt med henne, och ju tystare det blev, desto svårare blev det att undgå att höra. Någonting därinne fördömde henne trots hennes tappra försök att bringa ordning och rättvisa, och hon måste akta sig så att hon inte drogs med ner i djupet. Där kunde hon bara ana hur det skulle kännas att befinna sig, och bara aningen räckte för att skrämma henne från vettet. I tjugotre år hade hon lyckats hålla ett avstånd till mörkret som växte sig allt kompaktare, men nu hade det växt sig så stort att det nästan nådde upp till ytan. Enda sättet att bibehålla det lilla avstånd som fortfarande fanns kvar var att ständigt hålla sig i rörelse. Att aldrig stanna upp. För det var bråttom, väldigt bråttom. Hon kunde känna i hela kroppen hur bråttom det var. Om hon bara ansträngde sig ordentligt skulle allt gå att ställa tillrätta.

Hon hade satt på nattradion för att dämpa den värsta tystnaden. Pernillas papper låg utspridda över det stora köksbordet i ek som var specialbyggt för att stå just där det stod. Med plats för tio personer. Det fanns ingen trötthet i kroppen, klockan var snart halv fyra och hon var inne på sitt tredje glas Glen Mhor från 1979. Hon hade köpt whiskyn under någon utlandsresa för att komplettera det exklusiva innehållet i barskåpet, och den hade imponerat på några väl valda gäster som hon hade tyckt att det kändes angeläget att imponera på. Men den fungerade lika bra som bedövningsmedel.

Hon knappade in Pernillas inkomst på räkneapparaten och summerade ännu en gång, men det hjälpte inte. Läget var verkligen just så illa som Pernilla hade berättat. Daniella skulle få barnpension, men den grundades på Mattias ATP och skulle inte bli särskilt stor. Hon hade letat på nätet och tagit reda på hur den skulle beräknas. Före dykolyckan hade de levt ur hand i mun, jobbat lite här och var och sparat ihop tillräckligt för att sedan ge sig iväg på någon resa. Och efter olyckan hade Mattias jobbat en del, men jobben hade inte varit särskilt välavlönade. Pernilla hade haft rätt. De skulle tvingas flytta. Om de inte fick hjälp.

Först när hon hörde morgontidningen landa på hallgolvet reste hon sig och gick in i sovrummet. Asken med sömntabletter låg på nattduksbordet och hon tryckte ut ett piller ur metallkartan och svalde det med hjälp av slatten i gårdagsnattens kvarglömda vattenglas. Hon var inte det minsta trött, men hon skulle börja arbeta igen och ett par timmar måste hon sova. Om hon tog tabletten nu och stannade uppe en halvtimme skulle hon somna så fort hon la sig.

Inte en tanke skulle hinna tränga sig ut.

Middagen.

Hon följde det obekanta kantarellreceptet till punkt och pricka och det hela blev riktigt gott, även om hon gärna hade sett en köttbit på tallriken bredvid allt det gröna. Pernilla satt tyst. Monika fyllde på hennes vinglas vartefter det behövdes men avstod själv. Hon ville behålla sin skärpa och dessutom skulle hon köra. Hon satt och njöt av tanken på att hon skulle få ta med sig Pernillas papper när hon åkte hem, längtade efter att tillfullo få sätta sig in i problemet. Papperen var inte bara en informationskälla, de var också en garanti, ett tillfälligt andrum när hon slapp att oroa sig. Med dem i sina händer var hon försäkrad om att få återvända, åtminstone en gång till. Hon såg på traven som låg på köksbänken och kände hur den lindrade.

Hon skrapade upp det sista på tallriken med hjälp av en brödbit och laddade för det hon behövde säga. Att det tvunget skulle behöva ske en liten förändring i det som man nästan skulle kunna kalla "deras rutiner". Hon tyckte om det begreppet, deras rutiner. Men nu skulle de som sagt behöva förändras lite. Hon kunde inte äventyra sin anställning. Det skulle de båda förlora på. Därför satt hon och laddade för det som behövde sägas.

"Min tjänstledighet går ut i morgon så jag måste börja jobba igen."

Det kom ingen reaktion från andra sidan bordet.

"Men jag tittar gärna förbi på kvällstid i fortsättningen om det kan vara till nån hjälp."

Pernilla sa inget, bara nickade lite men verkade egentligen inte lyssna. Hennes brist på intresse gjorde Monika olustig. Hon hade inte hunnit göra sig oumbärlig och varje gång hon blev påmind om sin totala brist på kontroll pressade sig mörkret allt närmare.

"Jag tänkte att jag kanske kunde komma förbi imorgon kväll och berätta om den där fonden och hur samtalet med dem har gått, jag tänkte ringa dem direkt på morgonen."

Pernilla satt och petade med gaffeln på en kantarell som blivit kvar på tallriken. Hon hade inte ätit särskilt mycket, men hon hade i alla fall påstått att hon tyckte att det var gott.

"Visst, om du orkar så, annars kan vi ta det på telefon."

Hon släppte inte kantarellen med blicken och med hjälp av gaffeln banade den sig fram genom såsen, ritade ett oregelbundet spår mellan ett salladsblad och en kvarlämnad potatisklyfta.

"Det är bättre att jag kommer förbi, det är inga problem, och så måste du ju få tillbaka dina papper också."

Pernilla nickade, la ifrån sig gaffeln och tog ett klunk vin. Det blev tyst ganska länge. Monika satt som bäst och sneglade på Sofia Magdalena och funderade på hur hon skulle kunna leda in samtalet på något historiskt som skulle kunna lätta upp stämningen lite och få Pernilla att inse hur mycket de hade gemensamt när Pernilla hann före. Det var bara det att den del av historien som hon ville tala om var den som Monika till vilket pris som helst ville undvika. Orden träffade henne som hårda slag i magen.

"Han fyller år i morgon."

Monika svalde. Hon såg på Pernilla och insåg sitt misstag. Hittills hade hon nästan aldrig nämnt hans namn och Monika hade börjat slappna av, trott att det skulle fortsätta så, bara skyndat förbi hans blick i vardagsrummet när hon tvingats passera. Men nu började Pernilla bli påverkad av vinet hon druckit. Som Monika i sin enfald själv köpt och fyllt på i hennes glas. Det syntes på hennes loja rörelser och när hon blinkade tog det längre tid än det brukade för ögonlocken att

293

sluta sig och sedan öppnas igen. Hon såg att tårar rann ner för Pernillas kinder och att de rann på ett annorlunda vis än de gjort de andra gångerna hon gråtit. Då hade Pernilla dragit sig undan med sin sorg, försökt skyla sig. Nu satt hon där vidöppen på stolen och gjorde inte en rörelse för att dölja sin förtvivlan. Alkoholen hade löst upp alla spärrar och Monika förbannade sin dumhet. Hon borde vetat bättre. Men nu skulle hon få sona sitt misstag. Tvingas utstå varje ord.

"Trettio skulle han fylla. Vi skulle ha gått ut och ätit för en gångs skull, jag fixade barnvakt för flera månader sen, det skulle bli en överraskning."

Monika knöt handen och lät naglarna tränga in i handflatan. Det lättade något när det gjorde ont på ett ställe som det gick att peka på.

Pernilla tog sin gaffel igen och lät den återvända till kantarellen.

"Dom ringde från begravningsbyrån i morse, han hade kremerats i går. Ja, det dom lyckades skrapa ihop av honom, fast det sa dom inte. Så nu är han inte bara död längre, nu är han förintad också, bara lite aska i en urna där nere på begravningsbyrån som väntar på att bli hämtad."

Monika undrade hur varm ugn som behövdes

till blåbärspajen hon köpt till efterrätt. Hon hade glömt att titta efter innan hon slängde förpackningen. Tvåhundra grader borde nog bli bra. Om hon la lite folie ovanpå så att den inte blev bränd.

"Jag valde en vit. Dom hade en hel katalog med kistor och urnor i olika färger och former och prisklasser, men jag tog den som var billigast för jag vet att han skulle tycka det var vansinne att slänga ut en massa pengar på en dyr urna."

Och vaniljsåsen måste hon ju vispa också, det hade hon glömt. Hon undrade om det fanns någon elvisp för hon hade inte sett till någon när hon lagade mat men den kanske låg i en låda som hon inte hade tittat i.

"Jag ska inte ha nån jordsättning. Jag vet att han inte skulle vilja bli nergrävd nånstans, han vill bli spridd över havet, han älskade havet. Jag vet hur mycket han saknade dykningen och att han innerst inne ville börja igen, det var bara för min skull som han lät bli."

Tänk, Sofia Magdalena förlovades med Gustav III redan som femåring. Det hade stått i böckerna att hon hade haft ett sorgligt liv, varit blyg och tillbakadragen och haft en sträng uppfostran. Kommit till Sverige som nittonåring och haft svårt att anpassa sig till det svenska hovlivet.

"Varför kunde han inte ha hunnit få dyka en gång till? Bara en gång till!"

Vad hon pratade högt, hon kunde ju väcka Daniella om hon inte dämpade sig snart.

"Varför kunde han inte fått göra det? Va? Bara en enda gång!"

Monika ryckte till när Pernilla plötsligt reste sig och försvann in i sovrummet. Det syntes tydligt att vinet satt sig i benen också. Monika sökte av rummet efter vispen hon behövde men såg ingen. Så dök Pernilla upp igen och nu hade hon Mattias stickade tröja i famnen, tätt sluten intill sig som i en omfamning. Hon sjönk ner på stolen och hennes ansikte var förvridet av smärta och nu skrek hon mer än talade.

"Jag vill att han ska vara här! Här hos mig! Varför kan han inte få vara här hos mig?"

Ständig rörelse. Det var genom att hålla sig i ständig rörelse som det gick att hålla sig undan. Det var när man stannade som allting gjorde ont.

Chefsläkare Monika Lundvall reste sig. Mattias Anderssons änka satt på andra sidan bordet och grät så att hon skakade. Den stackars kvinnan slog armarna om sig själv och satt och vaggade fram och tillbaka. Chefsläkare Lundvall hade varit med om det här så många gånger. Nära och kära som dog och kvarblivna anhöriga i tröstlös förtvivlan. Och aldrig gick det att trösta. Människor i sorg var ett kapitel för sig. Man kunde ha utbildat sig hur många år som helst och stå alldeles bredvid dem men ändå befinna sig i en annan världsdel. Ingenting kunde man säga för att pigga upp dem, inget göra för att få dem att må bättre. Det enda man kunde göra var att finnas där och lyssna till deras outhärdliga bedrövelse. Stå ut fastän det skrek tröstlöshet om dem, att allt var meningslöst, att livet var så skoningslöst att det inte ens var någon idé att försöka. Man kunde lika gärna ge upp på en gång. Vad var det för mening när allt ändå kunde ta slut om en timme? Varför anstränga sig när allting ändå strävade mot samma obönhörliga slut? När det inte gick att komma undan. Människor i sorg var en enda stor påminnelse. Varför? Varför skulle man över huvud taget?

"Pernilla kom så går vi in och lägger dig. Kom nu."

Chefsläkare Lundvall gick runt bordet och la handen på hennes axel.

Kvinnan fortsatte att vagga fram och tillbaka.

"Kom."

Chefsläkare Lundvall tog tag om hennes axlar och hjälpte henne upp ur stolen. Med armen om hennes axlar ledde hon henne in till sovrummet. Som ett barn lät hon sig ledas och gjorde som hon blev tillsagd och la sig lydigt ner i sängen. Chefsläkare Lundvall drog upp överkastet från den tomma sidan av dubbelsängen och stoppade om henne. Så satte hon sig ner på sängkanten och strök henne över pannan. Mjuka, lugna rörelser som fick andetagen att stilla sig. Hon blev sittande. De röda siffrorna på klockradion byttes ut och återkom i andra kombinationer. Pernilla sov djupt och chefsläkare Lundvall återgick till sin tjänstledighet.

Nu var där bara Monika kvar.

"Förlåt."

En enda stor påminnelse.

"Förlåt mig. Förlåt mig för att jag inte var modigare."

Hon strök bort en hårslinga från hennes panna.

"Jag skulle göra vad som helst för att göra honom levande igen."

Pernilla drog ett hackande andetag präglat av gråten hon gråtit. Och Monika kände att hon ville säga det. Även om Pernilla inte hörde. Erkänna.

"Det var mitt fel, det var jag som svek honom.

298

Jag lämnade honom därinne fastän jag hade kunnat rädda honom. Förlåt mig Pernilla för att jag inte var modigare. Jag skulle göra vad som helst, vad som helst, bara jag kunde ge dig Lasse tillbaka igen."

22

"VARFÖR HAR DU inte sagt nåt?"

Det hade gått fyra dagar sedan badrums-
händelsen och ingen hade visat sig från hemtjän-
sten. Nu stod plötsligt Ellinor i hallen och hon
slungade ur sig frågan innan hon ens hunnit dra
igen ytterdörren. Orden ekade ut mot trapphuset.
Maj-Britt stod vid vardagsrumsfönstret och blev
så förvånad över sin reaktion att hon inte ens regi-
strerade att hon just hade fått en fråga.

Som hon hade avskytt den där rösten. Den hade
plågat henne som ett raffinerat tortyrinstrument
med sitt aldrig sinande ordflöde, men nu kom där
en känsla av tacksamhet. Hon hade kommit till-
baka. Trots det som hände förra gången.

Ellinor hade kommit tillbaka.

Maj-Britt blev kvar där vid vardagsrumsfönst-
ret. Det hon kände var så ovant att hon kom av sig
alldeles, hon mindes inte längre hur man betedde
sig i situationer som dessa, när man faktiskt upp-

levde något som lätt skulle kunna förväxlas med en mild variant av glädje.

Hon hann inte fundera särskilt länge, för i nästa stund kom Ellinor instormade i rummet, och det var alldeles tydligt att hon inte förväntade sig någon jubelvolt som välkomsthälsning. För hon var arg. Riktigt arg. Hon spände ögonen i Maj-Britt och brydde sig inte ens om Saba som med viftande svans stod och fjäskade vid hennes fötter.

"Du har ont där i ryggen va, där du brukar lägga handen? Erkänn!"

Frågan var så oväntad att Maj-Britt alldeles glömde bort sin tacksamhet och genast retirerade till sin vanliga försvarsposition. Hon såg att Ellinor hade ett hopvikt papper i handen. Ett randat A4 utrivet från ett kollegieblock.

"Hur så?"

"Varför har du inte sagt nåt?"

"Är du medveten om att det har gått fyra dagar sen du var här sist? Jag kunde faktiskt ha svultit ihjäl."

"Ja. Eller så kunde du ha gått och handlat."

Hennes röst var lika ilsken som hennes blick, och Maj-Britt insåg att det hade hänt något under de fyra dygn som Ellinor hade hållit sig undan.

Maj-Britt anade att det hade med det där papperet hon höll i handen att göra. Som påminde så mycket om andra papper som hade brutit sig in i lägenheten för ett tag sedan och som hon ångrade att hon någonsin läst. Ellinor måste ha sett hennes blick för nu vecklade hon upp arket och höll fram det mot henne.

"Det var därför du trodde att jag kände Vanja Tyrén, va? För att hon skrev att du hade ont nånstans, du trodde att det var jag som hade sagt det till henne, va?"

Maj-Britt kände hur oron flammade upp. Sedan det förflutna kommit tillbaka hade hon varit som bedövad, det var som om ett egendomligt mellanrum lagt sig tillrätta mellan alla känslor och det hon plötsligt kommit ihåg. Hon hade anat att fristen var tillfällig, och nu när hon såg på papperet som sträcktes fram emot henne reducerades mellanrummet till bara en tunn liten hinna. Ingenting i världen skulle kunna få henne att ta emot det. Ingenting.

"Eftersom du vägrade svara själv så skrev jag till henne och frågade vad det var som pågick egentligen, vad det var som fick dig att tro att hon och jag kände varann. Idag fick jag hennes svar."

Maj-Britt ville inte veta. Inte veta, inte veta. Hon hade blivit avslöjad. Med Ellinors brev hade Vanja verkligen fått klart för sig att Maj-Britt ljugit och fått veta vilken ynklig, misslyckad människa hon kommit att bli. Men Ellinor tänkte naturligtvis inte låta henne komma undan. Den här gången heller. Hennes röst piskade fram orden när hon började läsa.

"Bästa Ellinor. Tack för ditt brev. Det gläder mig att det finns människor som du därute med ett genuint engagemang för dina medmänniskor. Det ger hopp om framtiden. De flesta som blir instängda i badrummet hos sina Brukare, och så inom parentes, märkligt ord, jag hade aldrig hört det förut. Vi har inte så mycket hemtjänst här inne, punkt, punkt, punkt, slut på parentes, skulle nog ha lämnat det hela bakom sig som ett obehagligt minne och valt att inte gå dit igen. Jag är glad för Majsans skull att hon har dig, och försök förlåta henne. Jag tror inte att hon menade så illa som det verkade och felet är egentligen mitt. Jag skrev något i ett brev som säkert gjorde henne rädd, och det var i ärlighetens namn meningen, för jag tror att det kan vara bråttom. Jag skrev att om Majsan har ont någonstans så måste hon söka läkarvård. Jag hade hoppats att hon redan när hon fick mitt brev skulle ha gjort något åt saken, men tydligen har hon valt att inte göra det, och valet är naturligtvis hennes eget och ingen annans."

Ellinor lyfte blicken och blängde på Maj-Britt som vände henne ryggen och såg ut genom fönstret. Ellinor fortsatte läsa.

"Nu förstår jag att du undrar hur i all världen jag kunde veta det här, och jag anar att du redan nu har bestämt dig för att skriva ett nytt brev för att fråga mig. För att bespara dig tid svarar jag därför redan nu. Den enda som jag är villig att berätta det för är Majsan, och jag tänker inte göra det vare sig per brev eller telefon. Lycka till Ellinor. Mina allra varmaste hälsningar. Vanja Tyrén"

Det blev äntligen tyst. Maj-Britt kände den där motbjudande klumpen i halsen. Hon försökte svälja men den satt där den satt, växte sig till och med större och tvingade fram tårar i hennes ögon. Hon var tacksam att hon stod med ryggen till för Ellinor fick inte se. Hennes svaghet skulle användas emot henne, det visste hon, så hade det alltid varit. Det var när man sänkte garden som man gjorde sig som mest illa.

"Snälla Maj-Britt. Låt mig få ringa och beställa en tid hos en läkare."

"Nej!"

"Men jag följer med dig, jag lovar."

Ellinor lät annorlunda nu. Inte så arg längre utan mer bekymrad. Det hade varit lättare att hantera att hon var ilsken, när Maj-Britt stod i sin fulla rätt att försvara sig. "Varför skulle jag lyssna på en livstidsdömd fånge som har fått för sig nånting?"

"För att det hon har fått för sig stämmer. Eller hur? Du har ont i ryggen. Erkänn att du har det."

Hon hade inte ens låtit arg i brevet. Trots att Maj-Britt ljugit för henne. Vanja brydde sig fortfarande om hennes väl och ve trots hennes elaka svar. Hon kände hur hon rodnade. Hur skammens färg letade sig upp över hennes kinder när hon tänkte på vad hon skrivit till Vanja.

Vanja.

Kanske den enda som verkligen hade brytt sig om henne. Någonsin.

"Kan du inte åtminstone ta reda på vad det är hon vet?"

Maj-Britt svalde i ett försök att få ordning på rösten.

"Hur då? Hon ville ju inte berätta det vare sig i brev eller på telefon. Och hit lär hon ju knappast kunna komma.

"Nej, men du kan åka till henne."

Maj-Britt fnös. Det var naturligtvis uteslutet och det visste Ellinor lika väl som hon, ändå hade hon nödvändigtvis behövt föreslå det. Allt för att få en möjlighet att understryka Maj-Britts underläge. Hon tog stöd mot fönsterbrädan. Hon var så trött. Så alltigenom dödstrött på att över huvud taget tvinga sig själv att fortsätta andas. Smärtan hade varit så ihållande på sistone att hon nästan hade vant sig vid den, accepterat den som ett naturligt tillstånd. Ibland upplevde hon den till och med som njutbar, eftersom den drog bort tankarna från det som gjorde ännu mer ont. Det var bara stundtals den blev så intensiv att den knappast gick att uthärda.

Maj-Britts knän började säga ifrån och hon vände sig om. Klumpen i halsen hade blivit hanterbar och hotade inte längre att avslöja henne. Hon gick fram till fåtöljen och försökte dölja grimasen som smärtan ville tvinga fram när hon sjönk ner.

"Hur länge har du haft ont?"

Ellinor gick och satte sig i soffan. På vägen dit la hon ifrån sig Vanjas brev på bordet. Maj-Britt såg på det och kände att hon ville läsa det igen, se orden med egna ögon, orden som Vanja hade skrivit. Hur hade hon kunnat veta? Vanja var ingen fiende, hade aldrig varit. Hon hade bara gjort som Maj-Britt hade bett henne och slutat skicka sina brev. Inte av ilska utan av hänsyn.

Men hur hade hon kunnat veta?

"Hur länge har du haft ont?"

Hon orkade inte ljuga mer. Orkade inte upprätthålla någonting över huvud taget. För det fanns egentligen inget att försvara.

"Jag vet inte."

"Jamen ungefär?"

"Det smög sig på. Det gjorde inte ont hela tiden i början utan bara ibland."

"Men nu känns det hela tiden?"

Maj-Britt gjorde ett sista tappert försök att värja sig genom att inte svara. Det var allt hon fömådde. Att det var en lönlös tidsfrist visste hon redan.

"Gör det det Maj-Britt. Ont hela tiden?"

Fem sekunder hade den varat. Maj-Britt nickade.

Ellinor suckade tungt.

"Jag vill ju bara hjälpa dig, fattar du inte det?"

"Ja, du har ju betalt för det."

Det var orättvist och hon visste det, men

ibland kom orden av gammal vana. De var så
hemmastadda där i lägenheten att de inte ens be-
hövde övervägas för att ta sig ut. Men hon var
egentligen medveten om att Ellinor hade gjort
bra mycket mer för henne än hon fick betalt för.
Mycket mer. Det var bara det att Maj-Britt för
sitt liv inte kunde begripa varför. Och naturligtvis
reagerade Ellinor.

"Varför måste du göra allting så svårt hela
tiden? Jag förstår att du säkert har haft det skit-
jobbigt i ditt liv men måste du låta hela världen
få sota för det? Kan du inte försöka ha lite urskilj-
ning på vilka det är du ska hata och vilka som
inte förtjänar det?"

Maj-Britt vände blicken mot fönstret. Hata.
Hon smakade på ordet. Vilka förtjänade egent-
ligen hennes hat. Vems fel hade allt varit?

Hennes föräldrars?

Församlingens?

Görans?

Han hade förstått vad som hänt. Inte ankla-
gat henne rakt ut men hon mindes hans blick.
Dödsfallet avskrevs som en olyckshändelse men
Görans förakt hade snart utvecklats till öppet hat.
När det blev dags att flytta till den efterlängtade
lägenheten hade hon fått göra det ensam. Och här

hade hon blivit kvar. Inte hört av sig till någon och lämnat sin nya adress, inte ens till Vanja. Vart Göran tog vägen efter att papperen var undertecknade och skilsmässan beviljad visste hon inte och efter ett par år hade hon inte ens varit intresserad av att få veta.

Ellinor lät mest uppgiven när hon fortsatte, rösten hade tappat sin glöd och hon inledde med ett djupt andetag.

"Men det är ju förstås som Vanja skriver. Du väljer själv."

Maj-Britt ryckte till av orden.

"Vad menar du med det?"

"Det är ju ditt liv, du som bestämmer. Jag kan inte tvinga dig att gå till doktorn."

Maj-Britt blev tyst. Hon hade inte orkat tänka hela tanken ut. Att det kanske var livshotande. Att det där som gjorde ont där inne i kroppen kanske var början på slutet. Slutet på något som varit så totalt meningslöst, men ändå så självklart.

"Är det för att du inte vill lämna lägenheten som du inte vill gå till doktorn?"

Maj-Britt kände efter. Ja. Det var definitivt den ena anledningen. Tanken på att tvingas ut därifrån var fasansfull. Men det var bara det ena skälet och det andra vägde tyngre.

De skulle behöva ta på henne. Hon skulle behöva klä av sig kläderna och hon skulle tvingas tillåta dem att röra vid hennes äckliga kropp.

Plötsligt sträckte Ellinor på sig och såg ut som om hon just fått en idé.

"Men om det kommer hit en läkare då?"

Maj-Britt fick hjärtklappning av förslaget. Ellinors envisa försök att lösa problemet tvingade in henne i ett hörn. Det vore så mycket enklare att bara inse att det var omöjligt så att hon kunde avsäga sig allt ansvar och inte ens behöva överväga något beslut.

"Vad skulle det vara för läkare?"

Ellinors entusiasm var tillbaka, nu när hon tydligen tyckt sig hitta en lösning.

"Min mamma känner en läkare som jag kan ringa. Jag kan säkert få henne att komma hit."

Henne. Då kanske det åtminstone skulle kunna vara möjligt att uthärda. Åtminstone kanske.

"Snälla. Jag kan väl få ringa och fråga henne i alla fall?"

Maj-Britt svarade inte och Ellinor blev allt ivrigare.

"Då ringer jag henne, okej, bara ringer och kollar vad hon säger."

Och så hade det tydligen tagits något slags beslut. Maj-Britt hade varken samtyckt eller opponerat sig. Hon hade fortfarande kvar möjligheten att skylla allt på Ellinor om det blev fel.

Det blev så mycket lättare att stå ut då.

Om det alltid fanns någon annan att skylla på.

23

KLOCKRADION VÄCKTE henne halv åtta och hon kände sig inte det minsta trött. Hela systemet var igång redan innan hon slog upp ögonen. Hon hade somnat så fort hon la huvudet på kudden och sedan sovit drömlöst i tre timmar. Mer behövde hon inte. Sömntabletterna hade inte lämnat henne i sticket, de barrikaderade effektivt alla ingångar och hindrade honom från att ta sig in. Då slapp hon den skärande tomheten i bröstet när hon vaknade och han var borta igen.

Hon lät radion stå på medan hon gjorde sig i ordning och åt frukost. I förbifarten blev hon upplyst om alla mord, våldtäkter och avrättningar som skett i världen det senaste dygnet och informationen la sig tillrätta i någon avlägsen vindling medan hon stoppade in kaffekoppen i diskmaskinen. Pernillas papper låg redan nerpackade i väskan. Hon hade bestämt sig och ringde till kliniken och sa att hon inte skulle komma förrän till lunch.

Hon var alldeles för tidigt ute. Det visade sig att banken inte skulle öppna förrän om en halvtimme. Nu hade hon till sin irritation plötsligt fått en halvtimme över och att bara stå still och vänta utanför dörren var inget tänkbart alternativ. Någonting måste hon ta sig för under tiden. I fortsättningen skulle hon tänka sig för lite bättre. Se till att hon inte fick den här typen av ovälkomna överraskningar som kullkastade hennes planering. Hon gav sig iväg längs gatan och skummade av några skyltfönster utan att se något som intresserade henne, passerade Pressbyrån, 7-ÅRIG pojke RITUALMÖRDAD och 93-ÅRING VÅLDTAGEN av inbrottstjuv, såg att Hemtex hade utförsäljning på gardintyg, men noterade inte bilen som tutade irriterat när hon korsade gatan alldeles framför dess motorhuv.

Hon var den första kunden på banken den här morgonen, och hon nickade åt en kvinna längre in i lokalen som hon kände igen. Kvinnan hälsade tillbaka och Monika tryckte ut en nummerlapp till "övriga ärenden". Hennes finger hade inte ens hunnit lämna knappen förrän en ljudsignal markerade att det var hennes tur. Hon gick fram till den anvisade kassan. Mannen på andra sidan bar slips och mörk kostym och kunde inte vara mer än några och tjugo.

Hon la sitt körkort på disken.

"Jag vill veta hur mycket pengar jag har insatta här på banken."

Mannen tog hennes körkort och började knappa på sin dator.

"Då ska vi se. Är det bara sparkontot eller gäller det ditt allkonto också?

"Sparkontot och mina fonder."

Pengar hade egentligen aldrig intresserat henne. Inte sedan hon börjat tjäna så mycket att hon aldrig behövde oroa sig. Hon hade hög lön och jobbade mycket, och några större utgifter hade hon inte. För fyra år sedan hade hon unnat sig den dyra bostadsrätten i ett av stadens nyrenoverade kulturhus och hennes mamma hade grundligt uttryckt sin bestörtning. Monika hade aldrig berättat vad den kostat men hennes mor hade lyckats snappa upp det i lokaltidningen, ett reportage där reportern förfasat sig över de hutlösa bostadspriserna. Och hennes mamma hade i sakta mak avsynat lägenheten och hittat fler brister än en professionell besiktningsman.

"Då ska vi se här. På sparkontot har du tvåhundraåttisjutusen, och så har du en flermarknadsfond som i dagsläget är värd nittioåttatusen kronor."

Monika antecknade siffrorna. Att placera pengar hade aldrig roat henne men vid något tillfälle hade hon följt bankens rådgivning och investerat lite av sina pengar i olika fonder. Men egentligen gjorde det henne mest olustig. På ett bankkonto visste hon vad räntan var och kunde inte drabbas av några obehagliga överraskningar. Avkastningen på en fond var mer osäker och hon gillade inte risker.

"Okej, Asienfonden då?"

Han knappade in några nya siffror.

"Sextioåttatusenfemhundra."

Monika bytte fot.

"Jag vill sälja alltihop och ta ut det jag har på sparkontot."

Han gav henne en snabb blick innan hans hand återvände till datorn.

"Vill du ha en postväxel då eller vill du ha pengarna överförda till nåt konto?"

Hon tänkte efter. Än en gång blev hon förvånad över sin bristande planering. Det var inte likt henne att bortse från detaljer. I fortsättningen skulle hon som sagt tänka sig för lite bättre.

"Om du sätter in dem på mitt Allkonto, kan

jag då per telefon överföra dom till nån annans konto sen? Jag menar även en så stor summa?"

Han såg plötsligt osäker ut. Tvekade lite på sitt svar.

"Ja, rent tekniskt kan du ju föra över dom men det beror ju på vad du ska göra med pengarna, om det är skattemässigt lagligt menar jag. Om det är nåt du ska köpa så är ju en postväxel att föredra."

"Det ska jag inte."

Han tvekade igen. Såg sig omkring som om han ville att någon kollega skulle komma och hjälpa honom.

"Det blir ju en ganska stor summa pengar som överförs så…"

Han knappade igen.

"Fyrahundrafemtiotretusen femhundratjugotre kronor.

Jag vill bara att du ska veta att en så stor överföring ju kan intressera Skattemyndigheterna."

Monika kände plötsligt att den vaga irritation hon känt växte sig allt starkare och att den snart skulle drabba mannen på andra sidan disken. Det var heller inte likt henne. Att inte bry sig om vad den där beskäftiga mannen tyckte om henne. Att hon för tillfället kunde uppfattas som påfrestande med sina krav. Men hon fick ta det lite varsamt.

Hon var inte färdig än, hon hade fler ärenden som skulle uträttas och det skulle bli svårare om hon förlorade hans välvilja.

"Då tar jag en postväxel då."

Han nickade och skulle just dra ut en låda när hon fortsatte.

"Och så skulle jag vilja ta ett lån."

Hon började gräva i väskan och letade fram papperet med värderingen av hennes lägenhet. Den var i och för sig nio månader gammal men huset var känt i hela stan. Alla visste hur attraktiva lägenheterna var. För dem som hade råd.

Han stängde sakta lådan igen, tittade på henne lite längre den här gången och började sedan läsa på papperet. Hon släppte honom inte med blicken medan hans ögon for över raderna. Hon hade redan ett lån på lägenheten även om hon kunnat lägga en stor del kontant. Någon hade sagt henne att det av skattetekniska skäl var bättre att ha lånen kvar än att betala av dem med pengarna hon hade på banken.

När han läst färdigt såg han på henne igen.

"Hur mycket hade du tänkt dig?"

"Hur mycket får jag låna?"

Han stod alldeles stilla. Sedan sökte sig hans hand upp mot halsen och drog lite i den perfekta slipsknuten. Så drog han ut lådan igen och tog fram en blankett.

"Du kan fylla i den här så länge så ska jag räkna lite."

Hon läste på papperet som låg på disken. Inkomst, anställningsår, civilstånd, antal barn att försörja.

Hon tog en penna och började fylla i uppgifterna.

Hennes blick fastnade på handen som höll i pennan för plötsligt kände hon inte igen den. Hon kände igen ringen som hon köpt till sig själv och såg att fingrarna utförde de rörelser som hon sa åt dem att göra men handen kändes avskild, som om den egentligen hörde till någon annans kropp.

"Du kan få låna trehundratusen till på bostadsrätten."

Han hade gått igenom den ifyllda blanketten och satt sig in i det han i övrigt behövde känna till och nu hade han lagt ett låneförslag på disken framför henne. Hon hade sett att han talat med en av sina kollegor. Noterat att de under samtalet hade tittat på henne vid några tillfällen, men hon brydde sig inte. Det var märkligt hur oberörd det lämnade henne. Men trehundratusen var för lite. Hon behövde mer och föste tillbaka hans förslag över disken.

"Och hur mycket kan jag låna utöver det?"

Hon såg att han tvekade. Uppfattade hans vånda och var fullständigt medveten om att det var hon som gav honom den, men det rörde henne inte i ryggen. Hon hade ett åtagande att uppfylla och med det hade han inget att göra. Han fick ta hand om sitt eget obehag.

Och vad skulle hon med sina pengar till när hon inte ens ägde rätten till sitt eget liv?

"Det är enklare om vi vet vad du ska använda pengarna till. Jag menar om du till exempel ska köpa ett hus eller en bil så blir det mycket lättare för oss att bevilja ett lån."

"Men det ska jag inte. Jag är väldigt nöjd med min BMW."

Handen igen. Den såg så annorlunda ut. Och orden hon hörde sig själv säga var också främmande.

"Jag ser ju här att du tjänar bra och … läkare… och din återbetalningsförmåga ser ju onekligen bra ut. Och bara ett barn att försörja."

Han tvekade kort.

"Vänta lite så ska jag bara konferera med min kollega."

319

Han försvann bort genom lokalen. Hon tittade på papperet hon fyllt i.

Hon hade tydligen åtminstone varit ärlig och erkänt sin försörjningsplikt för Daniella.

Men *bara* ett barn att försörja.

Han var en idiot.

Det var kvinnan hon hälsat på när hon kom in som han konfererade med. Det var bra. Hon kände förmodligen till Monikas prickfria förflutna. Det fanns inte en betalningsanmärkning, under alla år fanns det inte ens en för sent inbetald räkning. Hon hade alltid varit en skötsam medborgare, det skulle åtminstone ingen kunna klaga på. Faktum var att det egentligen inte ens gick att anklaga henne för hennes defekt längre, den som satt därinne men inte syntes, för nu hade hon en gång för alla bestämt sig för att kompensera den. Offra allt hon någonsin velat och underordna sig. Vad kunde hon förväntas göra mer än så? För att ge henne tillbaka rätten att existera.

Hon märkte inte att han kommit tillbaka förrän hon hörde att han talade till henne.

"Vi kan bevilja ett blancolån på tvåhundratusen till med tanke på hur mycket du brukar kunna spara."

Hon tog pennan igen och räknade snabbt. Nio-hundrafemtiotretusenfemhundra. Det var egentligen för lite men tydligen allt hon för stunden kunde förmå. Det fick duga. Pernilla skulle åtminstone kunna betala av sitt lån. Och själv skulle hon fortsätta finnas där och bistå med det hon kunde.

"Okej. Jag tar det på samma postväxel."

"I vilket namn?"

Hon funderade kort. Skattemyndigheterna kunde bli intresserade.

"Ta det i mitt."

Obehaget steg för varje meter hon närmade sig. För varje gatukorsning tycktes gaspedalen svårare att trycka ner. Hon fick tvinga sig själv att fortsätta in genom grindarna till klinikområdet och vidare fram till parkeringen. Någon hade tagit sig fräckheten att använda hennes parkeringsplats, och hon rafsade ilsket ner registreringsnumret på ett parkeringskvitto. Hon skulle minsann ta reda på vem ägaren var och personligen ringa och skälla ut honom. Eller henne. Faktum var att hon till och med insåg att det skulle bli skönt. Att få avreagera sig på någon. Någon som hade gjort fel. Få tala om för någon vilken jävla idiot han eller hon var och med all rätt i världen få sätta sig i överläge.

Hon ställde bilen i rutan bredvid och gick med hastiga steg mot ingången. Den röda fasaden tornade upp sig framför henne. Det här hade varit hennes tillflyktsort och mening i livet, nu kände hon plötsligt ingenting. Bara att allt som hade med det här huset att göra var i vägen för det hon egentligen måste ägna sig åt. Åka till Pernilla och förvissa sig om hur hon hade det idag. Om hon mådde dåligt efter allt vin hon druckit. Se om det fanns något hon kunde göra. Olusten ökade för varje steg hon tog mot ingången, och hon hade kommit så långt att hon hunnit lägga handen på vredet till entrédörren när hon insåg att det skulle bli omöjligt. Den välbekanta formen. Handen som genast kände sig hemmastadd och försökte skicka impulser till den Monika som brukade finnas där men som inte längre var åtkomlig.

Du har försäkrat på heder och samvete att du i din läkargärning skall sträva efter att tjäna dina medmänniskor med humanitet och vördnad för livet som rättesnöre. Ditt mål skall vara att vårda och främja hälsa, att förebygga sjukdom samt att bota sjuka och lindra deras plågor.

Bara två människor hade rätt att kräva det av

henne. Bara de två till vilka hon stod i skuld. Bara de.

Plötsligt kände hon sig illamående. Hon backade några steg och vände sig sedan om och sprang tillbaka till bilen. Bakom låsta dörrar lät hon blicken svepa över fasaden för att försäkra sig om att ingen sett henne från något fönster. Utan att se sig för ordentligt backade hon ut från parkeringsplatsen och var nära att kollidera med en parkeringsautomat, fortsatte ut genom grindarna i alldeles för hög fart men när hon kommit utom synhåll körde hon in till trottoarkanten och stannade. Där tog hon fram sin mobiltelefon och började knappa in bokstäverna.

"Tar tjänstledigt en vecka till. Hälsningar Monika L."

Meddelande sänt.

Det dröjde bara en minut innan telefonen ringde. Hon kände igen klinikchefens nummer på displayen men stoppade ner mobilen i väskan igen. Minuten senare pep signalerna som talade om att han lämnat ett meddelande.

Pernilla och Daniella var ute på lekplatsen när hon parkerade utanför deras hus. Hon såg dem redan från bilen och satt kvar och betraktade dem. Det kändes bra att sitta där i hemlighet och ändå kunna ha dem under uppsikt. Att för en gångs skull ha herraväldet trots att Pernilla var i närheten. Slippa underordna sig hennes sinnesstämning och inte noggrant behöva överväga varje ord i rädsla för att bli avvisad. Hon satt där länge. Följde Daniellas gunga fram och tillbaka, fram och tillbaka. Pernilla gav den fart men med blicken i en annan riktning, ut i tomma intet.

Middagen igår. Allt det outhärdliga Pernilla sagt. Om de kunde träffas någon annanstans skulle det säkert bli enklare. Någonstans där Mattias närvaro inte var så tydlig. Där Pernilla och Monika kunde få bli lämnade ifred med sin trevande vänskap. Och så bestämde hon sig. Det var bättre att de träffades hemma hos hennes istället. Där Mattias inte hade tillträde.

Hon startade bilen igen och körde tillbaka in mot centrum.

Hon tog vägen förbi Olssons antikvariat. Hon hade sett dem på morgonen men inte riktigt registrerat dem, nu mindes hon dem plötsligt. De hade hängt i skyltfönstret, två historiska tavlor i enkla guldramar. Den ena en karta från Sveriges stormaktstid och den andra en litografi på Karl XIV Johans kröning. Hon fick dem för tolvhundra jämnt och fortsatte sedan till Emmaus second hand. De hade flera keramikföremål som såg hemmagjorda ut och inget av dem hon valde skulle kunna få Pernilla att känna sig underlägsen.

Hon ställde ifrån sig allt det nyinköpta i hallen och gick in i arbetsrummet och ringde innan hon ens fått av sig ytterkläderna. Det gick fram flera signaler men ingen svarade. Kanske var de fortfarande kvar ute på lekplatsen, i så fall hade de varit där länge nu. Hon såg på klockan att det hade hunnit gå över en timme sedan hon sett dem där och det gjorde henne olustig att de inte var tillbaka än. Hon la på luren och gick och hängde av sig jackan. Obehaget vägrade släppa taget. Hon fortsatte ringa var femte minut den närmaste timmen, och när Pernilla äntligen svarade hade hon hunnit bli utom sig av oro.

"Ja hej det är Monika, var har ni varit nånstans?"

Pernilla svarade inte genast, och Monika hann inse att hennes fråga hade varit överilad. Åtminstone ställd i den tonen. Och det hördes på Pernilla att hon också tyckte det.

"Ute. Hurså?"

325

Monika svalde.

"Nej, jag bara undrade, det var inte så jag menade."

Skulle hon våga fråga? Nu när det hade börjat så fel. Hon var inte säker på att hon skulle kunna hantera ett nej. Men hon måste ju träffa henne, herregud, hon hade ju alla hennes papper, hon måste ju få lämna tillbaka dem och så hade hon ju en glad nyhet!

"Jag tänkte bara höra om ni ville komma hit och äta middag ikväll."

Pernilla svarade inte och Monika kände hur adrenalinet tvingade igång hjärtverksamheten. Samtidigt kunde hon känna hur orättvist det var, när hon ville så väl. Att Pernilla faktiskt borde komma henne till mötes.

"Jag tänkte att vi kan ta det lite tidigt så att Daniella kan vara med och äta. Kanske vid fyra eller fem eller så om det skulle passa."

Pernilla svarade fortfarande inte och Monika kände sig alltmer trängd. Hon hade inte tänkt säga något i förväg men Pernillas tvekan tvingade henne. I alla fall var hon tvungen att ge henne en liten antydan.

"Jag har nämligen nåt roligt att berätta."

Denna ständiga kontrollförlust. Den skulle

driva henne till vansinne. Att alltid förminska sig, lägga sig i underläge. Tvingas krusa.

"Vad skulle det va?"

Nej. Mer tänkte hon inte berätta. Hon hade åtminstone rätt att få vara i närheten när hon lämnade beskedet. Få vara med och dela glädjen för en gångs kull. Det förtjänade hon faktiskt.

"Ringde du till den där fonden?"

"Jag berättar när ni kommer. Jag kan hämta upp er om du vill."

Och Pernilla hade gett med sig. Gått med på att komma. Men särskilt glad hade hon inte låtit. Monika kände fortfarande av irritationen, den som hade vaknat på banken. Till och med Pernilla retade henne, att ingen gjorde och inget någonsin blev som hon tänkt. Att inget av det hon gjorde någonsin var gott nog.

Hon hämtade upp dem vid fyra och det blev inte mycket sagt under bilresan. Det var tydligt att Pernilla inte ville prata om gårdagskvällens middag och Monika var inte särskilt intresserad av det hon heller. Pernilla satt i baksätet med Daniella i knät. Eftersom de inte hade någon bil saknade de också barnstol och det slog Monika att hon borde skaffa en. Inför framtiden. Med tanke på allt de skulle göra tillsammans.

För stunden kände hon sig ganska trygg och hon hade nästan lyckats försätta sig i en känsla av förväntan när Pernilla plötsligt undrade.

"Skulle du kunna stanna till här borta? Jag ska bara göra ett kort ärende."

Monika svängde in i en lucka mellan två bilar och slog av motorn. Pernilla klev ur med Daniella i famnen och Monika öppnade dörren och sträckte fram armarna för att ta emot henne. Så försvann Pernilla in på en bakgata och Monika och Daniella blev kvar i bilen och sjöng "Imse, vimse spindel". Igen och igen. Monika tittade allt otåligare på klockan och började undra hur rotsaksgratängen där hemma i ugnen såg ut vid det här laget. När Imse klättrat upp för tråden sju gånger till öppnades plötsligt passagerardörren utan att hon sett henne närma sig. Pernilla ställde in en vit kartong på golvet framför passagerarsätet och sträckte ut armarna efter Daniella. Och så fortsatte de färden. Monika sneglade på kartongen. Stor som ett sexpack öl stod den där på golvet och lockade gång på gång hennes ögon till sig. Vit och anonym utan en bokstav som ledtråd. Hon hade redan verkat alltför nyfiken en gång idag, visste att det var riskabelt, men till slut kunde hon inte bärga sig längre.

"Vad är det för kartong?"

Hon kunde se Pernilla i backspegeln. Hur hon satt och tittade ut genom sidorutan och inte ändrade en min när hon svarade.

"Det är bara Mattias."

Det gick en stöt genom bilen. Den träffade först Monika men hennes händer förde den vidare ut i bilkarossen som krängde till på vägen. Pernilla slog instinktivt ut med armen och greppade tag i handtaget ovanför bildörren och med den andra tog hon ett stadigare grepp om Daniella.

"Förlåt, det var en katt som sprang ut framför bilen."

Monika försökte dämpa sina andetag. Den vita kartongen stod som ett hån på golvet och fastän hon försökte tvinga fast blicken vid vägbanan lyckades den gång på gång slita den därifrån. Och varje gång såg den större ut. Som om den växte varje gång hon släppte den med blicken.

Så här mycket blev det kvar av mig. Hoppas att ni får en trevlig middag.

Bara några hundra meter kvar. Hon måste ut ur bilen.

Allt var ditt fel. Det spelar ingen roll vad du

än gör.

Det gick inte att få luft därinne. Hon måste ut.

Monika stod alldeles stilla bredvid förardörren. Hon hade just konstaterat att luften var tung att andas även utanför bilen. Att luften var tung att andas var hon än befann sig, varje gång hon försökte ta ett andetag.

"Är det här du bor? Vad fint."

Pernilla hade klivit ur på andra sidan med Daniella i famnen. Hon hade somnat på vägen och hennes huvud vilade mot Pernillas axel.

"Tar du urnan. Jag vill inte lämna kvar den i bilen."

Det hade låtit mer som en order än en fråga och oavsett vad så lämnade det Monika utan valmöjlighet. Hon såg på den vita kartongen genom glasrutan.

Kom igen nu då. Jag kan ju inte gå själv som du vet.

"Vilken port är det? Det blir lite tungt för ryggen."

Monika gick sakta runt bilen och öppnade passagerardörren.

"Det är fyran där borta."

Pernilla lokaliserade porten och började gå.

Monikas händer darrade när hon sträckte fram dem mot kartongen. Försiktigt lyfte hon upp den och låste bilen med ett tryck på nyckelhållaren. Hon följde efter Pernilla med kartongen utsträckt framför sig, så långt ifrån sig som hon kunde utan att det skulle se alltför märkligt ut. Men när hon skulle in genom porten och dessutom hålla upp den för Pernilla var hon tvungen att hålla den med ena armen, tätt intill kroppen, nästan som i en omfamning. Det lilla motstånd som fanns kvar i henne sögs in mot kartongen som mot ett svart hål. Hon kände ett tryck över bröstet. Det gick knappt att få luft längre. Hon skulle inte ha bjudit dit dem. Skulle göra vad som helst för att få slippa det här. Göra vad som helst.

"Vilken fin lägenhet."

Monika blev stående innanför ytterdörren och visste inte var hon skulle ställa honom. Hallgolvet kändes inte passande, men hon måste få ställa honom någonstans så att hon kunde få andas igen. Hon skyndade in i vardagsrummet och såg sig omkring, gick först fram mot bokhyllan men ångrade sig och fortsatte fram mot bordet istället. Hennes händer släppte sitt grepp om honom bredvid traven med historieböcker och den nya fruktskålen i keramik.

Hon såg att Pernilla hade följt efter och att hon la ner Daniella i soffan. Att hon grimaserade när hon rätade på sig och försökte sträcka ut ryggen.

"Vad fint du har det."

Monika försökte le och återvände ut till hallen. Utmattad tog hon av sig ytterkläderna, fortsatte in i köket och tog stöd med händerna mot diskbänken. Hon slöt ögonen och försökte ta kontroll över illamåendet hon kände, allting snurrade därinne, hon kände sig farligt nära den gräns som hon så framgångsrikt lyckats undvika. Den som hindrade henne från att brista sönder helt och hållet. Med en kraftansträngning lyckades hon förmå sig att ta ut rotsaksgratängen och stänga av ugnen.

Hon såg genom dörröppningen in mot arbetsrummet att Pernilla granskade den gamla kartan hon köpt på eftermiddagen och som nu fått ersätta det som brukat hänga på samma spik. Hon gick fram till kylskåpet och tog fram petflaskan med vatten och salladen som hon förberett. Sedan sjönk hon ner på en av stolarna vid bordet. Hon förmådde inte säga något. Inte ens att maten var klar. Men Pernilla dök självmant upp efter sin husesyn och gick och satte sig på andra sidan bordet. Hon kände att Pernilla tittade på henne, kände rädslan att inte duga inför hennes ögon.

”Hur är det?”

Hon nickade och försökte le igen. Men Pernilla gav sig inte.

”Du ser lite blek ut.”

”Jag sov dåligt inatt. Jag mår nog lite illa faktiskt.”

Den vita kartongen fanns som en magnet därinne i vardagsrummet. I varje andetag var hon medveten om dess närvaro.

Jag vill också äta middag! Hör ni det därinne? Jag vill också vara med!

”Vad var det du ville berätta?”

Pernilla hade börjat ta för sig av gratängen. Monika försökte minnas svaret på hennes fråga. Det snurrade i huvudet. Hon tog ett grepp om stolsdynan hon satt på i ett försök att få det att stanna.

”Ringde du den där fonden?”

Pernilla fyllde på vatten i Monikas glas.

”Drick lite. Du är verkligen blek. Du tänker väl inte svimma?”

Monika skakade på huvudet.

”Det är ingen fara, jag blev bara lite matt.”

Hon var så nära gränsen nu. Så farligt nära. Hon måste se till att Pernilla kom därifrån. Hon kunde inte visa sig så här svag, hur skulle hon då kunna vara till någon hjälp, om Pernilla var den som fick ta hand om henne? Pernilla skulle avvisa henne, inte ha någon användning för henne mer.

Hon svalde.

"Dom ville hjälpa dig sa dom och jag försökte ligga på och bad att dom skulle ge oss ett belopp eftersom det var så bråttom, jag åkte dit med alla dina papper så att de fick se själva, berättade om din olycka och allt strul med försäkringen som inte gällde."

Hon drack lite vatten. Hon hade trott att det här skulle bli ett högtidligt ögonblick. Ett stort kliv i deras vänskap. Nu ville hon mest få det överstökat så att hon kunde få ta ett par sömntabletter och komma undan.

"Kunde dom ge det då?"

Monika nickade och tog en klunk vatten till. Bara en liten, risken var stor att den skulle komma upp igen.

"Du kommer att få niohundrafemtiotretusen."

Pernilla tappade sin gaffel.

"Kronor?"

334

Monika gjorde sitt bästa för att le men var osäker på resultatet.

"Är det sant?"

Hon nickade igen.

Reaktionen som hon längtat så mycket efter slog ut i full blom i Pernillas ansikte. För första gången såg hon uppriktig glädje och tacksamhet. Orden sprutade ur munnen i samma takt som följderna av nyheten blev uppenbara.

Monika kände ingenting.

"Men det är ju helt fantastiskt. Är du säker på att dom menade allvar? Då kommer vi ju kunna bo kvar i lägenheten, jag kommer kunna lösa lånet. Är du verkligen säker på att dom menade allvar? Alltså, jag vet inte hur jag ska kunna tacka dig för det här."

Vet du det Monika? Vet du hur hon skulle kunna tacka dig för det här? Med tanke på allt du har gjort för henne.

Monika reste sig.

"Ursäkta, jag måste gå på toaletten."

Hon tog stöd mot bänkskivor och dörrkarmar på sin väg mot badrummet och med dörren låst blev hon stående. Lutad mot handfatet såg hon på sitt eget ansikte tills spegelbilden löstes upp och förvandlades till ett monsters. Hon var så nära nu. Så farligt nära. Mörkret låg alldeles under ytan och vibrerade. Pressade på mot den tunna hinnan och fann små hål. Hon måste erkänna. Hon måste gå ut till Pernilla och erkänna sin skuld. Att allt var hennes fel. Om hon inte gjorde det nu skulle hon aldrig kunna göra det. Då skulle hennes lögner tvingas fortsätta för alltid. Och hon skulle för alltid tvingas bära skräcken för att bli avslöjad.

Just då ringde telefonen. Monika stod kvar och lät det ringa. Men så knackade det lätt på badrumsdörren.

"Monika. Du har telefon. Hon sa inte vad hon hette."

Monika tog ett djupt andetag och öppnade dörren för att ta emot telefonluren som Pernilla sträckte fram emot henne. Hon var inte säker på att rösten skulle bära.

"Ja, det är Monika."

"Hej, det är Åse. Jag ska inte störa om du har besök men jag har bara en kort fråga."

På ett enda ögonblick var hinnan intakt och det som sipprat ut i tryggt förvar på andra sidan. Hennes första impuls var att dra igen dörren om sig, men behovet av att se Pernillas ansikte tog överhanden. Se om hon reagerat, känt igen rösten på den kvinna som med sina djupa skuldkänslor besökt hennes lägenhet. Pernilla hade satt sig vid bordet igen och det enda Monika kunde se var hennes ryggtavla.

"Det är ingen fara, det är en god vän som är här och äter middag."

Hon hade i alla fall fortsatt äta. Monika försökte krampaktigt inbilla sig att det var ett gott tecken.

"Jo, det är så att min dotter Ellinor arbetar inom hemtjänsten och hon skulle behöva din hjälp. Som läkare. Jag vet att hon inte skulle fråga om det inte var viktigt. Jag undrar bara om det okej att jag ger henne ditt nummer så kan hon ringa själv. Hon behöver komma i kontakt med en läkare som kan tänka sig att göra ett hembesök hos en av hennes Brukare."

Monika ville bara få samtalet avslutat och förvissa sig om vad Pernilla hade förstått och inte förstått, återvända till sin plats vid matbordet så att hon kunde se Pernillas ansikte. För att få slut på ovissheten var hon villig att gå med på vad som helst.

"Visst, självklart, inga problem. Be henne bara ringa lite senare ikväll så att vi kan bestämma en tid."

Och efter det avslutade de samtalet. Monika blev stående alldeles stilla. Pernillas stumma ryggtavla där vid köksbordet, varje detalj plötsligt återgiven med en sådan skärpa att det sved i ögonen. Hon kände bävan inför att ta de få stegen som skulle ge henne möjlighet att tyda Pernillas ansiktsuttryck, visa henne om hon blivit avslöjad eller inte, om stunden kommit då hon skulle tvingas erkänna. Benen ville inte lyda henne. Så länge hon stod där hon stod tilläts hon att vila i ögonblicket.

Så vände sig Pernilla om, och det tycktes ta en evighet innan Monika kunde se hennes ansikte.

"Herregud, det är ju inte klokt det här med pengarna. Tack Monika, verkligen tack."

Yrseln och illamåendet var borta. Vankelmodet likaså. Den djupa skräck hon känt över risken att bli avslöjad hade övertygat henne. Det var redan för sent att vända tillbaka.

Det fanns ingen återvändo.

Att underordna sig och ta Mattias ansvar var hennes enda möjlighet att komma undan.

24

MAJ-BRITT KRÄVDE att Ellinor skulle redogöra för vartenda ord som sagts under telefonsamtalet med läkaren, och Ellinor gjorde så gott hon kunde. Maj-Britt ville veta varje stavelse, varje antydan, minsta lilla tonfall med vilket hon blivit utlämnad. Hon kunde knappt känna värken längre, hela hennes uppmärksamhet kretsade kring det förestående läkarbesöket. Och hon var rädd, rädslan hade svingat sig upp på höjder den aldrig varit i närheten av förut. Snart skulle ytterdörren öppnas och en okänd människa träda in i hennes borg och hon hade själv bidragit till att bjuda in den där människan som skulle komma. Därmed hade hon försatt sig i ett underläge som var nästintill outhärdligt.

"Jag sa bara som det var, att du hade smärtor på nedre delen av ryggen."

"Och hur förklarade du att hon tvunget måste komma hit?"

"Jag sa att du inte gärna lämnade din lägenhet."

"Vad sa du mer då?"

"Jag sa inte så mycket mer."

Men Maj-Britt anade vad Ellinor säkert också hade sagt men inte redogjorde för. Att hon säkert beskrivit hennes avskyvärda kropp, hennes ovilja till samarbete och hennes osympatiska uppträdande. Det hade snackats skit om henne och nu skulle hon låta åhöraren komma hit och ta på henne.

Ta på henne!

Hon ångrade djupt att hon låtit sig övertalas.

Ellinor påstod sig ha en ledig dag och att det var därför hon kunde stanna i lägenheten så länge, och Maj-Britt lät sig än en gång invaderas av olusten över Ellinors välvilja. Det måste finnas en anledning. Varför skulle hon göra allt det här om det inte fanns någon baktanke?

Klockan var kvart i elva och det var bara femton minuter kvar. Femton outhärdliga minuter innan tortyren skulle påbörjas.

Maj-Britt gick av och an i lägenheten och ignorerade värken i knäna. Det var en större plåga att sitta still.

"Hur känner du den där läkaren?"

Ellinor satt i soffan med benen uppdragna i skräddarställning.

"Det gör jag inte, det är min mamma som gör. De träffades på en kurs för några veckor sen."

Ellinor reste sig, gick fram till fönstret och såg mot husfasaden på andra sidan gården.

"Minns du att jag nämnde nåt om en bilolycka?"

Maj-Britt skulle just svara men hann aldrig så långt, för just i det ögonblicket ringde det på dörren. Två korta signaler som markerade att respiten var över.

Ellinor såg på henne, tog de få stegen som behövdes för att stå alldeles framför henne.

"Det kommer att gå bra Maj-Britt. Jag stannar här under tiden."

Och så sträckte hon ut handen i en ansats att lägga den på Maj-Britts arm. Maj-Britt lyckades värja sig genom att hastigt ta ett steg tillbaka. Deras blickar möttes kort och sedan försvann Ellinor ut i hallen.

Maj-Britt hörde att dörren öppnades. Hörde hur deras röster avlöste varandra men hjärnan vägrade att tolka orden, vägrade att inse att det inte längre fanns någon möjlighet att komma undan. Klumpen i halsen skar sig in i köttet och hon ville inte. Ville inte! Ville inte tvingas ta av sig kläderna och lämna ut sig till främmande ögon.

Inte en gång till.

Och så stod de plötsligt i vardagsrumsdörren. Ellinor och den tillkallade läkaren som i sin barmhärtighet gjort sig omaket att komma. Maj-Britt kände igen henne på en gång. Det var kvinnan hon sett där ute på lekplatsen, med det faderlösa barnet. Som med ett oändligt tålamod gett fart åt gungan utan att tröttna. Nu stod hon där i Maj-Britts vardagsrum och log och sträckte fram handen mot henne.

"Hej Maj-Britt. Monika Lundvall heter jag."

Maj-Britt såg på handen som uppfordrande sträcktes fram mot henne. Förtvivlat försökte hon svälja bort den skärande klumpen i halsen, men det gick inte. Hon kände bara hur ögonen tårades och att hon inte ville vara där. Inte vara där.

"Maj-Britt?"

Någon sa hennes namn. Det fanns ingen möjlighet att komma undan. Hon var omringad i sin egen lägenhet.

"Maj-Britt. Ni kan ju gå in i sovrummet om du vill så väntar jag här ute så länge."

342

Det var Ellinor. Maj-Britt uppfattade hur hon gick fram till sovrumsdörren och kallade till sig Saba.

Maj-Britt tvingade sig själv att gå mot sovrummet och hon kände att läkaren var henne i hälarna och hon hörde hur dörren stängdes bakom dem. Nu var det bara de två i rummet. Hon själv och den som alldeles strax skulle tvinga sig på henne. Hon mindes inte längre varför hon frivilligt utsatte sig för det här. Vad det var som hon möjligen ville uppnå.

"Ska du börja med att peka ut var smärtan sitter."

Maj-Britt vände henne ryggen och gjorde som hon blivit tillsagd. Tårarna rann ner för hennes kinder men hon vågade inte torka bort dem i rädsla över att bli avslöjad. I nästa stund var händerna över henne. Kroppen stelnade och hon knep ihop ögonen i ett försök att dra sig tillbaka in i mörkret men där inne blev hon bara ännu mer medveten om dem. Hur de trevade och klämde över stället hon pekat ut. Att hon stod där och tillät det ske. Hon väntade bara på det fasansfulla. Att bli ombedd att ta av sig kläderna.

"Är det här det sitter?"

Maj-Britt nickade snabbt.

"Har du känt av några andra symptom?"

Hon förmådde inte svara.

"Jag tänker på feber. Viktminskning. Du har inte upptäckt nåt blod i urinen?"

Och det var först då hon plötsligt insåg vad det var hon gett sig in på. Hon hade i sin dumhet tänkt att om hon bara gick med på att låta sig undersökas så skulle allt få bli som vanligt sedan. Hon skulle få tyst på Ellinors eviga tjat och kanske möjligen få någon medicin utskriven, men längre än så hade tankarna inte sträckt sig. Hon hade fasat så för själva undersökningen att hon inte ens övervägt följderna av den. Nu insåg hon att läkaren bakom hennes rygg anade anledningen till hennes smärta, och hon var plötsligt inte säker på att hon ville veta den. För vad skulle det leda till mer än ännu fler kränkningar?

Hon hade låtit sig luras.

Händerna försvann.

"Jag skulle behöva känna direkt på ryggen. Det räcker med att du drar upp klänningen."

Maj-Britt kunde inte röra sig. Hon kände hur händerna återvände och trevade utmed hennes sidor. När klänningen drogs upp var äcklet hon erfor var så starkt att hon ville kräkas. Fingrarna letade sig fram över hennes hud och trevade sig in mellan valkarna, tryckte och klämde och till slut gick det inte att hålla tillbaka längre. Kroppen drog sig samman av kväljningarna. Hon kände till sin lättnad att händerna försvann och hur klänningen föll tillbaka och återigen dolde hennes ben.

"Ellinor! Ellinor, finns det nån hink?"

Hon hörde dörren öppnas och deras röster där ute i lägenheten och i nästa stund var Ellinor hos henne med den gröna skurhinken. En disktrasa låg som ett torkat skal på dess botten men Ellinor lät den ligga, höll bara upp hinken framför Maj-Britt men ingenting kom upp. Hon hade inte förmått äta sedan igår så magen var tom. Sakta drog sig rädslan tillbaka ner i sina håligheter och lämnade fältet fritt för den ilska hon var berättigad till. Hon sköt undan hinken och blängde på Ellinor och för första gången tyckte hon sig ana osäkerhet i hennes blick. Det var Ellinor som lurat henne till det här, och Ellinor visste det lika väl som hon. Maj-Britt kunde se det i hennes ögon. Att Ellinor först nu förstod vad det var hon faktiskt utsatte henne för.

"Ut!"

"Känns det bättre nu då?"

"Ut härifrån, säger jag!"

345

Och sedan var hon ensam med läkaren igen. Men hon var inte rädd längre. Från och med nu tänkte hon själv bestämma vad de skulle tillåtas göra med henne.

"Nå. Vad får jag för diagnos?"

Hon kände att hennes röst bar igen, och hon såg läkaren rakt i ögonen.

"Det är för tidigt att säga än. Jag vill ta lite prover också."

Och Maj-Britt lät det ske. Satt lydigt på stolen medan hon blev stucken i armvecket och betraktade sitt blod som samlades upp i olika behållare. Ingenting skulle de få göra med henne som hon inte själv gav tillåtelse till. Ingenting. Det var fortfarande hennes kropp även om det fanns en sjukdom i den. Läkaren höll som bäst på att ta blodtrycket och Maj-Britt kände sig förhållandevis lugn igen. Nu när hon återtagit kontrollen.

"Jag har sett dig här ute på lekplatsen ibland. Med det där barnet som bor här tvärsöver."

Hon hade tänkt det som en liten artighet, ett alldagligt försök till något slags konversation. Nog visste hon att det inte var hennes starka sida, men den effekt hennes ord fick hade hon aldrig kunnat ana. Förändringen kändes i hela rummet. En osynlig maktförskjutning inträffade. Maj-Britt uppfattade hur kvinnans rörelser plötsligt stannade upp för att sedan återupptas i snabbare takt, men förstod först inte vad som hänt. Det enda hon insåg var att läkaren som just kontrollerade hennes blodtryck hade reagerat på hennes ord. Alla små ovälkomna människor som kommit och gått i hennes lägenhet de senaste tjugofem åren hade mejslat fram en enastående förmåga hos henne att lukta sig fram till folks svagheter. Det hade varit en ren självbevarelsedrift, hennes enda möjlighet att bibehålla något av sin värdighet inför deras förakt. Att snabbt förvissa sig om deras svaga punkter och använda sig av kunskapen när det behövdes. Om inte annat så för att bli av med dem. Ellinor hade varit hennes första misslyckande.

Läkaren rullade ihop blodtrycksmanschetten och stoppade ner den i sin väska.

"Nej, det måste ha varit nån annan du sett."

Och till sin förvåning insåg Maj-Britt att hon luktat rätt. Läkaren ljög för henne. Ljög henne rakt upp i ansiktet. Och en annan sak kände hon också tydligt, och det var tillfredsställelsen i att plötsligt ha återfått jämvikten. Den osynliga maktförskjutningen innebar att hon hädanefter kunde kräva respekt. Hon var inte längre utlämnad till den där kvinnans händer och välutbildade kunnande om hennes eventuella sjukdom. Smal, lyckad och överlägsen hade hon i sin stora barmhärtighet tagit sig an Maj-Britt trots hennes ringa betydelse. Gjort sig omaket att komma dit eftersom hon inte ens var i stånd att lämna sin lägenhet. En undermålig varelse.

Utan en aning om hur det egentligen hade gått till hade hon blivit varse en möjlig liten hållhake. Sådana var det alltid bra att sitta inne med om människan skulle visa sig bli alltför påträngande och det skulle bli nödvändigt att bli av med henne. De hade ju en förmåga att bli det, människor.

Påträngande.

25

HON SKULLE ALDRIG ha gått dit. Redan
när hon fick adressen borde hon ha insett
faran och dragit sig ur, men då hade hon redan
lovat. Och hon ville inte stöta sig med Åse. Varför
visste hon egentligen inte, kände bara ett odefini-
erbart tvång att hålla sig väl med henne. Med alla
som möjligen kände till sanningen. Ingen skulle
kunna anklaga henne för att vara en sådan som
inte ställde upp när det behövdes, som inte tog
sitt ansvar. *Det* hade hon åtminstone kvar på
pluskontot och det skulle ingen få ta ifrån henne.

Hon kunde fortfarande känna den oresonliga
skräck hon upplevt under samtalet med Åse. Med
förbluffande tydlighet låg den kvar alldeles under
ytan, som om ögonblicket sparats för att vid min-
sta påminnelse ha möjlighet att återuppstå. Hotet
att tvingas konfrontera Pernilla, tvingas erkän-
na. I ett ögonblick av klarhet hade hon till sin

förtvivlan insett att skulden bara växt sig större. Att hennes uppoffringar förintades i skuggan av hennes lögner och spädde på allt det hon gjort som redan var oförlåtligt. Om Pernilla någonsin fick veta sanningen skulle hennes förakt eliminera alla utvägar utom en, och det var att försvinna från jordens yta.

Och Monika var skyldig Mattias att stanna kvar.

Och Lasse att rättfärdiga sitt liv.

Ellinor hade lämnat knapphändig information över telefon. Bara sagt att en av hennes Brukare hade svåra smärtor i ryggslutet och var i behov av läkarvård men vägrade att lämna sin lägenhet. När Monika till slut fick se patienten där i vardagsrummet hade hon förvånats över att Ellinor inte berättat mer. Kanske förvarnat henne lite. Monika kunde inte minnas att hon någonsin sett en så gravt överviktig kvinna förut, utom kanske någon gång på bild under sin utbildningstid, och anblicken av hennes väldighet gjorde henne först alldeles förstummad. Hon var ganska säker på att hon lyckats dölja sin förvåning, kanske kunde hennes något försenade hälsningsfras ha avslöjat henne, men hon trodde att hennes yrkesskicklighet hade bistått henne. Sedan var det hennes beteende. Monika hade behandlat beröringsrädda patienter förut, men ingen så uttalat ångestfylld som den här. Det var som ett osynligt skal runtomkring henne som händerna tvingades att ta sig igenom innan de nådde fram. Och när de väl gjorde det skakade den väldiga kroppen som av kramper, och eftersom det ändå knappast skulle gå att känna något genom alla lager av fett hade hon låtit henne slippa och koncentrerat sig på provtagning istället.

Det kändes kluvet att träda in i yrkesrollen igen. Hennes inre var uppdelat i två läger som låg i fejd med varandra, det ena tillfredsställt över sakligheten i undersökningen hon utförde medan det andra irriterat konstaterade att minuter som kunde användas bättre tickade iväg till ingen nytta. Men ändå fanns där åtminstone aningen av ett efterlängtat lugn. Handgreppen som hon behärskade så väl. Vilan i kompetensen hon ägde. Att för en kort stund få vara i total kontroll och veta exakt vad som skulle göras. För första gången på länge få lämna sitt underläge och mötas av respekt.

Det var just i den stunden som kvinnan framför henne öppnade munnen och besannade alla de farhågor hon haft ända sedan Ellinor gav henne adressen. Att någon skulle ha sett henne. Innan kvinnan ens hunnit avsluta meningen vräktes hon tillbaka till sitt självförvållade inferno och inga handgrepp i världen kunde skydda henne mot hotet hon upplevde. Snabbare än hon trott var möjligt slog hon till reträtt och först när det var för sent insåg hon sitt misstag.

Hon ljög.

Fabricerade ännu en tråd till nätet av lögner som blev allt svårare för henne att kontrollera. Vid minsta oförsiktighet kunde ett av fästena släppa och dra resten med sig, och nu hade hon ljugit utan att ha en aning om kvinnans relation till Pernilla och vad det skulle kunna leda till. I desperation lät hon sekunderna ticka undan och försökte uppträda som vanligt medan hon förtvivlat sökte efter en lösning som kunde reparera misstaget. Övervägde hastigt alla tänkbara möjligheter till att hon befunnit sig där ute på gården med Pernillas barn. Vägde sannolikheter mot varandra och sekunderna skyndade vidare utan att något blev sagt. När hon till slut stoppat tillbaka all utrustning och knäppt ihop väskan och det bara återstod att överlämna plastbehållaren för urinprovet hade hon fortfarande inte hittat någon utväg, men något måste hon ändå säga.

"Jo, men nu minns jag. Jag var här för ett tag sen med en väninna och hennes dotter. Hon skulle lämna nåt till en kollega som bodde här och jag blev kvar med dottern där ute på lekplatsen, vid gungorna, det måste varit då du sett mig. Men den flickan bor inte här i huset."

Och kanske var det bara som hon inbillade sig att det plötsligt lekte ett litet leende i mungipan på kvinnan som hette Maj-Britt när hon sakta bekräftade Monikas påstående med en nick.

Hon tog adjö av Ellinor ute i hallen. Rafsade snabbt ner ett recept på smärtstillande och gav några kompletterande instruktioner. Maj-Britt kom ut från toaletten med urinprovet och Ellinor stirrade förskräckt på den röda vätskan i plastbehållaren. Monika undvek Ellinors oroliga blick. Blodet i urinen och smärtans karaktär och placering förstärkte visserligen Monikas misstankar, men det fick vänta tills hon fått provsvaren. Det var inte värt att skrämma upp någon innan hon var hundraprocentigt säker. Hon öppnade väskan och stoppade ner urinprovet.

"Jag hör av mig så fort jag fått provsvaren."

Kvinnan hade försvunnit in i vardagsrummet,

men Ellinor tog ett steg framåt och sträckte fram handen.

"Tack för att du tog dig tid att komma."

På väg tillbaka till bilen var hon tacksam över att ha fått lämna lägenheten. Hon var fortfarande inte säker på att hennes förklaring hade varit tillfredsställande och undanröjt alla risker. Den information hon saknade var huruvida Maj-Britt och Pernilla kände varandra, men Ellinor hade berättat att Maj-Britt aldrig lämnade sin lägenhet. Å andra sidan hade Ellinor varit med när Åse åkt hem till Pernilla, och om Ellinor berättat för Maj-Britt hur de kommit i kontakt med varandra?

Hon slängde en hastig blick upp mot Pernillas tomma köksfönster och skyndade vidare mot bilen. Hon fick inte bli sedd här nu. Inte riskera att Pernilla öppnade fönstret och ropade på henne.

Hon hade hunnit lägga in väskan i baksätet och hade hon bara fått någon minut till på sig så hade hon klarat sig. Men ödet ville naturligtvis annorlunda. Just som hon skulle sätta sig i förarsätet dök de upp på gångvägen från parken och naturligtvis fick de syn på henne.

"Hej, är du här?"

Monika kastade en blick mot Maj-Britts

balkong. Solen speglade sig i fönsterrutorna och hon kunde inte utesluta att någon stod därinnanför. Stod därinnanför och tittade.

Pernilla var framme hos henne nu och tryckte ner barnvagnens broms.

"Vi har bara varit ute och gått lite."

Monika nickade och satte sig i förarsätet.

"Jag har lite bråttom, jag har varit på ett hembesök och måste tillbaka till kliniken."

"Jaha, vem då hos?"

Plötsligt insåg Monika att hon nu kunde få sitt svar, och det var bättre att få oron bekräftad än att fortsätta sväva i ovisshet.

"Maj-Britt heter hon. Känner du henne?"

Pernilla såg fundersam ut och skakade sakta på huvudet.

"Bor hon i vår trappuppgång?"

"Nej, tvärs över gården."

"Jag känner ingen där."

Kroppen slappnade av. Allt hade bara varit inbillning. Hennes oro gjorde henne överkänslig, hon hade låtit kvinnans kommentar växa sig viktigare än den egentligen var. Hon satte nyckeln i tändningslåset.

"Jag pratade förresten med dom på fonden idag. Dom sätter in pengarna på ditt konto under dagen. Jag gav dom det kontonumret som du betalar dina räkningar ifrån."

Pernilla log.

"Jag hoppas du fattar hur tacksam jag är för det där."

Monika nickade.

"Jag måste tyvärr sticka. Jag är redan sen."

"Har du lust att komma över och käka med oss ikväll? Som tack för all hjälp."

Till sin förvåning insåg Monika att hon tvekade. Som hon hade väntat på den här stunden. Att Pernilla av fri vilja beviljade henne audiens utan att hon behövt tigga om den. Men hon var så trött. Så utmattad av att ständigt vara på sin vakt och hålla skenet uppe. Hon hade tänkt ta sina sömntabletter tidigt och fly undan kvällen och natten. Men hon kunde inte säga nej. Ägde inte rätten.

"Visst. Hur dags vill du att jag kommer?"

"Hur dags kan du?"

Hon skulle ha slutat jobba klockan fem. Hon fick inte glömma det. Att Pernilla trodde att hon hade börjat jobba igen. Så mycket att hålla reda på.

"Jag slutar klockan fem."

"Ska vi säga sex då?"

Efter en sista blick mot Maj-Britts fönster körde hon tillbaka in mot stan. Hon var redan försenad. Hennes mamma väntade på henne sedan en kvart och Monika visste att hon sedan länge satt påklädd i hallen och blev allt otåligare för varje minut som gick. Men först måste hon förbi banken. Och klinikchefen hade ringt fyra gånger och lämnat meddelanden som hon inte hade besvarat. Några av hennes kollegor hade också hört av sig vid upprepade tillfällen, men hon hade fortfarande inte ringt tillbaka.

Någonstans djupt inom henne försökte något få komma till tals, något som ville få henne att inse att situationen hon skapade växte sig alltmer ohållbar för varje timme som gick. Men eftersom det ändå inte fanns någon återvändo och hon inte på något enda sätt kunde göra något åt sakernas tillstånd var det mycket enklare att inte lyssna. Mycket enklare.

Det viktigaste för stunden var att hotet hon nyss upplevt hade undanröjts. Att hon för tillfället kunde känna sig någotsånär säker. Hon fick helt enkelt ta tio minuter i taget. Det var allt hon kunde begära.

Allt hon hade rätt att begära.

26

MAJ-BRITT STOD i fönstret och betraktade vad som hände nere på parkeringsplatsen. Följde intresserat deras samtal men kunde naturligtvis inte höra ett enda ord av vad som sas. Men varje rörelse och ansiktsuttryck bekräftade vad hon anat. Den där läkaren *hade* ljugit för henne, men hon förstod fortfarande inte varför.

Ellinor hade gått och satt sig i soffan. Saba stod vid hennes fötter och viftade på svansen och Ellinor strök henne över ryggen. Ingen av dem hade sagt ett ord sedan de blivit ensamma. Maj-Britt tampades ännu med förnedringen att så fullständigt ha blottat sin oförmåga inför Ellinor. Att inte ens vara i stånd att genomgå en enkel läkarundersökning. Ellinor hade åtminstone haft den goda smaken att inte kommentera hennes påtagliga obehag, inte heller försökt kleta ut det hela med medlidande eller något idiotiskt påstående om att hon förstod hur Maj-Britt kände. Och det var tur. För hade hon gjort det hade Maj-Britt blivit tvungen att be henne fara åt helvete, och det var ett uttryck hon inte gärna använde.

Maj-Britt såg bilen köra iväg och mamman och barnet gå mot sin port.

Ellinor visade fortfarande inga tecken på att hon tänkte gå. Hon hade fullgjort sin plikt men höll sig ändå kvar i lägenheten vilket alltid var förbryllande, nu hade dock Maj-Britt fått lite annat att tänka på och brydde sig inte så mycket om vilket.

Det blev Ellinor som bröt tystnaden först vilket säkerligen inte förvånade någon av dem.

"Varför har du inte sagt nåt om blodet i urinen?"

Mamman och barnet försvann in i sin portuppgång och dörren föll igen bakom dem. Maj-Britt lämnade utsikten och gick fram till fåtöljen.

"Varför skulle jag ha gjort det? Det hade väl knappast fått det att försvinna."

Det blev tyst en stund. Vatten spolades genom ett rör någonstans i fastigheten och utifrån trapphuset hördes röster och ljudet av steg, det växte och ebbade sedan ut för att upphöra tvärt när porten slog igen. Hon såg på Ellinor som satt i tankar och petade förstrött på högra tummens nagelband. Maj-Britt var fylld av frågor och hon visste att Ellinor satt inne med svaren. Fundersamt sjönk hon ner i fåtöljen.

"Hur kände du den där människan sa du?"

Ellinor övergav sitt nagelband.

"Monika heter hon faktiskt. Om det nu är henne du menar."

Maj-Britt gav henne en trött blick.

"Ursäkta då. Hur känner du Monika?"

Hon uttalade namnet med den tydliga motvilja hon kände, och hon behövde inte ens titta på Ellinor för att känna hur irriterad kommentaren gjorde henne.

"Jag tycker faktiskt att det var rätt schysst av henne att komma hit."

"Visst. En fantastiskt ädelmodig människa."

Ellinor suckade tungt.

"Som sagt, ibland kunde du faktiskt tänka efter lite vilka som förtjänar ditt förakt och vilka som inte gör det."

Maj-Britt fnös. Och därmed blev det tyst igen. Men Maj-Britt visste att om hon bara väntade tillräckligt länge så skulle inte Ellinor kunna låta bli att berätta. Det var det närmaste en svaghet hon hade lyckats hitta i den envisa flickan. Att hon inte hade förmågan att hålla munnen stängd. I alla fall inte några längre stunder.

Det hann kanske passera någon minut.

"Det är inte jag som känner henne utan mamma."

Maj-Britt log för sig själv.

"Dom träffades på en kurs för några veckor sen, hon åkte med i mammas bil på vägen dit."

Ellinor reste sig och gick fram till fönstret. Maj-Britt lyssnade intresserat.

"Kommer du ihåg att jag berättade om att det dog en för några veckor sen som bodde här tvärsöver?"

Maj-Britt nickade även om Ellinor inte hade möjlighet att se det.

"Mattias hette han. Han dog på väg hem från den där kursen i en bilolycka. Det var mamma som körde, krockade med en älg."

Maj-Britt stirrade ut i tomma intet. Såg pappan och barnet därute på lekplatsen framför sig.

"Din mamma då?"

"Ja, det är helt otroligt, hon klarade sig utan en skråma. Blev ju chockad så klart, och har så fruktansvärt dåligt samvete, att han dog och hon överlevde. Det var ju hon som körde. Han hade barn och så."

Maj-Britt funderade vidare. Betraktade Ellinors ryggtavla som om den skulle kunna bistå henne med ytterligare ledtrådar.

"Så den där läkaren, ursäkta Monika menar jag naturligtvis, var hon också med i bilen?"

Ellinor vände sig om. Blev stående en stund och gick sedan tillbaka till soffan. Hon drog upp benen i skräddarställning och la den broderade kudden i knät. Så såg hon plötsligt på Maj-Britt och log. Maj-Britt blev genast på sin vakt, den lilla glipa som hon öppnat slöt sig som en mussla.

"Vad är det?"

Ellinor ryckte lite på axlarna.

"Jag bara insåg plötsligt att det här är första gången som vi talar med varann. På riktigt. Första gången som du har påbörjat ett samtal."

Maj-Britt vände bort blicken. Hon var inte helt säker på om det var ett gott tecken, att hon faktiskt inlett ett samtal frivilligt. Hon hade inte ens varit klar över det själv, hon hade gjort det utan att tänka sig för, nästan som om det fallit sig naturligt. Och självklart hade Ellinor uppfattat det. Noterat förändringen. För stunden kunde Maj-Britt inte avgöra vad det skulle kunna leda till, om det var bra eller dåligt. Om det skulle kunna vändas emot henne. Men hon visste att hon ville ha svar på sina frågor, så att hon åtminstone försäkrade sig om kompensation om det skulle visa sig ha varit ett misstag.

"Jag frågade om hon också var med i bilen."

"Nej, men hon skulle ha varit det. Hon och Mattias bytte plats på vägen hem och hon åkte med nån annan istället. Sista kursdagen blev tydligen försenad eller vad det var och hon hade bråttom hem och Mattias erbjöd sig att stanna kvar."

Maj-Britt tog in informationen och sorterade den efter bästa förmåga. Försökte länka den till att läkaren så absolut hade försökt förneka påståendet att hon kände det faderlösa barnet. Det oändliga tålamod med vilket hon gett fart åt gungan.

Hon och Mattias bytte plats på vägen hem.

"Kände dom den där Mattias innan kursen?"

Ellinor skakade på huvudet.

"Ingen kände varann innan kursen. Det var det som var meningen."

Och så slutförde Ellinor tankearbetet åt Maj-Britt. La till den kommentar som behövdes för att länka samman kedjan till en begriplig förklaring.

"Men man kan ju undra hur hon känner sig, jag menar Monika. Om dom inte hade bytt plats så skulle hon ha varit död nu. Jag undrar hur det känns att gå runt och veta det."

Tänk vad ett litet artigt försök till konversation kunde inbringa. Hennes lilla fråga vid undersökningen hade skjutit mitt i prick och brutit upp ett kikhål rakt in i den där förnumstiga läkarens innersta. Och det var alltid där hållhakarna fanns. Krampaktigt gömda därinne i mörkret men så lätta att komma åt om man bara råkade sätta in frågan på rätta stället. Det enda som inte fått någon förklaring var själva lögnen. Varför hon förnekade att hon kände det där barnet och kvinnan som hade förlorat sin man på grund av att hon själv levde.

Såvida det inte var så att hon hade ljugit för dem också.

27

KYRKOGÅRDEN LÅG TILL synes öde. Monika stod och fyllde på vatten i en vattenkanna och skulle snart återförenas med sin mor vid graven. Det hade bara tagit Monika fem ynka minuter att stanna till utanför banken och rusa in och sätta in pengarna på Pernillas konto, men försenad hade hon ändå hunnit bli, och som väntat hade hennes mor hunnit bli irriterad. Det märkliga var att det hade blivit ännu värre sedan hon pensionerades. Nu när hon hade all tid i världen att sitta och vänta. Plötsligt hade varje minut blivit avgörande och de som gick till spillo ställde till stor förödelse i hennes tomma kalender. Hon hade aldrig haft något särskilt stort umgänge och efter pensioneringen hade det blivit än mer tunnsått. Någon ny man hade hon aldrig träffat. Kanske hade hon aldrig ens varit intresserad. Monika visste inte. De pratade aldrig om sådant. Pratade aldrig om någonting väsentligt över huvud taget. Bara inrättade sig i den intetsägande jargong som de var vana vid så fort de kom i närheten av varandra. Halkade runt bland alla ord som aldrig ledde någonstans för att ofrånkomligen glida tillbaka till utgångspunkten där de en gång startat.

Idag hade Monika knappt kunnat behärska sig när hon möttes av den vresiga blicken. Med en korthuggen fras hade hennes mamma klivit in på passagerarsidan och sedan suttit tyst under de tiotal minuter som resan tog dem. Och Monika kände hur hennes ilska växte. Hon åkte där fram och tillbaka som en taxichaufför och försökte anpassa sig efter moderns surmulna nycker och aldrig att hon fick ett tack, aldrig ens en kommentar som var i närheten av tacksamhet eller uppskattning. Men ilskan var ny, den banade sig fram längs kanaler som hon själv inte styrde över. Hade hon inte tvingats in i den här förbannade åkeriverksamheten så skulle Mattias fortfarande vara i livet och allting mycket enklare.

Mycket enklare.

Hon lämnade den lilla inhägnade platsen för att gå tillbaka med vattenkannan. Hennes mamma låg på knä och planterade ljung. Lila, rosa och vit. Omsorgsfullt utvalda plantor.

Monika ställde ifrån sig kannan och betraktade tyst sin mors händer som varsamt plockade bort några skräpiga löv som nästlat sig in i den välskötta lilla rabatten runt stenen.

Min älskade son.

Lika villkorslöst älskad som ovillkorligt borta, men för alltid den centrala punkt kring vilket allting kretsade. Ett svart hål som drog till sig allt som möjligen kunde fortsatt vara levande. Som dag ut och dag in gav nytt bränsle åt ståndpunkten att ingen acceptans var möjlig, att underkastelse var den enda hållningen, att allt var ödelagt och meningslöst och skulle så förbli.

En förintad familj.

Fyra minus två är lika med noll.

Hon hörde sig själv uttala orden.

"Varför lämnade pappa oss?"

Hon såg hur det skälvde till i den kutiga ryggen framför henne. Hur händerna avbröt sitt arbete och stannade upp.

"Varför frågar du det?"

Hjärtat slog tunga, dova slag.

"För att jag vill veta. För att jag alltid har undrat men inte har kommit mig för att fråga förut."

Fingrarna nere vid gravstenen fick tillbaka rörligheten och tryckte till jorden runt den vita ljungen.

"Varför kom du dig för att fråga om det just nu då?"

Hon kunde höra när det brast. Ett dovt muller som växte sig allt starkare när ursinnet hon tyglat under så lång tid slet sig löst och rev tag i henne. Orden stockade sig i munnen, trängdes för att komma först, för att äntligen ta sig ut och få bli sagda.

"Spelar det nån roll? Jag vet inte varför jag inte frågade redan för tjugo år sen men det kan väl kvitta, svaret är väl ändå detsamma?"

Hennes mor reste sig upp, vek noggrant och omständligt ihop tidningen som hon haft som skydd under knäna.

"Har det hänt nåt?"

"Vadå?"

"Jag undrar bara varför du har en så tråkig ton."

Tråkig ton? Tråkig ton! Trettioåtta år gammal tog hon äntligen mod till sig och frågade varför hon aldrig fick ha någon far, och möjligen kunde anspänningen ha påverkat tonfallet en smula. Självfallet var hennes mammas första reaktion en anklagelse om att hon hade tråkig ton.

"Varför frågar du inte honom istället?"

Hon kände hur det hettade i ansiktet.

"För att jag inte känner honom! För att jag inte ens vet var i helvete han bor nånstans nuförtiden och för att du aldrig en enda gång försökte hjälpa mig att få kontakt med honom, tvärtom, jag minns hur sur du blev när jag berättade att jag skrivit ett brev."

Hon hade svårt att avgöra vad hon såg i sin mammas ögon. Hon hade aldrig någonsin varit i närheten av ämnet förut och definitivt aldrig använt sig av den här tonen. Inte i något sammanhang.

"Så det är mitt fel att han lämnade oss och aldrig tog sitt ansvar? Va? Jag som ska behöva stå till svars? Din pappa var ett kräk som gjorde mig med barn fastän han inte ville ha nåt, och när han sen gjorde mig med barn en gång till så passade det inte längre. Han försvann redan när du låg i magen. Jag hade redan Lasse och att vara ensamstående mor till två små barn är inte alltid så lätt, men det vet ju inte du nåt om som inte har några."

Ett rytmiskt dunkande ljud ekade över kyrkogården och det tog Monika en stund innan hon förstod att det var hennes egen puls hon hörde.

"Så det är därför du aldrig har tyckt om mig. För att det var mitt fel att pappa stack?"

"Det där är dumheter och det vet du lika bra som jag."

"Nä, det vet jag inte!"

Hennes mamma tog fram ett gravljus ur fickan på den rymliga kappan och började ilsket pilla bort skyddsplasten. Men svarade gjorde hon inte.

"Varför ska vi alltid hit till graven? Det är tjugotre år sen han dog och det enda vi gör tillsammans du och jag är att åka hit och tända dom där förbannade ljusen."

"Det är väl knappast mitt fel att du aldrig har tid. Du jobbar ju jämt. Eller umgås med dina vänner. Mig har du ju aldrig tid med."

Alltid, alltid vad hon än gjorde. Trots vreden som för tillfället skyddade henne kände hon hur piken högg sig rakt igenom. Drog igång det dåliga samvetet som hennes mamma bemästrade som en virtuos. Och än var hon inte klar. Som den maestro hon var förnam hon tydligen nyansskillnaden i Monikas ansikte. Och hon försatte inte sin chans.

"Du sörjde ju honom inte ens."

Monika förstod först inte orden.

Du sörjde ju honom inte ens.

Som ett eko studsade de runt för att försöka göra sig förstådda, och för var gång de upprepades trasades något sönder. Bit för bit rasade allting samman.

Du sörjde ju honom inte ens.

Hennes mammas röst var dov och blicken höll sig kvar på ljuset hon höll i handen.

"Du fortsatte bara som om inget hade hänt och om du visste vad jag led av att se hur du höll på. Nästan som om du tyckte att det var skönt att han var borta."

Det fanns inga ord kvar. Allting var tomt. Hennes ben började gå mot bilen. Allt hon kände var bara en innerlig önskan om att få komma utom hörhåll.

Det var skog på bägge sidor och det hade börjat skymma. Bilen stod parkerad vid kanten av en landsväg. Hon såg sig förvirrat omkring och visste inte var hon var eller hur hon hamnat där. Hon tittade på klockan. Om en kvart hade hon lovat att äta middag hos Pernilla. Hon vände bilen och förmodade att det var åt det hållet hon skulle.

Du sörjde ju honom inte ens.

"Kan du byta på Daniella? Jag ska bara göra såsen så är det klart sen."

Hon ville hem. Hem till sina sömntabletter. Det gick som blixtar genom huvudet och det var svårt att sätta alla ord hon hörde i ett sammanhang.

"Kan du göra det?"

Hon nickade snabbt och lyfte upp Daniella. Bar in henne till skötbordet över badkaret och tog av henne blöjan. Pernilla ropade från köket.

"Du kan ta på henne den röda pyjamasen sen. Den hänger på nån av krokarna."

Hon vred på huvudet och fick syn på en röd pyjamas. Bytte blöja och gjorde som Pernilla sagt. På väg tillbaka till köket passerade hon den avlutade byrån. Ljuset var nerbrunnet och hans ansikte låg i skugga bakom den vita urnan. Han sa inget när hon passerade utan lämnade henne ifred.

"Varsågod. Det är säkert inte lika gott som det du brukar bjuda på, jag är inte så bra på att laga mat. Det var mest Mattias som gjorde det."

Daniella satt i barnstolen och Pernilla la ett osötat kex på underlägget framför henne. Monika såg på maten som stod på bordet. Det skulle bli omöjligt att få i sig något, men hon var i alla fall tvungen att försöka.

De åt en stund under tystnad. Monika flyttade runt maten på tallriken och stoppade med jämna mellanrum in en liten tugga i munnen, men kroppen ville inte svälja. För varje gång hon försökte blev det allt svårare.

"Du."

Hon tittade upp. Kände hur hon trots trött-heten och förvirringen genast blev på sin vakt. Det var en risk att befinna sig där. Nu när hon redan hade tappat kontrollen.

"Jag skulle vilja be dig om ursäkt."

Monika satt alldeles stilla. Pernilla hade lagt ifrån sig besticken och gav Daniella ett nytt kex innan hon fortsatte.

"Jag vet att jag har varit jävligt otrevlig ibland när du har varit här, men jag har helt enkelt bara inte orkat uppföra mig."

Hon var torr i munnen och svalde innan hon lyckades få fram några ord.

"Du har väl inte varit otrevlig."

"Jo, det har jag, men jag har gjort så gott jag

kunnat. Ibland blir det bara så svart att jag helt enkelt inte orkar."

Monika la ifrån sig besticken hon också. Ju mindre hon behövde koncentrera sig på desto bättre. Hon måste försöka ta sig samman. Fokusera. Pernilla hade just bett henne om ursäkt för någonting. Hon måste komma på något att säga.

"Du behöver verkligen inte be om ursäkt för nåt."

Pernilla såg ner i tallriken.

"Jag vill bara att du ska veta att jag uppskattar att du ändå har orkat fortsätta komma hit."

Monika lyfte vattenglaset och tog en liten klunk.

"Efter min olycka så försvann många av våra vänner, det föll sig liksom naturligt, det bara ebbade ut. Jag hade alltid ont i ryggen och inga pengar hade vi heller, och de flesta av våra kompisar höll ju fortfarande på med dykningen."

Monika drack en klunk till. Det gick nästan att gömma sig bakom vattenglaset.

"Nu, efter det här som har hänt, så kan jag erkänna att jag känner mig lite besviken för att det är så få av dom som har hört av sig. Det blev med ens så tydligt hur ensamma vi har varit."

Pernilla såg på henne och log, nästan blygt.

"Så vad jag försöker säga är bara att jag är glad över att vi har lärt känna varandra. Du är verkligen till stor hjälp."

Monika försökte ta in vad det var hon fick höra. Anade att det var det här hon hela tiden hade kämpat för, att hon borde bli glad nu när hon äntligen fick beviset för att hon lyckats. Varför kändes det då som det gjorde? Hon måste hem. Hem till sina sömntabletter. Men först måste hon till kliniken med Maj-Britts prover. När hon var säker på att alla hade gått hem kunde hon våga sig dit och analysera dem. För hon hade lovat. Och man måste hålla vad man lovar.

Hon ryckte till när telefonen ringde. Pernilla reste sig och försvann ut i vardagsrummet. Monika smög fram till soppåsen under diskhon och skrapade av tallriken med en bit plastfolie som låg överst.

Hon hörde Pernilla svara ute i vardagsrummet.

"Pernilla."

Hon gömde maten under en tom mjölkförpackning.

"Jo, det är väl som man kan förvänta sig, jag vet inte riktigt vad du vill att jag ska säga."

Pernillas röst hade fått en hård klang och tystnade under en lång stund. Monika gick tillbaka med tallriken och med hjälp av gaffeln suddade hon bort spåren efter plastfolien. Så återkom Pernillas röst och orden fick Monikas rädsla att tränga sig upp genom förvirringen.

"Ärligt talat så vill jag helst inte att du hör av dig igen. Det är som det är allting men jag tycker det är lite mycket begärt att jag ska behöva trösta dig."

Hon blev tydligen avbruten men fortsatte redan efter någon sekund.

"Nej, men det känns så. Hejdå."

Det blev tyst och allt var stilla. Bara Monikas hjärta vägrade anpassa sig till lugnet. Så dök Pernilla upp igen och gick och satte sig på sin stol. I samma ögonblick ringde Monikas mobiltelefon. Det var inte för att svara som hon började famla efter handväskan som stod vid hennes fötter, bara för att få tyst på den ettriga signalen. Hon kastade en blick på displayen och uppfattade Åses namn. Hennes hand skakade när hon lyckades trycka bort samtalet, hon kände hur Pernilla betraktade henne men svarade innan hon hunnit ställa frågan.

"Det var inget viktigt. Bara min mamma, men jag kan ringa henne senare."

Pernilla föste bort tallriken framför sig fastän den fortfarande var full av mat.

"Det var den där kvinnan som körde bilen som ringde."

Daniella tappade sitt kex på golvet och Monika böjde sig tacksamt ner för att ta upp det. Så att hon fick komma utom synhåll en sekund.

"Hon var här ett par dar efter olyckan också. Kom hit och ville be om ursäkt eller vad det var hon sa."

Pernilla fnös.

"Jag hade käkat så mycket piller då så jag fattade nog inte riktigt vad det var som hände. Jag har tänkt skitmycket på det efteråt. Ångrat att jag inte bara bad henne fara åt helvete. Hur fan kan man tro att jag skulle kunna förlåta henne?"

Plötsligt satt Pernilla i andra änden av en tunnel. Monika stirrade på ansiktet som inringades av en böljande, mörkgrå massa. Hon knep ihop ögonen och öppnade dem igen för att mötas av samma syn. Och hon undrade varför vattenkranen stod på, vem det var som hade satt på vattenkranen, varför det brusade så.

"Hur är det? Mår du inte bra?"

Hon andades med korta, snabba andetag.

"Jo, men jag måste gå nu."

"Men jag har efterrätt också."

Monika reste sig från stolen.

"Jag måste gå nu."

Förflyttningen fick tunneln att försvinna. Bruset var kvar men hon såg att kranen var avstängd så brusandet måste komma från någon annan lägenhet. Hon vacklade ut i hallen, tog stöd mot dörrkarmar och väggar. Pernilla följde efter henne.

"Är du okej?"

"Ja, men jag måste gå nu."

Hon drog på sig stövlarna och kappan. Pernilla hade hennes handväska i handen och sträckte fram den mot henne.

"Jag ringer dig imorgon."

Monika svarade inte, bara öppnade ytterdörren. Hon skulle gå nu. Pernilla hade bett henne stanna men hon skulle gå nu. Någon annan dag kunde hon komma tillbaka, för Pernilla var hennes vän och var tacksam över deras vänskap. För allt Monika hade gjort för henne. Hon hade inte bett henne fara åt helvete så som hon helst av allt ville göra med Åse, tvärtom, de två var riktiga vänner nu och riktiga vänner kunde man lita på. De ljög aldrig för varandra. De fanns där i vått och torrt och ställde alltid upp.

Pernilla hade en enda vän kvar och det var den hedervärda Monika Lundvall.

Om hon av någon anledning också svek henne så skulle Pernilla bli alldeles ensam.

28

MAJ-BRITT STOD vid balkongdörren och
väntade på att Saba skulle komma in
igen. Hon hade just prånglat sig ut genom hålet i
balkongräcket och försvunnit utom synhåll nere
på gräsmattan.

Maj-Britt hade skjutit fram fåtöljen alldeles
intill fönstret och suttit där mest hela tiden de
senaste två dagarna, men inte mycket spännande
hade hänt där ute. Den där läkaren hade varit hos
änkan en gång. Redan samma kväll som hon varit
hos Maj-Britt och gjort sin vidriga undersökning
hade hon dykt upp igen framåt kvällen, men efter
det hade hon inte setts till. Inte hade hon hört av
sig om provsvaren heller, men det gjorde varken
till eller från, det var mest Ellinor som väntade
otåligt.

Själv upplevde Maj-Britt mest fristen som
angenäm. Tabletterna som Ellinor hämtat ut mot
värken lindrade och så länge hon inte hörde något

fanns det heller inget att ta ställning till. Hon gick där i lägenheten som hon alltid gjort, satt där från tystnad till tystnad. Det enda som var annorlunda var smärtan i ryggen och att hon inte åt så mycket längre. Det var inte bara illamåendet som hindrade henne, impulsen att stoppa något i munnen hade dämpats, den gick plötsligt att motstå, varför förstod hon inte riktigt. Något hade dragit sig tillbaka när hon vågat tänka alla tankar hela vägen ut. Närmat sig alla outhärdliga minnen och erkänt deras vidrighet, hon behövde inte gömma sig för dem längre. Inte fly undan. De gjorde just så ont som hon någonstans alltid vetat att de gjorde, och nu när hon visste det kunde de inte skrämma henne längre. De höll på att förlora sin makt.

Hon såg Ellinor närma sig nere på gången. Det såg kallt ut, magen var bar mellan tröjan och byxorna och Maj-Britt skakade på huvudet. Den tunna jeansjackan kunde inte vara tillräcklig för årstiden. Men det var klart, alla de där små medvetna plastmärkena som prydde den kanske stoppade den värsta kulingen från att tränga sig igenom. Hon såg att Saba lufsade över gräsmattan för att möta henne, och Ellinor tittade upp mot balkongdörren och vinkade. Maj-Britt vinkade tillbaka. Och hon kände att det kom något varmt där inuti.

"Hon skulle komma förbi vid tvåtiden. Hon sa inget om vare sig provsvar eller nåt annat utan ville ta det direkt med dig."

Ellinor satt på huk och snörde av sig kängorna medan hon pratade. Maj-Britt kände ett kort obehag vid tanken på att få in den där läkaren i lägenheten igen, men så mindes hon sin hållhake och då kändes det genast lite bättre. Bara man visste var man hade varandra så blev allting så mycket lättare. När ingen kunde sätta sig i överläge. Den där läkaren förfogade möjligen över svaren på hennes kropps hemligheter, och det skulle hon lätt kunna använda sig av, men om hon gjorde det hade Maj-Britt förvissat sig om lämplig moteld.

Ingen skulle någonsin mer få göra något med henne som hon själv inte gav sitt tillstånd till.

Klockan fattades bara några minuter för att bli två. Maj-Britt tog plats i fåtöljen med uppsikt över parkeringsplatsen, men hon hade inte sett till bilen när det konstigt nog ändå ringde på dörren. Det var en liten missräkning som hon inte tyckte om, att hon inte riktigt hann göra sig beredd.

Ellinor gick och öppnade.

"Hej, vad snällt av dig att komma förbi."

Läkaren svarade fåordigt och minuten senare hade Maj-Britt dem båda två i vardagsrummet. Hon noterade att läkaren hade någonting i handen, som en grå liten portfölj men med en sladd och några knappar.

"Hej Maj-Britt."

Maj-Britt tittade misstänksamt på apparaten i hennes hand.

"Vad är det där?"

"Kan jag sätta mig lite?"

Maj-Britt nickade och läkaren, som hon mycket väl visste hette Monika men som hon inte hade några planer på att bli personlig med, gick och satte sig i soffan, la den underliga saken på bordet framför sig och tog fram några papper ur handväskan. Maj-Britt släppte henne inte med blicken, varje liten rörelse registrerades. Hon observerade intresserat att papperen i handen skakade lätt.

"Så här är det."

Läkaren vecklade ut papperen. Ellinor såg uppmärksamt på henne. Maj-Britt vände blicken mot fönstret istället. Kände sig egentligen inte särskilt intresserad.

"Din sänka är onormalt hög och blodvärdet är väldigt lågt. Stickan visade inga bakterier i urinen och jag hittade inget efter odling heller, så nån infektion i urinvägarna kan vi säkert utesluta. Njursten var en annan tanke jag hade men då borde smärtan kommit mer plötsligt, och dessutom skulle det inte påverka sänkan."

Hon tystnade och Maj-Britt behöll blicken på gungställningen. Vad hon inte led av var det ännu svårare att intressera sig för.

"Så då är jag frisk då?"

"Nej, det är du inte."

Det uppstod en kort liten paus när allting fortfarande var fredat.

"Jag skulle behöva göra ett ultraljud."

Maj-Britt vred på huvudet och mötte hennes blick, genast på sin vakt.

"Jag åker ingenstans."

"Nej, vi kan göra det här."

Läkaren la handen på apparaten på bordet. Maj-Britt kände sig snärjd. Hon hade bestämt sig för att inte göra några fler undersökningar, hennes vägran att lämna lägenheten skulle ha ordnat den saken åt henne, men nu kom den där läkaren dragandes med apparatur som ändå skulle göra det möjligt. Förbannade utveckling.

"Om jag inte vill då?"

"Maj-Britt!"

Det var Ellinor. Gränsen mellan vädjande och utled var raderad. Maj-Britt tittade ut genom fönstret igen.

"Vad är det du tror att du kan hitta med ultraljud?"

Det var Ellinor som förhörde sig om de detaljer som Maj-Britt själv kände sig ganska ointresserad av, och de två kvinnorna började diskutera hennes eventuella åkomma.

"Jag är naturligtvis inte säker, men jag behöver ta mig en titt på njuren."

"Vad tror du att det kan vara då?"

Återigen blev det tyst en liten stund, men där fanns inget lugn längre. Det var som om ordet redan låg och dallrade i rummet, innan det ens givits ljud. Vilade i ett sista ögonblick av tillförsikt.

"Det skulle kunna vara en tumör. Men som sagt", la hon snabbt till, "jag är ju inte hundraprocentigt säker."

En tumör. Cancer. Det var ett ord som hon hade hört på tv många gånger och helt obemärkt hade det väl aldrig gått förbi. Men från den stunden visste hon att när det uttalades om något som eventuellt kunde finnas i ens egen kropp så kändes det betydligt annorlunda. Då fick ordet liv och framkallade en bild av något svart och ondskefullt där inne, det gick nästan att urskilja, ett inneboende monster som slukade allt som kom i dess väg och växte sig allt större.

Ändå blev hon inte särskilt rädd. Det var mer som om ännu en tanke som hon inte vågat tänka till dess slut äntligen blev bekräftad. För varför skulle inte hennes kropp ha cancer? Det skulle ju vara dess sista triumf över hennes lönlösa, livslånga motstånd. Att i försåt nära en svulst för att en gång för alla ta ut sin hämnd och besegra henne.

Och hon insåg att hon måste veta.

"Hur går en sån undersökning till då?"

För någonstans kände hon ändå ett behov av att få det bekräftat.

Det var alldeles tyst i rummet. Maj-Britt var tillbaka i fåtöljen. Ellinor satt framåtlutad i soffan med huvudet vilande i händerna. Och mitt på golvet stod läkaren och packade ihop sin fina apparat som just hade styrkt de misstankar som alla tydligen delat. Maj-Britt konstaterade förnöjt att hennes händer fortfarande skakade. Av någon anledning kändes det bättre när hon såg att de gjorde det.

"Så vitt jag kunde se så var tumören fortfarande begränsad innanför njurens yta, men vi måste naturligtvis göra en kontraströntgen för att veta säkert. Vad jag såg fanns det inga tecken till spridning, men det måste också kontrolleras ytterligare. Den var dock stor så det är hög tid att få bort den."

Maj-Britt kände sig märkvärdigt lugn. Hon såg mot fönstret igen. Ut mot gungställningen som hon tittat på i över trettio år men aldrig varit i närheten av.

"Och om man inte tar bort den?"

Ingen svarade, men hon hörde efter en stund ett litet pustande ljud från Ellinor.

"Vadå om man inte tar bort den?"

Nu var det Maj-Britts tur att vara tyst. Hon hade sagt allt som behövde sägas.

"Maj-Britt, vad menar du med det? Det fattar du väl att du måste ta bort den! Eller hur Monika? Hur lång tid kan man leva med en sån tumör om man inte behandlar den?"

"Det är omöjligt att svara på. Jag vet ju inte hur länge den har växt därinne."

"Jamen ungefär?"

Ellinor var som vanligt petig med detaljerna.

"Sex månader kanske. Kanske längre, kanske kortare, det beror som sagt på hur snabbt den växer. Som läkare måste jag verkligen starkt rekommendera en operation."

Som läkare. Maj-Britt fnös för sig själv.

Plötsligt ringde Ellinors mobil och hon reste sig och försvann ut i hallen.

Maj-Britt såg på kvinnan som så omsorgsfullt packade ihop sin fina utrustning.

Sex månader.

Kanske.

Det var svårt att säga, hade hon sagt.

"Ja, ni läkare har ju till uppgift att göra allt ni kan för att rädda andra människors liv."

Hon förstod egentligen inte varför men hon kunde inte låta bli. Kanske var det för att få bort lite av den där beskäftigheten som läkaren utstrålade. Som godheten personifierad stod hon där på golvet och låtsades vara hela mänskligheten till tjänst. Men sina mörka hemligheter var hon noga med att dölja, där under den oklanderliga ytan ruvade samma solkiga misstag och tillkortakommanden som hos alla andra dödliga.

Maj-Britt läste snabbt av reaktionen och den gav henne lust att slå in spiken lite till.

"Att få människor att överleva så länge som möjligt, bli kvar här på jorden hos sina familjer och få se sina barn växa upp. Det är väl det ni läkare är till för. Det kan väl egentligen inte finnas nånting för er som skulle kunna vara viktigare."

Ellinor dök upp i dörren igen.

Läkaren satt på huk och knäppte sin väska och Maj-Britt såg att hon fick ta stöd mot soffkanten när hon reste sig upp. En snabb rörelse med handen för att inte förlora balansen. Utan att se åt Maj-Britts håll försvann hon ut i hallen och Ellinor följde efter. Maj-Britt kunde ändå följa deras ordknappa samtal.

"Jag kan tyvärr inte göra mer nu utan ni får kontakta hennes vårdcentral och gå den vägen. Dom ordnar med remisser till sjukhuset för fortsatt utredning."

Ytterdörren öppnades och Ellinors sista ord studsade mellan stenväggarna i trappuppgången.

"Tack för all hjälp."

Och sedan stängdes dörren igen.

Ellinor blev kvar en hel timme fastän hon hade fler Brukare som väntade. Maj-Britt sa inte så mycket men Ellinors svada firade nya triumfer i ett desperat övertalningsförsök att få hennes tillåtelse att ringa vårdcentralen. Men Maj-Britt ville inte. Hon tänkte inte genomlida några fler undersökningar och än mindre några operationer.

För varför skulle hon?

Varför skulle hon över huvud taget?

Hur smärtsamt det än var att erkänna kunde hon för sitt liv inte komma på något som ens var i närheten av att likna en anledning.

29

KVINNAN VAR ETT vidunder. Som hämtad rakt ur en skräckfilm. Det måste vara för att bestraffa henne som ödet fört den vidriga kvinnan i Monikas väg. Det var som om den skarpa blicken kunde se rakt igenom henne, se rakt in i hennes deformerade innandöme och av någon anledning som Monika inte förstod var kvinnan ute efter att göra henne illa.

Hon hade åkt raka vägen hem, fortsatt in i badrummet utan att ens ta av sig ytterkläderna och därinne hade hon svalt två Xanor. Hon hade skrivit ut dem samtidigt som sömntabletterna men inte använt dem än.

Nu stod hon inte ut längre.

Hon gick ut i vardagsrummet och vankade av och an mellan väggarna i väntan på att tabletterna skulle börja verka. Varje sekund, varje ögonblick. Det gick inte att komma undan längre. Det var

som om hon inte fick plats i kroppen och huden
i vilket ögonblick som helst skulle börja kracke-
lera. En känsla av att hon höll på att sprängas.

Och så hennes mobiltelefon. Den ringde och
ringde och signalen gjorde henne galen men
hon vågade inte stänga av den. Den bevisade att
det fortfarande pågick en fungerande verklighet
någonstans och om hon skar av förbindelsen
med den helt och hållet så visste hon inte var hon
skulle hamna. Hon kunde bara inte förstå hur allt
hade kunnat bli så här och vad hon skulle ta sig
till för att lyckas ställa allt tillrätta.

Och så äntligen.

Äntligen kände hon hur ångesten släppte grep-
pet, drog in sina hullingar och löstes upp. Lät
henne andas. Tacksam blev hon stående mitt på
golvet och välkomnade befrielsen. Stockholms-
vitt. Färgen på vardagsrumsväggen. Det var så
konstigt att det gick att ha Stockholmsvitt på
väggarna här. Fast bra på något vis. Att allting
var möjligt. Bara andas. Lugnt och stilla andas.
Ingenting annat var viktigt. Hon skulle bara gå
och lägga sig lite där på soffan och andas ordent-
ligt.

Röda tegelväggar. En källare. Hon befann sig

i en källare, men hon visste inte i vems. Ingenstans kunde hon se någon dörr. Hon sökte med händerna över den skrovliga väggen för att hitta en spricka eller ett tecken på en öppning, men det fanns ingen. Plötsligt visste hon att det låg en död kropp inmurad i väggen, hon visste inte vem det var men att det var hon som hade murat in den där. Hon hörde ett ljud och vände sig om. Hennes mamma låg på knä och planterade en orkidé. Hon hade en bit bröd i handen som hon smulade sönder och kastade ut över golvet. *Columba livia. Godast blir de med kantareller.* Och så kom där ett tåg. Pernilla stod mitt på rälsen och signalen från tåget blev allt starkare. Monika sprang så fort hon kunde men hon kom aldrig närmare, skulle inte hinna rädda henne. Hon måste få tyst på signalen, måste få tyst på signalen. Få den att stanna.

"Hallå?"

Hon hade plötsligt sin mobiltelefon i handen. Hon stod i sin hall med ytterkläderna på men var fortfarande inte riktigt säker.

"Ja hej, det är Pernilla."

Rösten övertygade henne om att hon var tillbaka i verkligheten men hon var fortfarande behagligt avtrubbad. Hon befann sig på betryg-

gande avstånd från allt som gjorde ont eller hota-
de henne och inte ens kroppen reagerade. Hjärtat
slog lugna fina slag.

"Hej."

"Jag ville bara höra hur det var med dig. Det
gick lite fort sist och jag tänkte att du kanske hade
blivit sjuk."

Blivit sjuk. Pernillas ord upprepades som ett
eko. Blivit sjuk. Kanske hade hon det? Om hon
var sjuk skulle hon alldeles legitimt vara berät-
tigad till ett par dagars uppskov från sitt uppdrag
och hade hon egentligen inte förtjänat det? Bara
ett par dagar? Hon var så oerhört trött. Om hon
bara kunde få sova ut ordentligt så skulle allt bli
bättre. Hon skulle kunna tänka ordentligt igen,
strukturera en plan för hur hon skulle gå vidare,
hur hon skulle lösa allt till det bästa. Nu var hon
för trött. Hjärnan hade fått ett eget liv och lydde
henne inte längre. Om hon bara fick sova skulle
allt bli bättre.

"Ja, jag har blivit sjuk. Jag ligger hemma med
feber."

"Oj då, det kanske är Daniella som har smittat
dig, hon är också dålig."

Monika svarade inte. Om Daniella var sjuk så
borde hon vara där. Det ingick i överenskommel-

sen, men hon orkade inte. Hon måste få sova.

"Jag ska inte störa dig om du är dålig. Du kan väl höra av dig när du är på benen igen. Om det är nåt du behöver så är det bara att ringa, om du behöver hjälp att handla mat eller så."

Monika blundade.

"Tack."

Hon förmådde inte säga något mer utan tryckte bort samtalet. Ryggen gled ner längs ytterdörren och hon blev sittande på golvet. Med armbågarna mot sina uppdragna knän gömde hon ansiktet i händerna. Bedövningen från tabletterna skonade henne från att tillfullo uppfatta tankarna som plötsligt strök förbi. Den sköra linjen mellan grymhet och omsorg. Men vad var ondska? Vem satte upp reglerna? Vem tog sig rätten att definiera en sanning som skulle gälla för alla under alla omständigheter? Det enda hon ville var att hjälpa, ställa tillrätta, göra det orimliga "Aldrig mer någonsin" mindre skoningslöst. För allting *gick* att ställa tillrätta om man bara ansträngde sig ordentligt. Det måste vara så! Måste!

Hon skulle fortsätta finnas vid Pernillas sida, allt annat var otänkbart. Hon skulle fortsätta underordna sig, finnas där så länge Pernilla behövde henne, ställa sitt eget liv åt sidan så länge det var

nödvändigt. Ändå visste hon att det i förläng-
ningen inte skulle vara tillräckligt. Det var Pernil-
las man och hennes dotters far som Monika hade
berövat henne, inte hennes bästa väninna. Hon
rätade på sig och utan att egentligen se stirrade
hon rakt in i väggen strax över skohyllan. Hon
hade inte insett det förut, men där fanns ju lös-
ningen. Pernilla måste träffa en ny man. En man
som kunde fylla Mattias plats på ett helt annat
sätt än vad hon själv någonsin skulle kunna göra.
Bli en ny pappa till Daniella, ta över försörjnings-
bördan, ge Pernilla den kärlek som Mattias död
hade berövat henne.

Monika tog sig upp och lät kappan falla till
golvet. Uppfylld av sin nya insikt kände hon hur
allting lättade. Om hon såg till att Pernilla träf-
fade en ny man skulle hennes uppdrag vara slut-
fört, då skulle hon ha fullgjort sitt plikt. De skulle
kunna fortsätta att umgås som väninnor och Per-
nilla skulle aldrig få veta sanningen.

Monikas skuld till Mattias skulle vara åter-
löst.

Hon gick in i sovrummet och tryckte ut en sömn-
tablett ur metallkartan. Först av allt måste hon
få sova. Sova ut ordentligt så att hennes hjärna

lydde henne igen. Därefter skulle hon vara redo att börja organisera sin nya plan. Ta med sig Pernilla ut på krogen, bjuda med henne på någon resa utomlands, sätta in kontaktannonser i hennes namn på Internet och i tidningar.

Hon skulle ordna det här.

Allting skulle bli bra igen.

På platsen där hon stod lät hon kläderna falla. I samma stund som hennes huvud landade på kudden somnade hon tryggt, förvissad om att hon äntligen hade återfått kontrollen.

30

MAJ-BRITT SATT i fåtöljen och höll skymning. Skuggorna växte sig mörkare i lägenheten för att till sist smälta samman med omgivningen.

Sex månader.

Först kändes nästan ingenting. Sex månader var bara ett tidsbegrepp. Tolv månader var ett år och sex månader ett halvt, det var inget särskilt märkvärdigt med det. Hon räknade på fingrarna. Tolfte oktober. Tolfte oktober plus sex månader. Det skulle ha hunnit bli april. En höst, en vinter men knappast någon vår.

Tolfte oktober.

Det hade varit den tolfte oktober många gånger förr i hennes liv, även om hon inte i detalj kunde minnas vad hon gjort alla de dagarna. De hade väl gått förbi ganska omärkligt som de flesta andra. Just den här tolfte oktober skulle bli mycket speciell. Det skulle bli den allra sista. Hon hade suttit där i fåtöljen i säkert fyra timmar och det betydde att det var fyra timmar mindre kvar av hennes livs sista tolfte oktober.

Det var inte att lämna livet som skrämde henne. Så mycket tid och så många år hade gått förbi utan att hon haft någon användning för dem. Det var länge sedan livet hade erbjudit henne något som hon egentligen var särskilt intresserad av.

Men att dö.

Att utplånas utan att lämna ett enda litet spår efter sig, ett aldrig så litet avtryck. Så länge framtiden varit självklar hade alltid möjligheten funnits kvar, den hade varit så lätt att skjuta framför sig. Från och med nu var tiden begränsad, den räknades ner, varje minut var plötsligt en förnimbar förlust. Det var fullständigt ofattbart att det rörde sig om samma tid som i åratal masat sig fram i ett sådant överflöd att hon inte vetat vad hon skulle göra av den. Masat sig fram och förbi och drunknat i meningslöshet. Hon skulle försvinna utan att lämna ett enda litet spår.

Hennes händer grep hårdare om armstöden.

Vare sig hon gav sitt medgivande eller inte skulle hon tvingas överlämna sig till det stora Bortom, till evigheten, där ingen människa visste vad som väntade.

Tänk om de hade haft rätt? Om det var så som de med sådan iver hade försökt pränta in i henne. Att det var där den stora Domen väntade. Om det var så visste hon alltför väl att hennes inte skulle bli nådig. Det behövdes ingen djupare självrannsakan för att inse vilken av vågskålarna som skulle väga tyngst. Kanske skulle Han stå där på andra sidan och vänta, nöjd och belåten med att äntligen få henne i sitt våld. Då när hennes rätt att välja var förbrukad och hon bevisligen förtjänade en rimlig påföljd.

Det fanns ingen anledning att leva, men hur skulle hon våga dö? Hur skulle hon våga överlämna sig till evigheten när hon inte visste vad den innebar?

Den yttersta ensamheten.

I evighet.

När så mycket fanns ogjort.

Mörkret i lägenheten tog över och hennes oro växte sig allt starkare. För varje ögonblick som passerade blev det alltmer uppenbart. På något sätt måste hon hinna utjämna tyngden i vågskålarna.

Hon såg kvinnan framför sig, hon som stått där på golvet för några timmar sedan och avkunnat dödsdomen, sneglat på sin smala handled där den dyra klockan satt för att sedan med uppskrämd blick skynda därifrån. Så oförvitlig på utsidan men så medveten om sin skuld. När nästa tolfte oktober kom skulle hon inte minnas vare sig Maj-Britt eller den här dagen. Allt skulle ha fallit bort någonstans i röran av andra döende patienter och till förväxling lika dagar. Hon skulle i lugn och ro kunna fortsätta sitt liv här nere på jorden och med all tid i världen hinna reglera sin skuld.

Det skulle inte Maj-Britt.

Från och med nu var varje sekund som passerade till ingen nytta ett förlorat tillfälle.

Hon reste sig upp. Saba stod och väntade innanför balkongdörren och hon gick fram och öppnade. Det lyste i fönstret på andra sidan, där han hade bott som numera satt inne med svaret på den fråga vilken alla människor i alla tider hade sökt ett svar.

Och hon tänkte på Monika igen. Skulden hon ägde.

Två liv med för mycket vikt i ena vågskålen.

Det hade plötsligt blivit svårare att andas och

hon insåg till sin förfäran hur rädd hon var. Ensamheten var hon van vid, men att ensam våga möta det som väntade henne ...

Fader vår som är i himmelen.

Hon vände sig om och tittade mot klädskåpet. Hon visste att den låg där undanstoppad på översta hyllan, oanvänd under alla dessa år men med slitaget på pärmarna intakt efter den tid som en gång varit. Men hon hade vänt Honom ryggen. Sagt att hon klarade sig utan Honom och bett Honom att lämna henne ifred. Förnekat Honom. Nu förstod hon med ens. I glasklar förvissning blev allt plötsligt uppenbart. Han hade bara bidat sin tid. Vetat hela tiden att hon skulle komma krypande den dag sandkornen i timglaset bevisligen började tryta. När hon inte kunde gömma sig i livet längre utan stod naken inför det faktum som alla vet men ingen orkar låtsas om. Att allt en dag tar slut. Att alla en dag måste överge allt som är bekant och tvingas överlämna sig till det som sedan urminnes tider varit människans största fruktan.

Han hade vetat att då skulle hon minsann ropa efter Honom, på sina bara knän be om förlåtelse och välsignelse och tigga om Hans nåd.

Han hade fått rätt.

Han hade vunnit och hon förlorat.

Hon låg naken inför Honom redo för underkastelse.

Nederlaget var monumentalt.

Hon slöt ögonen och kände att hon rodnade. I skammens färg gick hon fram till klädskåpet och öppnade dörrarna. Sökte av hyllplanet med handen, for över lakanstravar och sedan länge bortglömda dukar och gardiner för att till sist urskilja den välbekanta formen. Hon stannade så, tvekade något, förödmjukelsen brände som eld och att erkänna att hon gjort fel var också att erkänna att Han hela tiden hade haft rätt. Det ökade hennes skuld ännu mer. Hon gav Honom befogenhet att straffa henne.

Hon grep om Bibeln och lyfte ner den. Såg de vältummade bokpärmarna. Något låg instoppat mellan sidorna och hon tänkte inte, bara drog ut det som låg där och först när det var för sent och hennes ögon redan sett mindes hon vad det var. Två fotografier. Sakta gick hon tillbaka till fåtöljen och sjönk ner. Slöt ögonen men öppnade dem igen och lät blicken ta in det älskande paret. En vacker vårdag. Smal och vit klänning och Göran i svart kostym. Slöjan som hon valt med sådan omsorg. Deras sammanflätade händer. Övertygelsen. Den fullständiga vissheten. Vanja strax bakom, så glad för hennes skull. Det välbekanta leendet, glimten i hennes ögon, hennes Vanja som alltid fanns där när hon behövde henne. Som alltid ville henne väl. Och som hon själv nu hade ljugit för, svikit, fördömt och avvisat.

För mycket tyngd i ena vågskålen.

Hon släppte fotografiet på golvet och fick syn på det andra. Drog efter andan när hon mötte flickans tomma blick. Hon satt på en filt på köksgolvet i huset de hyrt. Den lilla röda klänningen. De små vita skorna som hon fått av Görans föräldrar.

Hon kände tårarna komma. Mindes i händerna hur det kändes att lyfta upp den lilla kroppen, hålla den i famnen, hur hon doftade. De små händerna som sträckt sig efter henne i gränslös tillit men som hon inte hade varit förmögen att ta emot. För hur skulle hon ha kunnat det när ingen någonsin lärt henne hur något sådant gick till. Den sorg hon aldrig tillåtit sig att känna vällde fram i henne och den förtvivlan hon kände var så djup att hon tappade andan. Hon släppte fotografiet och knöt krampaktigt sina händer och höjde dem mot taket.

"Herre Gud i himmelen hjälp mig. Var mig nådig, utplåna mina överträdelser med din stora barmhärtighet, två mig från mina missgärningar och rena mig från min synd. Mot dig allena har jag syndat och gjort vad ont är, på det att du må finnas rättfärdig i dina ord och rättvis i din dom. Se, i synd är jag född och i synd har min moder avlat mig."

Hennes händer skakade.

Sex månader var för lång tid. Hon skulle inte stå ut så länge.

Tårarna rann ner för hennes kinder och hon hulkade fram sina ord.

"Jag ber om din förlåtelse eftersom jag gör det onda som jag inte vill. Snälla gode Gud ge mig din förlåtelse. Du måste ge mig ett svar! Gode Herre visa din barmhärtighet! Snälla ge mig mod att våga!"

Och hon mindes hur de brukade göra när de behövde Hans råd och Hans tröst. Hon torkade sig snabbt i ögonen, grep ivrigt om Bibeln med vänsterhanden och drog med sin högra tumme mellan de stängda bokpärmarna. Så slöt hon ögonen och slog upp den sida där tummen hade stannat, lät fingret leta sig fram över sidan och välja en vers på måfå. Så blev hon sittande, med ögonen slutna och pekfingret som ett spjut rakt ner i den heliga skrift. Det var nu Han skulle tala. Lämna det budskap han ville visa henne och som Han fått hennes finger att peka ut.

"Herre, lämna mig inte ensam."

Hon var så rädd. Allt hon begärde var lite tröst, ett litet enda tecken på att hon inte hade något att frukta, att hon kunde bli förlåten. Att Han fanns vid hennes sida nu när allting snart var över, att försoning var möjlig. Hon tog ett djupt andetag och satte på sig glasögonen, följde fingret ner mot boksidan.

Och när hon läste förstod hon en gång för alla att den fruktan hon kände nu inte var någonting emot det som väntade henne.

Hennes händer skakade när hon läste Hans ord:

Nu kommer änden över dig, ty jag ska sända min vrede mot dig och döma dig efter dina gär-ningar och låta alla dina styggelser komma över dig. Jag skall icke visa dig någon skonsamhet och icke hava någon misskund; nej, jag skall låta dina gärningar komma över dig, och dina stygg-elser skola vila på dig. Och I skolen förnimma att jag är HERREN.

En skräck hon inte trodde var möjlig pressade ut den sista luften ur hennes lungor.

Hon hade fått sitt svar.

Han hade äntligen svarat.

31

SÖMNEN VAR DRÖMLÖS. Ett ingenting där ingenting fanns. Bara ett störande ljud någonstans i bakgrunden. Envetet karvade det sig in i intigheten och krävde hennes uppmärksamhet. Hon ville tillbaka in i det tomma, men ljudet gav sig inte. Hon måste få det att upphöra.

"Hallå?"

"Är det Monika Lundvall?"

Allting var så oklart att hon inte kunde svara. Hon gjorde ett försök att öppna ögonen men det lyckades inte, bara handens grepp om telefonluren förmådde övertyga henne om att det hon upplevde var verkligt. Allt var behagligt diffust. Hennes huvud låg på kudden och i den korta tystnad som uppstod hann sömnen få grepp om henne igen. Men så kom där nya ord.

"Hallå? Är det Monika Lundvall?"

"Ja."

För det trodde hon i alla fall att det var.

"Det är Maj-Britt Pettersson här. Jag skulle

behöva tala med dig."

Med en kraftansträngning lyckades Monika öppna ögonen. Särskilja tillräckligt mycket verklighet för att vara förmögen att svara. Det var alldeles mörkt i rummet. Hon insåg att hon låg i sin säng och att hon hade svarat när telefonen ringde och att den som ringt var någon som hon aldrig mer ville tala med.

"Du får ringa till vårdcentralen."

"Det handlar inte om det. Det är en annan sak. Nåt viktigt."

Hon makade sig upp på ena armbågen och ruskade på huvudet i ett försök att bringa lite ordning. För att kunna förstå vad det var som hände och om möjligt hitta en utväg så att hon fick somna om igen.

Rösten fortsatte:

"Jag vill inte ta det över telefon så jag föreslår att du kommer hit. Ska vi säga nio imorgon bitti?"

Monika kastade en blick mot klockradion. Noll tre fyrtionio. Och hon var nästan säker på att det var natt för det var mörkt utanför fönstren.

"Jag kan inte då."

"När kan du då?"

"Jag kan inte över huvud taget. Du får tala med din vårdcentral."

Aldrig i livet att hon skulle gå dit igen. Aldrig. Hon hade inga förpliktelser. Inte mot henne. Hon hade redan gjort mer än vad man rimligen kunde begära. Hon skulle just lägga på luren igen när rösten fortsatte.

"Du vet att när man ändå ska dö så är man inte så rädd för att gå ut längre. Har man suttit i en lägenhet i mer än trettio år så har man ju lite att ta igen. Som att umgås med sina grannar till exempel."

Rädslan förmådde inte ta sig in i bedövningen. Den blev kvar på utsidan, bultade ilsket några gånger för att sedan ge upp och ställa sig på vakt. Vänta ut henne. Den visste att det förr eller senare skulle öppnas en glipa och då skulle den stå där redo att övermanna henne. Under tiden gjorde den klart för henne att det inte fanns några valmöjligheter. Hon måste gå dit. Måste gå dit och ta reda på vad den där vidriga kvinnan ville henne.

Hon slöt ögonen. Så ända ner på djupet trött. Allt hon hade var förbrukat.

"Hallå? Är du kvar?"

Hon var väl det.

"Ja."

"Då säger vi klockan nio."

32

MAJ-BRITT SATT som förlamad i stolen, oförmögen att andas. Hennes tankar rusade som skrämda djur för att försöka komma undan. I timmar hade hon bett, bönat Honom om ett tecken som skulle visa henne vad hon måste göra. Gång på gång hade hon låtit fingret jaga genom sidorna i Bibeln utan att få något begripligt svar. I desperation hade hon bett om tydligare anvisningar och då äntligen. Fjortonde gången hon försökte hade Han talat till henne igen. Paulus första brev till Timoteus. Fingret hade inte landat precis där utan på sidan bredvid, men hon visste att det var för att hon själv varit så upprörd som fingret hade hamnat fel. Det var Timoteus 4:16 Han ville visa henne, hon visste det.

Hav akt på dig själv och på din undervisning, och håll stadigt ut därmed; ty om du så gör, frälser du både dig själv och dem som höra dig.

Tacksam över Hans svar slöt hon ögonen. Hon

411

mindes versen från Församlingen. En uppmaning att gå ut och frälsa sina medmänniskor och därmed rädda dem från den eviga elden. En god gärning. Han ville att hon skulle rädda någon annan och därmed också rädda sig själv. Men vem var det hon skulle rädda? Vem? Vem var det som behövde hennes hjälp?

Hon reste sig upp och gick fram till balkongdörren. På fasaden tvärs över blänkte fönsterglasen svarta. Bara någon enstaka lampa försökte trotsa nattens mörker. Hon ville öppna dörren, bara snabbt få ta ett andetag av luften utanför. Begäret var nytt och ovant. Hon la handen på dörrhandtaget, såg de svarta fönsterglasen stirra på henne som onda ögon och gav upp. Hon lämnade dörren och gick tillbaka till fåtöljen.

Bibeln kändes tung i hennes hand. Återigen lät hon tummen välja en sida. Han fick inte svika henne nu, nu när hon förstått vad hon måste göra men inte hur det skulle gå till. Hon bad om mycket, hon visste det. Han hade redan visat sin stora nåd genom svaren Han redan givit.

"Bara ett svar till Herre, så ska jag aldrig mer be om nåt. Visa mig bara vem det är Du vill att jag ska rädda."

Hon slöt ögonen. För sista gången lät hon tummen glida längs de stängda boksidorna. Om Han inte svarade nu så skulle hon inte försöka igen. Hon slog upp sidan. Med slutna ögon lät hon pekfingret falla och satt sedan stilla och samlade mod.

Psaltarens femtioandra psalm. Han hade inte svikit henne.

I ett plötsligt lugn föll allt på plats.

Det fanns bara en Monika Lundvall i telefonkatalogen.

Maj-Britt la på luren. Med ett hårt grepp om den heliga skrift drog hon några djupa andetag. Hon hade klarat det, gjort som Han anvisat och det borde få henne att känna sig lugnad. Ändå slog hjärtat tunga hårda slag. Hennes finger satt fortfarande inkilat mellan pärmarna och hon slog upp sidan för att än en gång övertyga sig om att hon verkligen hade rätt att göra det hon tänkte göra. Trots sitt löfte hade hon ställt Honom en ny fråga. Och Han hade gett sitt medgivande. På den uppslagna sidan fanns ordet "Ja" fem gånger och "Nej" bara två.

Saba sov tungt i sin korg och Maj-Britt försökte känna tröst i det hemtama ljudet av hennes andhämtning. Så många nätter hade det hjälpt henne att komma till ro. Vissheten att någon fanns där i mörkret. Någon som behövde henne. Någon som skulle finnas där när hon vaknade och bli glad av att se henne. Nu gav de trygga andetagen henne dåligt samvete. Saba skulle bli lämnad kvar och gå samma ovissa öde till mötes som hon själv. Skillnaden var att Saba inte ens hade förstånd att vara rädd.

Det var fem timmar kvar tills klockan skulle bli nio. Att försöka sova vore att förspilla onödig tid och det hade hon inte råd med längre. Hon hade fått en uppgift som hon måste genomföra och Gud hade visat henne vägen. Hon visste att Monika skulle dyka upp. Att hon inte skulle våga något annat. Än en gång fick Maj-Britt hjärtklappning när hon tänkte på vad hon stod i begrepp att göra.

En god gärning.

Hon fick inte glömma det. Att det var En God Gärning och inget annat. Den hotfulla ton hon hade tvingats använda för att Monika skulle lyda gagnade det goda! Herren själv hade visat sitt samtycke. Det var de två nu, de två tillsammans. Att härska genom fruktan var ett mäktigt redskap, men hon var tacksam över att få underordna sig. All makt var Hans och för henne återstod bara att bevisa sig värdig. Visa att hon förtjänade att äntligen ha blivit utvald. Då kanske Han i sin stora nåd skulle vara barmhärtig nog att förlåta henne.

I trettio år hade hon tänkt sig döden som en sista flyktmöjlighet. Det hade gett henne styrka att veta att hon kunde slippa undan om hon inte skulle orka mer. Med makt över alternativen hade hon lekt med tanken. Men det var innan, då döden hade befunnit sig långt utom synhåll och valet fortfarande hade varit hennes. Innan hennes kropp i lönndom bjudit in den och gett den fri lejd att sakta men målmedvetet pulverisera hennes övertag för att till slut beröva henne all valmöjlighet. Nu när döden flinade henne i ansiktet bestod den bara av frätande fasa.

Nu kommer änden över dig, ty jag ska sända min vrede mot dig och döma dig efter dina gärningar. Och I skolen förnimma att jag är HERREN.

33

MAJ-BRITT PETTERSSON.
Bara namnet på brevlådan gjorde henne illamående. Men hon befann sig fortfarande tryggt förskansad utom räckhåll. Hon visste att rädslan låg på pass där ute, men komma åt henne kunde den inte. De vita små tabletterna hade korkat igen alla passager.

Hon satte fingret på dörrklockan och tryckte till. Bilen hade hon ställt på andra sidan huset för att inte Pernilla skulle se den, och som förra gången hon var här hade hon gått in genom källaringången på gaveln.

Hon hörde någon därinnanför och i nästa ögonblick öppnades dörren. Hon rös när hon tog steget över tröskeln, aldrig hade hon trott att hon skulle tvingas återvända.

Hon behöll kappan på men tog av sig stövlarna. Den feta hunden kom fram och nosade på henne men eftersom hon inte tog någon notis vände den och gick igen. Hon slängde en blick in i det tomma köket när hon passerade, undrade om Ellinor också var där men det verkade inte så. Hon fortsatte mot vardagsrummet men under ett ögonblick var hon inte säker på om det var hon eller vardagsrumsöppningen som närmade sig.

Vidundret satt i fåtöljen och gjorde en gest mot soffan med ena handen. En svepande gest som kanske var menad som inbjudande.

"Det var snällt av dig att komma. Sätt dig om du vill."

Monika tänkte inte stanna och förblev hellre stående i dörröppningen. Bara få det här överstökat så att hon kunde gå igen.

"Vad är det du vill?"

Den väldiga kvinnan satt alldeles stilla och betraktade henne med sin genomträngande blick, tillsynes tillfreds med situationen. För hon log mot henne. För första gången log hon mot Monika och av någon anledning kändes det ännu mer olustigt än hennes vanliga beteende. Monika var obehagligt medveten om kvinnans övertag. Bara det att hon gått med på att komma. En bekännelse så god som ett skriftligt intyg. Hennes domnade hjärna försökte reda ut vad det var som egentligen hände, men hon kände inte igen tankarna längre. Ellinor och Maj-Britt och Åse och Pernilla. Namnen surrade omkring och snubblade på varandra men hon kunde inte längre reda ut vem som visste vad och varför de i så fall visste det. Och tanken på vad som skulle hända om allt uppdagades och blev en offentlig sanning ville hon inte ens närma sig. Men allting skulle bli bra. Hon skulle bara se till att Pernilla träffade en ny man och blev glad igen och de skulle fortsätta vara väninnor och alla skulle leva lyckliga i alla sina dagar.

Hon hade nästan glömt var hon befann sig när hon hörde rösten från fåtöljen igen.

"Jag ber om ursäkt för att jag tog till så med orden för att få dig att komma hit, men som jag sa så är det viktigt. Det är för din egen skull."

Hon log igen och Monika kände sig lätt illamående.

"Jag bad dig att komma för att jag vill hjälpa dig. Det kanske inte känns så just nu, men en dag kommer du att förstå."

"Vad är det du vill?"

Kvinnan i stolen rätade på ryggen och hennes ögon blev till springor.

"Din tunga far efter fördärv, den är lik en skarp

rakkniv du arglistige. Du älskar ont mer än gott, lögn mer än att tala vad rätt är, du falska tunga."

Monika knep ihop ögonen och öppnade dem igen. Det hjälpte inte. Det här hände verkligen.

"Va?"

"Därför skall Gud störta dig ned för alltid, han skall gripa dig och rycka dig ut ur din hydda och utrota dig ur de levandes land."

Monika svalde. Allting snurrade. Hon lutade sig mot dörrkarmen för att få stöd.

"Jag försöker bara rädda dig. Vad är det hon heter, änkan som bor här tvärs över? Som du ljuger för."

Monika svarade inte. Under ett ögonblick virvlade tanken iväg och hon konstaterade bara vilken fantastisk uppfinning alprazolam var. Som kom till ens undsättning när alla problem vägrade att lösa sig trots att man gjort allt som stod i ens makt.

Kvinnan fortsatte när hon inte fick något svar.

"Jag behöver inte hennes namn. Jag vet ju var hon bor."

"Jag förstår inte vad du har med det här att göra."

"Inget förmodar jag. Men Gud har."

Kvinnan var galen. Hon fortsatte att betrakta Monika, höll henne som fastnaglad. Hon kände tydligt hur blicken letade sig in, fintade bort hennes utmattade försvar och tog sig ända fram till pudelns kärna.

Pudelns kärna. Vilket jävla uttryck!

Hon hörde plötsligt att någon fnittrade och insåg till sin förvåning att det var hon själv. Monstret i stolen ryckte till och stirrade på henne.

"Vad är det som är så roligt?"

"Inget, jag stod bara och tänkte på en sak och så kom jag att tänka på din hund och tänkte att... men det var ingenting."

Någon skrattade igen men sedan blev det tyst. Någots verkliga innebörd. En gäst från helvetet förklädd till pudel.

När vidundret började prata igen lät det ilsket på rösten, som om någon hade förolämpat det.

"Jag ska inte trötta dig med några detaljer för jag ser ju med egna ögon att du inte är särskilt intresserad, men du ska veta att jag gör det här för din skull. Jag ska fatta mig kort och ge dig tre alternativ. Det första är att du självmant erkänner för änkan som bor på andra våningen här tvärs över att du har farit med osanning och tar hit henne så att jag får höra det med egna öron.

Andra alternativet är följande. Nånstans i tryggt förvar ligger ett brev som jag har skrivit. Om du inte självmant erkänner kommer det brevet om en vecka att överlämnas till henne och när hon läser det kommer hon att få veta att det var du som övertalade hennes man att byta bil med dig på vägen hem från kursen."

Ett litet hål lyckades rädslan slå upp, men bara ett litet. Än så länge var hon fortfarande någorlunda säker. Tabletterna låg i handväskan, men hon hade redan överskridit dosen. Flera gånger om.

"Tredje alternativet är att du sätter in en miljon kronor på Rädda Barnens postgirokonto. Och att du kommer hit och ger mig insättningskvittot som bevis."

Monika stirrade på henne. Den exakta summan och konkreta ordern karvade fram det som trots vansinnet tydligen var verklighet. Alldeles klart uppfattade hon hela dess orimliga innebörd.

"Är du inte klok? Jag har inte så mycket pengar."

Monstret vände bort huvudet och såg ut genom fönstret. Hakorna gungade när hon fortsatte.

"Nähä. Då får det bli nåt av dom andra alternativen då."

Porten slogs upp på vid gavel. Hon slet upp handväskan och rotade fram förpackningen, såg i ögonvrån att Monstret betraktade henne men det spelade ingen roll, hon tappade metallkartan på golvet och höll på att falla omkull när hon försökte ta upp den.

"Du kan väl fundera ett par dar och låta mig få veta hur det blir. Men det är bråttom. Man ska inte missbruka Herrens nåd."

Monika vacklade ut i hallen och svalde tabletterna. Tog stövlarna i handen och satte sig i trapphuset och drog dem på sig. Hon höll sig i trappräcket på vägen ner och till slut hittade hon utgången genom källaren. På något sätt måste hon köpa sig tid. Bara få allt att stå still tillräckligt länge för att ge henne en möjlighet att tänka och få ordning på allt som hade blivit så fel, än en gång glidit henne ur händerna. Kvinnan var galen och ingick på något vis i det nät som hade snärjt henne och nu måste hon hitta en väg ut ur allting som inte längre gick att begripa sig på.

Så kände hon hur alprazolamet letat sig fram till de rätta receptorerna i hjärnan och hon stannade upp och tillät sig ett ögonblicks välbehag. Njöt av befrielsen när allting i en underbar förvandling inte var så viktigt längre, då allt skarpt bäddades in i något mjukt och hanterbart som inte kunde göra henne illa mera.

Hon stod alldeles stilla, bara drog in luft i lungorna och andades. Bara andades.

Solen hade tittat fram. Hon slöt ögonen och lät strålarna leka över hennes ansikte.

Allting skulle bli bra. Allting var ganska bra. Xanor och Rädda Barnen. Allting var till välgörande ändamål. Ungefär som donationsfonden som hon ansvarade för på kliniken. Som skulle gå till Behjärtansvärda hjälpinsatser för krigsskadade barn. Varje år hjälpte de hundratals barn världen över. Det var fantastiskt, de räddade dem, räddade barnen. Rädda Barnen. Ha! När hon nu tänkte på det så var det ju nästan samma sak. Och ingen skulle hinna märka något, det fanns ju så mycket på det där donationskontot. Hon skulle bara kunna låna lite av pengarna som en akut åtgärd tills hon hann lösa problemet på annat sätt. Kontonumret hade hon i plånboken och banken var öppen. Det var ju för Pernillas skull också, det fick hon inte glömma, så att hon inte skulle bli sviken och lämnad och alldeles ensam. Pernilla behövde henne. Tills hon hade hittat en likvärdig ersättare för Mattias så var Monika den enda Pernilla hade. Och Monika hade försäkrat på heder och samvete att hon skulle sträva efter att tjäna sina medmänniskor med humanitet och vördnad för livet som rättesnöre, och nu hade hon ett liv att rädda. Det var hennes plikt att göra allt hon kunde.

Det var väl bara det att hon för tillfället inte kunde erinra sig vems liv det var som hon den här gången egentligen behövde rädda.

34

MAJ-BRITT SATT på en stol alldeles innan-
för ytterdörren. Den stod lite på glänt och
genom springan hade hon sett några av sina gran-
nar gå förbi under morgontimmarna. Skyndat ner
för trapporna och ut i den värld som hon lämnat
för så många år sedan. Hon drog in luften som
strömmade in där utifrån och gjorde sitt bästa för
att försöka vänja sig.

Ellinor hade varit och köpt henne ett par uteskor
och de satt redan på hennes fötter, men någon
jacka som passade hade Ellinor inte hittat. Den
behövde specialbeställas hade de sagt och så
länge kunde Maj-Britt inte vänta. Det hon skulle
göra måste hon få gjort så snart som möjligt,
innan modet svek henne igen.

Ellinor hade fortsatt med sina övertalnings-
försök men till slut hade hon tvingats ge upp.
Fått inse det lönlösa i att försöka övertala någon

som lagt all sin längtan bakom sig att genomgå en massa komplicerade operationer, allt för att få behålla ett liv som egentligen tagit slut för länge sedan.

Inte med ett ord hade Maj-Britt berört sina planer. Ellinor var fullkomligt ovetande om förhandlingarna som pågick med Gud. Att Maj-Britt var i färd med att gottgöra sina synder för att hinna bli förlåten. För att sedan våga dö.

Monika hade inte velat förstå. Maj-Britt var osäker på hur hon hade reagerat. Men det gjorde inte så mycket. Vad Monika än bestämde sig för att göra så skulle det innebära att Maj-Britt utfört en god gärning. Antingen skulle hon rädda Monika undan helvetet genom att få henne att sluta ljuga, eller, om Monika valde att betala istället, skulle det vara Maj-Britts förtjänst att Rädda Barnen kunde hjälpa ett antal barn till ett drägligare liv.

En liten motvikt.

Det skulle visserligen inte räcka, men Gud hade antytt att det något skulle mildra den förödande dom som väntade henne.

Men förlåten var hon inte.

En sak till måste hon göra. För det var inte bara Monika som hade ljugit.

426

Därför satt hon nu vid sin ytterdörr och kikade ut genom springan och försökte övervinna sig själv. För att med myrsteg närma sig det oerhörda som hon stod i begrepp att göra.

Breven hon skrivit.

För att våga lämna livet måste lögnerna tas tillbaka, och hon behövde se Vanja med egna ögon för att verkligen förvissa sig, vara säker på att hon fick hennes förlåtelse. Och så ville hon veta. Frågan malde ständigt i henne hur Vanja hade kunnat känna till svulsten som växte i hennes kropp och som hon inte ens själv visste om.

Hon hade funderat på att skriva ett brev i alla fall, trots att Vanja skrivit att hon inte tänkte berätta något vare sig per brev eller telefon. Men om hon så bara var hälften så envis som hon varit som ung så skulle det vara lönlöst att ens försöka.

Maj-Britt måste övervinna sig själv och göra det här.

Sedan var det bara Monika Lundvalls erkännande inför änkan eller kvittot på insättningen till Rädda Barnen som saknades. När hon väl fått beviset skulle hon inte dra ut på döendet så länge som sex månader. Då skulle hon se till att det gick bra mycket snabbare.

Det var Ellinor som hade ordnat med allt. Maj-Britt hade för första gången lyft telefonluren och använt sig av det mobilnummer som Ellinor lämnat på hennes nattduksbord. Och Ellinor hade blivit entusiastisk. Lånat en tillräckligt stor bil och ringt och förhört sig om besöksrutiner. Berättat för Maj-Britt att den hon talat med nästan låtit glad över hennes förfrågan. Svarat att jo då, Vanja Tyrén fick ta emot besök och till och med göra det obevakad och att hon skulle boka ett av besöksrummen.

Själv hade Maj-Britt haft fullt upp med att försöka förbereda sig, i två dygn hade hon försökt förstå vad det var hon stod i begrepp att göra, och att hon faktiskt tänkte göra det helt frivilligt. Att hon inte ens skulle kunna skylla på Ellinor om det gick fel.

Det var ett overkligt ögonblick när de stod beredda innanför ytterdörren. Nästan som om hon drömde. Saba stod en bit in i hallen och tittade på dem när de gick ut genom ytterdörren, försökte inte ens följa med eftersom den vägen inte betydde ut för henne. För henne var den en förunderlig öppning ur vilken folk dök upp med jämna mellanrum för att sedan gå upp i rök igen. Men nu stod hennes matte där på andra sidan, och tydligen gjorde det henne orolig. Saba gick fram alldeles till tröskeln och blev stående och gnällde och Ellinor satte sig på huk och strök henne över ryggen.

"Vi kommer snart tillbaka ser du. Ikväll är hon tillbaka igen."

Och med varje cell i sin väldiga kropp önskade Maj-Britt att det skulle vara kväll redan här och nu så att hon kunde få gå tillbaka in igen.

Staden var förändrad. Så mycket hade hänt sedan sist hon såg den. Ny bebyggelse hade skjutit upp ur fredade grönområden och välbekanta kvarter och förvandlat hennes hemort till en främmande plats. Växt hade den också gjort. Hela bostadsområden hade brett ut sig över de skogsklädda kullarna vid infarten från söder och förflyttat stadsgränsen flera kilometer. Hon hade inte lämnat orten på över trettio år och ändå var den henne helt obekant. Hennes ögon försökte förtvivlat ta in alla intryck, men till slut gav hon upp och var tvungen att blunda en stund för att få en möjlighet att hinna ikapp. Tankarna på Vanja var ständigt närvarande. Hur hon skulle reagera. Om hon var arg på henne. Men alla synintryck hjälpte henne att för stunden skingra den värsta nervositeten.

Hon slumrade till en stund. Visste inte hur länge de varit på väg när hon vaknade av att motorn slogs av. De befann sig på en parkerings-plats. Hon slängde en hastig blick mot bebyggelsen i närheten, uppfattade vita hus innanför höga stängsel men orkade inte se mer. Hon hade så gott hon förmått försökt förbereda sig på upp-märksamheten som hon visste att hennes uppenbarelse skulle väcka, men nu när stunden var inne blev olusten henne övermäktig. Modet svek henne igen. Bara tanken på att behöva visa sig för Vanja räckte. Fläka ut hela sitt gigantiska miss-lyckande. Det värkte i halsen och tårar tvingade sig fram men hon var inte i stånd att försöka dölja dem fastän hon kände att Ellinor tittade. Fasan hon kände inför att ta sig ut ur bilen och behöva visa sig där inne bland okända människor var lika stark som den hon känt när hon gjort sin tum-vers och Han lämnat sin dom. Hela hennes kropp skakade.

"Det är ingen fara Maj-Britt."

Ellinors röst var lugn och trygg.

"Det är en stund kvar tills vi ska gå in så vi sitter bara här lite så länge. Sen följer jag med dig och ser till att allt är i sin ordning innan jag lämnar er ensamma."

Och hon kände att Ellinor tog hennes hand och att hon lät det ske, grep själv tag om den späda handen och kramade den hårt. Av hela sitt hjärta önskade hon att bara ett litet, litet ynka uns av den självklara styrka som bodde i Ellinor kunde föras över till henne. Ellinor som inte gett upp. Som med sin envishet mot alla odds lyckats ta sig in och övertyga henne, bevisat att det fanns något som hette välvilja. Som inte krävde något i gengäld.

"Det är dags nu Maj-Britt. Besökstiden börjar nu."

Hon vred på huvudet och möttes av Ellinors leende. Och till sin förvåning såg hon att hennes ögon var fulla av tårar.

Maj-Britts nya skor gick på våt asfalt. Spetsarna sköt fram under klänningsfållen med jämna mellanrum men ingenting annat orkade hon se. Nederkanten på en dörr som öppnades, en tröskel, en svart dörrmatta, gulbrunt linoleumgolv. Ellinor som talade med någon. Rasslet från nycklar. Svarta herrskor i änden av mörkblå byxor framför henne och mer gulbrunt linoleumgolv. Några stängda dörrar längs väggarna i synfältets utkant.

Inte en enda gång lyfte hon blicken men ändå anade hon alla ögon som förföljde henne.

Herrskorna stannade och en dörr öppnades.

"Vanja kommer alldeles strax. Ni kan gå in och vänta så länge."

En ny tröskel och hon lyckades övervinna den också. Så var de tydligen framme. De svarta herrskorna försvann ut genom dörren och bit för bit höjde hon blicken för att förvissa sig om att de var ensamma.

Ellinor hade stannat alldeles innanför dörren.

"Är du okej?"

Maj-Britt nickade. Hon hade tagit sig dit och försökte hämta styrka ur triumfen. Men utmaningen hade kostat på, benen ville inte längre och hon gick fram till ett bord med fyra stolar som såg tillräckligt bastanta ut för att orka bära hennes tyngd. Hon drog ut en av dem och sjönk ner.

"Då väntar jag där ute så länge."

Maj-Britt nickade igen.

Ellinor tog steget ut över tröskeln men där stannade hon och vände sig om.

"Vet du Maj-Britt, jag är så himla glad för att du gör det här."

Och så var hon ensam. Ett litet rum med neddragna persienner, en enkel soffgrupp, bordet hon satt vid och några tavlor på väggen. Ljuden fortsatte strömma in utifrån korridoren. En telefon som ringde, en dörr som slog igen. Och snart skulle Vanja komma. Vanja, som hon inte hade sett på trettiofyra år. Som hon tyckt hade övergivit henne och som hon själv nu hade ljugit för. Hon hörde steg som närmade sig i korridoren och hennes fingrar kramade hårdare om bordsskivan. Och så i nästa stund stod hon i dörren. Maj-Britt kände hur hon ofrivilligt drog efter andan. Mindes fotot från bröllopet, Vanja som brudtärna, insåg hur fel hon tänkt. I dörren stod en åldrad kvinna. Det mörka håret förvandlat till silver och ett finmaskigt nät av rynkor i det ansikte som hon en gång känt så väl. Begreppet tid plötsligt åskådliggjort. I ett enda slag så påtagligt att allt det där självklara som ständigt passerade krävde sin tribut, ständigt ristade sina årsringar vare sig man tog den i bruk eller inte.

Men det var Vanjas ögon som nästan tog andan ur henne. Hon mindes den Vanja hon känt, alltid med glimten i ögonvrån och ett litet spefullt leende på läpparna. Den kvinna hon såg framför sig bar en oändlig sorg i sin blick, som om hennes ögon tvingats se mer än vad de mäktade med. Ändå log hon, och i ett kort ögonblick skymtade den Vanja fram som hon en gång känt. Svepte förbi i det främmande ansiktet.

Inte med en min avslöjade hon vad hon tänkte när hon såg Maj-Britts uppenbarelse.

Inte med en min.

Vakten stod kvar vid dörren och Vanja såg sig om i rummet.

"Du Bosse, kan man inte dra upp persiennerna lite? Det är ju knappt ledsyn här inne."

Vakten log och la handen på dörrhandtaget.

"Jag är ledsen Vanja, dom måste vara så där."

Han stängde dörren om dem, men Maj-Britt hörde aldrig om han låste. Det verkade inte så. Vanja gick fram till fönstren och försökte vinkla persiennerna men det lyckades inte. De satt som de satt. Hon gav upp och blev stående och såg sig omkring igen. Gick fram till en tavla och lutade sig fram, tittade lite noggrannare. En vy över ett skogsbeklätt landskap.

Så vände hon sig om igen och svepte med blicken över rummet.

"Tänk som jag har undrat i alla år hur det ser

ut här nere i besöksrummen."

Maj-Britt satt tyst. I alla år. I sexton år hade Vanja gått och undrat.

Vanja kom fram till bordet och drog ut stolen mitt emot henne, såg nästan lite blyg ut när hon satte sig ner. Maj-Britt var omtumlad. Så omtumlad att nervositeten hade lämnat henne. Det var ändå Vanja som satt där. Gömd någonstans i den främmande kroppen fanns den Vanja hon en gång känt. Det fanns inget att vara rädd för.

De satt och såg på varandra en lång stund. Alldeles tysta, som om de sökte av varandras anletsdrag i jakt på bekanta detaljer. Sekunder och minuter tickade förbi i overksamhet och Maj-Britts oro gav vika helt och hållet. För första gången på mycket, mycket länge kände hon sig alldeles lugn. Den fristad som hon under hela uppväxten upplevt fanns runtom Vanja var intakt, det gick att slappna av där, sluta försvara sig. Och hon tänkte på Ellinor igen. Hur hon hade fått kämpa för att nå ända in.

Det blev Vanja som bröt tystnaden.

"Tänk om nån hade sagt det till oss då, att vi skulle sitta här idag. I ett besöksrum på Vireberg."

Maj-Britt sänkte blicken. Allt som runnit ur

henne gav plats för något annat. Insikten att så mycket tid gått förlorad. Och att allt nu hade hunnit bli för sent.

"Har du varit hos nån doktor än?"

Som om Vanja kunnat höra vad hon tänkte.

Maj-Britt nickade.

"När ska du opereras?"

Maj-Britt tvekade. Hon tänkte inte ljuga mer. Men hon kunde heller inte säga som det var.

"Hur kunde du veta?"

Vanja log lite.

"Visst var jag smart? Som tvingade dig att komma hit fastän jag redan berättat det, det gjorde jag ju redan i första brevet. Men vad gör man inte för att få se hur det ser ut i besöksrummen."

Samma gamla Vanja, inget tvivel om den saken. Men vad hon menade förstod inte Maj-Britt. Hon försökte dra sig till minnes vad där stått i brevet, men inte hade Vanja skrivit det? Det skulle Maj-Britt definitivt ha kommit ihåg.

"Vadå redan berättat?"

Vanjas leende blev större. Återigen glimtade hennes Vanja förbi. Den Vanja som delade så många av hennes minnen.

"Jag skrev ju att jag drömde om dig, gjorde jag inte det?"

Maj-Britt stirrade på henne.

"Vad menar du?"

"Jag bara säger som det är. Att jag drömde det. Det var ju klart jag inte var spiksäker men jag hade ingen lust att chansa."

Maj-Britt hörde hur hon fnös men det hade egentligen inte varit meningen. Förklaringen kom bara så oväntat och var så osannolik att den inte gick att ta på allvar.

"Vill du att jag ska tro på det?"

Vanja ryckte på axlarna och plötsligt var hon sig så lik. Något i minen hon gjorde. Ju mer Maj-Britt såg på henne desto mer kände hon igen henne. Det var bara tid som gått förbi och slitit lite på fodralet.

"Du får tro vad du vill, så var det i alla fall. Har du nån bättre förklaring som du hellre vill tro på så gärna för mig."

Maj-Britt blev plötsligt arg. Hon hade kommit hela den här vägen, övervunnit sig själv flera gånger om för att ta sig dit, allt för att få höra det här. Och så mindes hon plötsligt att hon kommit för att be om ursäkt också, men det hade hon ingen lust med längre. Inte när Vanja satt och drev med henne.

Det blev tyst länge. Vanja tänkte tydligen varken ta tillbaka vad hon hade sagt eller utveckla förklaringen och Maj-Britt ville inte fråga mer.

Det skulle kunna tas som en acceptans av det hon nyss fått höra och det tänkte hon verkligen inte bidra till. Verkligen inte. Hon hade varit så säker på att förklaringen skulle bli tillfredsställande på något vis, vad hon exakt hoppats på visste hon egentligen inte, det hela hade ju varit så förvirrat, så fullständigt obegripligt. Men det här var värre än förvirringen, det här ville hon inte ens veta. Särskilt inte när hon inte ens i sin vildaste fantasi kunde komma på någon bättre förklaring.

”Jag vet hur det känns, jag blev själv rädd i början. Men sen när jag vande mig insåg jag att det ju egentligen är ganska fantastiskt. Att det kan finnas sånt som vi inte vetat om.”

Maj-Britt kände verkligen inte så. Tvärtom skrämde det henne. Om Vanja hade rätt kunde det ju finnas en massa saker som hon inte kände till. Men Vanja verkade det inte bekomma. Hon satt helt lugnt och petade på det bruna servettstället som stod på bordet mellan dem.

Och så fortsatte hon samtalet, som om det de just sagt inte varit något särskilt.

”Jag har beviljats nåd av regeringen. Om ett år blir jag frigiven.”

Maj-Britt var tacksam över att samtalet gick över i något konkret.

"Gratulerar."

Nu var det Vanjas tur att fnysa. Det lät inte elakt, bara som ett bevis på hur hon kände.

"Det var inte jag som skickade in ansökan utan några ur personalen."

"Men det var väl bra, var det inte det?"

Vanja satt tyst en stund.

"Minns du vad du gjorde för sexton år sen?"

Maj-Britt tänkte efter. Nittonhundraåttionio. Hon hade förmodligen suttit i fåtöljen. Eller kanske i soffan för det hade hon kunnat göra på den tiden.

"Sen dess har jag i alla fall varit inlåst här. Men egentligen bytte jag bara ett fängelse mot ett annat, och jag kan försäkra dig att i början var det här rena paradiset i jämförelse. Om det inte varit för allt man hann tänka när det inte bara handlade om att försöka ta sig igenom dagen utan att råka göra honom arg. Eller vad det nu var han var."

Vanja såg ner på sina händer som vilade på bordet.

"Ett fängelsestraff är egentligen samma sak som böter, det är bara det att man betalar med tid istället. Och den stora skillnaden är att pengar kan man alltid skaffa nya."

Maj-Britt valde att sitta tyst.

"Det går inte att överleva här inne om man inte lär sig att se på tiden på ett annat sätt än man gjort innan. Man måste försöka övertyga sig själv om att den egentligen inte finns. Sitter man instängd här får man ta sig till en annan plats för att orka."

Hon knackade med pekfingret mot sitt silvriga huvud.

"Hit in. Klockan åtta varje kväll låser dom dörren och efter det är man ensam med sina tankar. Och jag lovar dig, vissa av dom skulle man göra vad som helst för att slippa tänka. Första åren gjorde det mig skräckslagen, jag trodde jag skulle bli galen. Men sen, när jag inte orkade kämpa emot längre utan gav med mig…"

Hon lämnade meningen oavslutad och Maj-Britt väntade otåligt på fortsättningen. Men Vanja satt tyst, tittade bara tomt ut i rummet och verkade ha talat färdigt. Men Maj-Britt ville höra mer.

"Vad hände då?"

Vanja tittade på henne som om hon glömt bort att hon var där men blev glad av att se henne.

"Då inser man att man hör ganska mycket om man bara vågar lyssna."

Maj-Britt svalde. Hon ville tala om något annat nu.

"Vad ska du göra när du kommer ut?"

Vanja ryckte på axlarna. Så vred hon på huvudet och blev sittande med blicken mot tavlan hon synat tidigare. Det skogsklädda landskapet.

"Vet du att det finns egentligen bara en enda sak som jag vet att jag längtar efter därute. Vet du vad det är?"

Maj-Britt skakade på huvudet.

"Att få cykla, på en grusväg, genom en skog. Helst i stark motvind."

Hon såg på Maj-Britt igen. Log nästan generat. Som om hennes längtan framstod som fånig.

"Det kanske är svårt för er därute att förstå hur man kan längta så mycket efter en sån sak. Ni som kan göra det varje dag om ni vill."

Maj-Britt såg ner i bordsskivan. Hon kände att hon rodnade och ville inte visa det för Vanja. Hennes sanning var ett hån i sammanhanget. Sexton år hade Vanja betalat. Själv hade hon slängt bort trettiotvå alldeles frivilligt. Inte en grusväg hade hon varit i närheten av. Inte en skog. Och hade det blåst lite hade hon dragit igen balkongdörren. Hon hade självmant trätt in i sitt fängelse och kastat bort nyckeln och som om det inte hade varit tillräckligt hade hon låtit kroppen få bli en slutgiltig boja.

"Ingen regering kan bevilja mig nån nåd."

Maj-Britt rycktes upp ur sina tankar när hon drabbades av sorgen i Vanjas röst.

"Vad menar du?"

Men Vanja svarade inte. Satt bara tyst och tittade på tavlan. Maj-Britt kände plötsligt att hon ville trösta, förmildra, för en gång skull vara den som fanns till för Vanja istället för tvärtom. Hon sökte ivrigt efter ord.

"Men det var ju inte ditt fel det som hände."

Vanja suckade djupt och drog händerna genom håret.

"Om du visste vad det har varit lockande under alla dom här åren att få gömma sig bakom den lösningen, att ingenting av det som hände var mitt fel. Få skylla allt på Örjan och det han gjorde."

Maj-Britt blev ännu ivrigare.

"Men det var ju hans fel!"

"Det han gjorde var vidrigt, oförlåtligt. Men det var inte han som …"

Vanja avbröt sig och blundade.

"Tänk efter alla dessa år så kan jag fortfarande inte säga det. Inte utan att det värker i hela kroppen."

"Men det var ju han som drev dig till det, han

som fick dig att göra det. Han fick dig ju att tro att det inte fanns nån annan utväg. Du skrev ju själv och förklarade i brevet jag fick."

"Vi pratar om år. År när jag stannade och lät det ske. Det började långt innan barnen kom. Jag hade till och med skrivit en artikel om det en gång, att man ska gå redan efter första slaget."

Hon satt tyst en stund.

"Jag vet inte om nån kan förstå hur mycket jag skämdes över att jag tillät det ske."

Vanja drog handen över ansiktet. Maj-Britt ville säga något men hittade inga ord.

"Vet du vad mitt största misstag var?"

Maj-Britt skakade sakta på huvudet.

"Att jag istället för att gå till slut valde att se på mig själv som ett offer. Det var då jag lät honom vinna, det var ju som att gå över på hans sida och ge honom rätt att bete sig som han gjorde, för ett offer har ju bara att foga sig, det kan ju själv inte göra nåt åt sin situation. Jag förmådde helt enkelt inte bryta mönstret, jag hade ju vant mig redan från början hemifrån."

Maj-Britt tänkte på Vanjas hem. Det hon upplevt som en fristad från Guds stränga blick och där det alltid rådde en salig röra. Att Vanjas far var full ibland det visste alla, men han var oftast

443

glad och skrämde henne aldrig. Det var väl mest hans fåniga skämt som kunde vara tjatiga. Vanjas mamma såg man sällan till. Hon befann sig oftast bakom den stängda sovrumsdörren och de brukade smyga förbi den för att inte störa.

"Pappa slog aldrig mig men han slog mamma, och det var nästan samma sak."

Vanja såg mot tavlan igen och det blev tyst en stund innan hon fortsatte.

"Man visste aldrig vem det var som kom hem när man hörde ytterdörren öppnas. Om det var pappa eller den där andra som såg likadan ut men som man inte kände. Men han behövde bara öppna munnen och säga ett enda ord för att man skulle förstå."

Maj-Britt hade inte vetat. Vanja hade aldrig med ett ord antytt vad som pågick i hennes hem.

"Man får inte glömma att Örjan växte upp på samma sätt som jag, med en far som slog och en mor som tog emot. Så numera frågar jag mig alltid var allting egentligen har sin början. Det blir lite lättare då, lite lättare att orka förstå varför folk kan göra sånt som aldrig kan förlåtas."

Det blev tyst i rummet. Solen hade hittat fram till rummets fönster och letat sig in mellan de smala springorna i persiennlamellerna. Maj-Britt betraktade randmönstret på den motsatta väggen. Så tog hon ett djupt andetag för att våga ställa frågan som hon kände att hon ville ställa.

"Är du rädd för att dö?"

"Nej."

Vanja hade inte ens tvekat.

"Är du?"

Maj-Britt sänkte blicken och såg på sina händer i knät. Så nickade hon sakta.

"Jag brukar tänka så här. Varför skulle det vara mer skrämmande att dö än att vara ofödd? För egentligen är det ju samma sak, bara att våra kroppar inte finns till här på jorden. Att dö är ju bara att återgå till det vi var innan."

Maj-Britt kände hur tårarna trängde fram. Så gärna ville hon finna tröst i Vanjas ord men det gick inte. Hon måste hinna återgälda, det var hennes enda möjlighet. Och med ens mindes hon vad det var hon kommit dit för att göra. För att inte låta någon tvekan hinna övermanna henne började hon berätta. Förskönade inget och ute lämnade inget utan satte ord på hela sin bedrövliga sanning. Hur det hade varit. Vad hon hade gjort.

Vanja satt tyst och lyssnade. Lät Maj-Britt ostört avge hela sin bekännelse. Bara en sak förmådde Maj-Britt inte erkänna och det var planen hon hade för avsikt att genomföra. Skuldförbindelsen hon höll på att betala av.

För att våga.

Vanja satt i tankar när Maj-Britt tystnat. Solen hade dragit sig tillbaka och persiennränderna på väggen suddats ut. Maj-Britt kände hjärtat slå. För varje minut som gick blev Vanjas tystnad alltmer hotfull. Maj-Britt var så rädd för vad hon skulle säga, hur hon skulle reagera. Om Vanja också fördömde henne och inte godtog hennes ursäkt. Det var inte bara lögnerna. Nu när Maj-Britt insett Vanjas förlust var hennes eget livsval en ren kränkning. Till sin förskräckelse insåg hon att hon bar ännu en skuld.

"Vet du Majsan, jag tror inte du nånsin förstod hur viktig du var för mig under alla dom där åren, hur mycket det betydde för mig att jag hade dig."

Maj-Britt avbröt sig mitt i ett andetag. Det tvära kastet fick henne att tappa hakan.

"Jag var så ledsen när du slutade höra av dig utan att tala om vart du tog vägen. Jag tänkte först att jag kanske råkat göra dig arg på nåt sätt men jag kunde för mitt liv inte begripa vad det skulle ha varit. Jag skrev ett brev till dina föräldrar och frågade var du fanns nånstans men jag fick aldrig nåt svar. Och sen gick tiden och … ja, det blev som det blev allting."

Det Vanja sagt var så häpnadsväckande att Maj-Britt inte fann ord. Att *hon* skulle ha varit viktig för Vanja. Det hade ju varit precis tvärtom. Vanja hade varit den starka av dem, den som hade varit behövd. Maj-Britt hade varit den behövande. Så hade det alltid varit.

Vanja log mot henne.

"Men jag slutade aldrig att tänka på dig. Det var säkert därför drömmen kändes så stark."

De satt tysta en stund och såg på varandra. Så mycket tid och så lite förändrat. Egentligen.

"Kan inte du och jag göra nåt tillsammans när jag kommer ut?"

Maj-Britt ryckte till vid hennes ord men Vanja fortsatte.

"Du är den enda jag känner där ute."

Frågan var så oväntad och tanken så omtumlande att hon hade svårt att ta den till sig. Det Vanja sagt innebar så mycket mer. Det slog upp stora hål i Maj-Britts fast förankrade bild av hur allting var och till slutet skulle fortsätta att vara. Att Vanja över huvud taget ville ha med henne att göra, nästan behövde henne, alldeles självmant undrade om de inte kunde göra något tillsammans den dag då det blev möjligt.

Men det *var* inte möjligt. Skulle aldrig bli. Den dag Vanja skulle ha möjlighet att göra något skulle Maj-Britt inte finnas mer. Hon hade ju bestämt sig.

"Jag har ett år kvar här inne och jag tror att jag har nåt viktigt att göra under det året."

Göra något tillsammans. En liten störande möjlighet hade öppnats men hon skulle ju avsluta det här. Allting var ju ändå så fullständigt meningslöst. Hon försökte hitta ut ur sina tankegångar och lyssna på vad Vanja sa men de irrade hit och dit och slog in på små okända avfarter som inte hade funnits förut. Smet olovandes in på de nya stigarna och prövade försiktigt hållbarheten.

Vanja och hon?

Försöka ta igen lite av vad de förlorat.

Inte vara ensam mer.

"Jag vet inte vad det är än men jag hoppas att jag förstår det när det dyker upp."

Hon försökte koncentrera sig på vad Vanja sa.

"Förlåt, jag hörde inte riktigt, vad är det du ska göra?"

"Det är det jag inte vet. Bara att det är nåt

viktigt. Det kan vara så att det är nån som behöver min hjälp."

Maj-Britt insåg att hon måste ha missat något som Vanja sagt.

"Hur kan du veta det?"

Vanja log men svarade inte. Maj-Britt kände igen minen. Den hon haft så många gånger under deras uppväxt och som alltid gjorde Maj-Britt som allra mest nyfiken.

"Det är nog ingen idé att jag berättar det. Du tror mig ju ändå inte."

Maj-Britt frågade inget mer för hon insåg vartåt det barkade. Några fler sanndrömmar ville hon inte höra talas om. Allting var nog förvirrande som det var.

Det knackade på dörren. Mannen som kommit med Vanja stack in huvudet.

"Nu är det fem minuter kvar."

Vanja nickade utan att vända sig om och dörren stängdes igen. Så sträckte hon ut sin hand och la den på Maj-Britts.

"Behåll du din stränga Gud om du vill, fastän han skrämmer dig från vettet. Nån dag ska jag berätta en hemlighet för dig, vad som hände den gången när jag ville dö och nästan dog i lågorna. Men kan du inte ens tro på en sketen liten sanndröm så är det nog lite för tidigt än."

Vanja log men Maj-Britt förmådde inte le tillbaka och kanske uppfattade Vanja hennes vånda. Hon strök med sin hand över hennes.

"Du behöver inte vara rädd, för det fanns inget där att vara rädd för."

Och så log hon det där leendet som Maj-Britt kände så väl och som hon först nu insåg hur mycket hon hade saknat. Hennes Vanja som alltid lyckades göra henne bättre till mods, som med sin oräddhet hjälpt henne genom barndomen och alltid fått henne att se saker från ett annat håll. Om hon bara fick en chans att göra om, göra allting annorlunda. Hur hade hon kunnat tillåta att Vanja försvann ur hennes liv? Hur hade hon kunnat lämna henne?

Du behöver inte vara rädd, för det fanns inget där att vara rädd för.

Hellre än något annat skulle hon vilja kunna dela Vanjas förvissning. Lämna alla rädslor bakom sig och en gång för alla våga välja livet.

"Å vad jag önskar att jag kunde tro som du."

Och Vanjas leende växte sig ännu bredare.

"Kan du inte bara nöja dig med ett litet kanske?"

Saba stod och väntade innanför dörren när hon kom hem. Maj-Britt gick raka vägen in till telefonen och slog Monika Lundvalls nummer.

Signal efter signal ekade fram över den tomma linjen innan hon tvingades inse att ingen skulle svara.

EPILOG

DET HADE FALLIT snö under natten. Världen låg dold under ett tunt vitt täcke. Åtminstone den del av världen som hon fortfarande hade möjlighet att se. Hon hade sopat bort lite av snön på en bänk och satt och såg på sin vita andedräkt.

En natt.

En natt hade hon klarat sig igenom och nu återstod det bara etthundrasjuttionio nätter till och så lika många dagar. Sedan skulle hon vara fri. Fri att göra vad hon ville. Om etthundrasjuttionio dagar och lika många nätter skulle hon ha avtjänat samhällets straff för det brott hon begått och hon skulle återfå sin frihet.

Frihet. Ordet hade dittills i hennes liv varit så självklart att hon aldrig ens funderat över dess verkliga innebörd. Kanske var det med frihet som med allting annat som togs för givet. Att det var först i förlusten som förmågan uppstod att på djupet förstå dess egentliga värde.

Hon hade varit så avundsvärd. Välbetald chefs-läkare med exklusiv tjänstebil och lyxig lägen-het. Ett liv fyllt av åtråvärda framgångssymbo-ler. Det allmänt vedertagna beviset för att hon var en lyckad människa, en som betydde något. Men varje trappsteg hon tagit för att höja sig över medelmåttan hade avlägsnat henne från friheten, för ju mer hon fick att försvara, desto räddare hade hon blivit för att förlora det hon lyckats åstadkomma.

Nu hade hon förlorat allt. I ett enda slag hade allt det framgångsrika som hon med sådan möda byggt upp slagits i spillror, och var lika oåterkalle-ligt borta som om det aldrig ens hade existerat. Så var det då verkligen framgång, om det så lätt kunde berövas henne? Hon visste inte längre. Visste egentligen ingenting. Allt som återstod inuti var ett tomrum som hon inte förstod hur hon någonsin mer skulle kunna fylla. Den dag hon en gång för alla skulle tvingas se tillbaka på sitt liv, på allvar se det i vitögat, vad var det då hon skulle finna varit av verkligt värde? Äkta och genuint. Skulle hon tvingas se bakåt i denna stund fanns det bara två saker. Den genomgripande sorgen efter Lasse, och den svindlande kärleken till Thomas. Men ingen av de omvälvande upplevelserna hade hon tillåtit sig. Hon hade stängt av, allt för att upprätthålla skenet. Låtit sig urholkas så att hon till slut levt som en skuggmänniska. Hon hade hunnit så mycket. Oj, vad hon hade hunnit och oj, vad hon hade ansträngt sig.

Ändå hade hon missat allt.

Grov trolöshet mot huvudman.

Vid bedömningen av huruvida brottet var grovt hade man beaktat huruvida gärningsmannen hade tillfogat huvudmannen betydande eller synnerlig skada.

Det hade man kommit fram till att hon gjort. Hon, den duktiga, framgångsrika Monika Lundvall.

Hon hade satt in pengarna på Rädda Barnens konto och stoppat insättningskvittot i ett kuvert med Maj-Britts adress och trott att hon postat det. En vecka senare hade hon hittat det i kappfickan, men då hade allt redan varit för sent. När hon kommit hem från banken hade hon stängt av alla telefoner, lagt både asken med Xanor och den med sömntabletter inom räckhåll på nattduksbordet och gått till sängs. Tre dagar senare hade klinikchefen och en kollega tagit sig in lägenheten med hjälp av en låssmed. Banken hade ringt till klinikchefen. Velat försäkra sig om att allt var i sin ordning med tanke på den stora summan hon tagit ut från klinikens donationskonto och nämnt hennes märkliga beteende. Att de naturligtvis kunde ha misstagit sig, men att hon faktiskt verkat drogpåverkad. Skammen hon känt när hon vaknat i sin säng med klinikchefen och sin kollega i rummet var så djup att hon inte kunnat tala. Och fastän han erbjudit sig att avstå från polisanmälan om hon bara talade om vad som hade hänt och vad hon hade gjort så hade hon valt att fortsätta tiga även när talförmågan hade återvänt. Den tillvaro som varit hennes var ändå förlorad. Hon skulle aldrig mer kunna se någon av dem i ögonen om hon erkände vad hon gjort.

Hon tog hellre sitt straff.

Och på något förunderligt vis kände hon sig ändå befriad efter att ha sluppit ut ur den absurda verklighet hon låst in sig i.

För det fanns många sorts fängelser. Utan att den som satt fången för den skull behövde ha varit i närheten av någon domstol.

Det hade legat ett brev från Maj-Britt i hallen. I

455

djupaste ånger hade hon bett om ursäkt för vad hon utsatt Monika för och skrev att hon oavbrutet försökt ringa för att ta tillbaka vad hon sagt. Men att Monika inte svarat. Hon hade läst brevet gång på gång. Först i vredesmod men sedan alltmer sorgsen. Förgäves hade hon försökt hitta syndabockar för att få en möjlighet att rentvå sig men till slut tvingades hon inse att det inte fanns någon annan att ställa till svars.

Några dagar före rättegången hade det kommit ett brev från Pernilla. Monika hade inte hört av sig och i desperation tigit ihjäl hennes telefonmeddelanden och till slut hade de ebbat ut. Brevet hade hon tagit som ett tecken på att Pernilla fått veta, och avsändarnamnet skrämde henne som ett plötsligt ljud om natten. Med fingrar stela av bävan hade hon öppnat kuvertet, och lättnaden hon erfor när hon läste det korta brevet var obeskrivlig. Hon hade blivit förlåten. Pernilla hade fått allt förklarat för sig, och hon erkände att hon först blivit både arg och ledsen. Men den som berättat hade till slut fått henne att förstå varför Monika handlat som hon gjort och lyckats vända hennes vrede till medkänsla. Och så hade Pernilla undrat om pengarna hon fått. Om det var på grund av dem som Monika blivit polisanmäld, eller om det var för dem hon blivit tvingad att skicka till Rädda Barnen.

Först då hade Monika förstått att det var Maj-Britt som befriat henne.

Solen tittade fram över hustaken och spred miljoner små gnistrande diamanter i den nyfallna snön. Monika drog jackan tätare omkring sig men det hjälpte inte mycket. Hon såg på klockan att hon avverkat hälften av den timme hon hade tillåtelse att vara utomhus, men ingen kyla i världen skulle kunna förmå henne att avsluta den i förtid.

I ögonvrån såg hon att en dörr öppnades och att någon kom ut på gården. Hon tittade inte, vågade inte, hon hade ingen aning om vilka regler som gällde där inne för att klara sig. Den förintande känslan av utanförskap och ensamhet som hon erfarit mitt bland alla människor under gårdags-kvällens måltid hade varit så ångestfylld att hon bett om att få gå tillbaka till sin cell redan innan hon var tvungen. Men det var när de låst dörren som hon för första gången i sitt liv på allvar hade upplevt hur det känns att inte kunna andas i ett rum fullt av luft. Hon hade trott att hon skulle dö där inne. Men de enda som fanns tillgängliga att be om hjälp var de som hade låst in henne, och våndan de utsatte henne för var inget vårdslöst misstag utan en genomtänkt målsättning. Hon ansågs förtjäna den.

Vanmakten hon känt hade nästan tagit livet av henne.

Hon uppfattade att den som kommit ut närmade sig och som en ren försvarsreaktion vred hon på huvudet för att få en uppfattning om det eventuella hotet. Det var en av de äldsta kvinnorna på anstalten, Monika hade sett henne igår under middagen. Hon hade suttit för sig själv och sett ut som om inget som hände i hennes omgivning egentligen berörde henne, och de andra i rummet hade verkat respektera hennes avskildhet. Först hade åsynen av kvinnan gjort henne illa till mods, för det hade varit något i kvinnans blick när de möttes. Som om hon hajat till som man gör när man får syn på någon man känner. Men Monika hade aldrig sett kvinnan förut och ville inte att någon skulle lägga märke till henne över huvud taget. Det var så hon hade tänkt att hon skulle ta sig igenom vistelsen där. Genom att inte märkas.

Nu var kvinnan framme vid bänken och Monika kände hjärtats slag. Hon mindes jargongen under middagen, den tydliga hierarkin, upplevelsen av att alla uppträdde efter ett osynligt manus i vilket hon inte hade berättigats någon roll. Och där hon för sitt liv inte visste hur hon skulle ta sin plats utan att råka stöta sig med någon. Hon var helt utan referenser om hur hon förväntades bete sig. Ändå var det här en annan typ av rädsla än den hon blivit van vid. Inuti fanns inget kvar att skada. Istället var det kroppen själv som fruktade fysisk smärta. Att de skulle ge sig på henne.

"Får man inte blåskatarr om man sitter där?"

I sin tacksamhet över att kunna svaret på frågan var Monikas första infall att säga att det behövdes en bakterie i urinen för att få blåskatarr, men hon bet sig i tungan och avstod. Det kunde få henne att uppfattas som överlägsen.

"Jo, kanske det."

Hon ställde sig upp.

Kvinnan fångade en silverfärgad hårtest som slitit sig och strök den bakom örat.

"Ska vi gå en sväng?"

Monika tvekade. Kvinnan såg visserligen inte särskilt farlig ut men att ge sig iväg längre bort från husen ensam med henne var inget som lockade. Hon kastade en hastig blick mot dörren. Men in ville hon inte gå än. Inte när det fanns tid kvar. Och hon kunde inte gärna säga nej och stå kvar.

"Visst."

De började sakta promenera bort över gården. För varför skulle de skynda sig?

"Du kom igår va?"

"Ja."

"Hur länge ska du sitta då?"

"Sex månader."

Monika svarade artigt och snabbt på alla frågor. Än så länge klarade hon sig bra.

"Det var ju inte så farligt. Tiden går fortare än man tror när man har tråkigt."

Kvinnan skrattade lite och Monika log hon också för säkerhets skull. Hon insåg att hon borde ställa en egen fråga för att visa att hon deltog i samtalet. Kanske fråga hur länge hon själv hade suttit inne men Monika vågade inte. Det kanske inte passade sig.

"Sexton och ett halvt år."

Monika ryckte till.

"Men jag har bara åtta månader kvar nu."

Bara någon sekund hann hon vara förvånad, sedan saktade hon omedvetet in. Sexton och ett halvt år. Inte många dömdes till så långa straff. Bara de som begått riktigt vidriga handlingar och tydligen var kvinnan hon givit sig ut att promenera med en av dem. Monika slängde en snabb blick tillbaka mot husen och kände en påstridig lust att gå tillbaka. Hon motstod impulsen och försökte istället tänka ut en egen fråga. Hon skulle ändå klara sig här inne i ytterligare sex månader. Det vore vansinne att skaffa sig en ovän redan första morgonen.

"Vad ska du göra när du kommer ut då?"

Hon hade gjort sitt bästa för att låta lättsam och tog ett steg tillbaka i förskräckelse när kvinnan plötsligt stannade och vände sig mot henne.

"Vanja heter jag förresten."

Hon sträckte fram sin hand.

"Man glömmer lätt vanligt hyfs här inne."

Monika tog av sig vanten och hälsade snabbt.

"Monika."

Vanja nickade och började gå igen. Monika följde motvilligt efter. Lite längre bort rörde sig en grupp människor och det gjorde henne lite bättre till mods.

"Vad jag ska göra när jag kommer ut? Jag vet faktiskt inte riktigt, till att börja med ska jag flytta in hos en väninna, en gammal barndomskamrat. Hon är väldigt sjuk men efter den senaste operationen så verkar hon tack och lov vara på bättringsvägen, men man vet inte än. Om allt går bra så kanske vi reser nånstans tillsammans hon och jag. Vi får se hur det blir."

Monika försökte ta in tidsbegreppet sjutton år. En evighet om man betänkte att den skulle avverkas på en plats som den här. Människor kunde bli galna av mindre. Det visste hon av egen erfarenhet.

De hade slagit in på en gång mellan några träd och när de kom ut på andra sidan sluttade öppen mark ner mot världens ände. Snart hade de nått så långt som de hade tillåtelse till. Området omgärdades av dubbla stängsel med några meter emellan och över dem låg cylinderformad taggtråd utrullad. Så att alla som till äventyrs skulle få för sig att klättra över skulle trasas sönder. Det var innanför det hon var instängd. Av samhället inte betrodd att gå utanför. Inte ens i närheten av för säkerhetsavståndet var femtio meter. Hon slängde en blick över axeln och förvissade sig om att det fortfarande fanns människor inom synhåll.

Vanja stannade och körde ner händerna i jackfickorna.

"Det är viktigt att ha nån som väntar på en därute. Det blir lite lättare då. Jag vet, för jag har testat båda delarna."

Monika såg ner i snön. Ingen hade hon som väntade där ute. Kanske hennes mamma, men hon var inte säker. Hon hade ringt några gånger men Monika hade inte svarat. Om hon kände till var Monika nu befann sig visste hon inte. Och skulle hon vara ärlig så kunde det göra detsamma.

Vanja tog upp en näsduk ur fickan och torkade sig under näsan.

"Det är rätt hårda tag här inne så det är inte alltid lätt att komma ny. Men det är ganska lugnt på den avdelning där du har hamnat. Skaffa dig cigaretter, det kommer du ha användning av."

Vanja lyfte handen som skydd mot solen och såg ut över de glittrande fälten som sträckte ut sig bakom stängslen. Monika betraktade henne i smyg.

"Kolla vad vackert det är."

Monika följde hennes blick ut över landskapet och de stod tysta en stund.

"Tänk att vi är så sanslöst slarviga med det vi har. Att vi inte begriper bättre. Du och jag är ju faktiskt praktexempel på hur lite vi egentligen förstår, annars hade vi ju inte stått på den här sidan av staketet."

Monika var benägen att hålla med, men att

uttala det i ord var hon inte mogen för. Vanja gav ifrån sig ett litet ljud som lät som en fnysning.

"Vi tror att vi är framme, att allt är färdigt och klart bara för att vi råkar finnas till just nu. Men den lilla pluttetid vi lever här är ju bara en liten fis i rymden i det stora hela. Jag läste att vi inte ens är riktigt färdigutvecklade än för att gå på två ben, att det är några upphängningsgrejor här inne som inte har hunnit anpassa sig riktigt än."

Hon gjorde en cirkelrörelse med handen över magen. Monika undrade vilka av kroppens vävnader hon kunde mena men valde att inte fråga. Just i stunden kändes det inte så viktigt.

Ett stråk fåglar flög över himmelen och Vanja lutade sitt huvud bakåt för att kunna följa deras färd. Monika följde hennes exempel.

"Vet du, bara i Vintergatan finns det tvåhundra miljarder stjärnor. Det är ju inte klokt, tvåhundra miljarder, och då snackar vi ändå bara om i vår galax. Det är rätt märkligt att tänka sig att vår sol är en av alla de där fjuttestjärnorna."

Fåglarna försvann bort över skogen. Monika slöt ögonen och undrade vad de såg där bortanför.

"Tänk vad rädda folk måste ha blivit när dom fick klart för sig att jorden inte var universums medelpunkt. Vilket skräckscenario, gå omkring här i godan ro och veta att Gud skapat jorden och alla människor som alltings centrum, och sen plötsligt få höra att vi bara är en liten flugprick."

Vanja tog fram sin näsduk och strök sig under näsan igen.

"Det är inte ens fyrahundra år sen vi trodde det, men det är allt rätt skönt att gå här och hånskratta åt hur korkade dom var. Själva är vi ju så fantastiskt upplysta, det är ju bara att se sig omkring hur bra det går."

Monika kikade i smyg på Vanja. Det var onekligen en besynnerlig kvinna som hon hade stött på, och hon erkände förundrad att hon uppskattade promenaden. Ingen hon kände brukade tala om sådana saker. Om det inte vore så att de befann sig instängda innanför ett taggtrådsstängsel hade det säkert kunnat kännas riktigt uppfriskande.

Vanja såg på Monika och log.

"Själv brukar jag roa mig med att undra hur mycket folk kommer att ha anledning att skratta åt oss om fyrahundra år. Vad det är vi är så säkra på nu som sen kommer visa sig vara åt helvete."

Monika log tillbaka och Vanja såg på klockan.

"Det börjar bli dags."

Monika nickade och de vände tillbaka. Hon kände sig lite lättare till mods. Det kändes bra att veta att det fanns en sådan som Vanja därinne.

"Har du nån som väntar på dig där ute?"

Frågan fick Monikas leende att dö ut. I ett kort ögonblick svävade det ansikte förbi som hon saknade mer än allt annat. Hon sänkte blicken och skakade på huvudet.

"Är du verkligen helt säker på det? Jag hade det, fastän jag inte visste om det."

Monika ville inte vara säker och därför valde hon att inte svara. Men hur skulle hon ens i sina vildaste drömmar kunna hoppas på att han fortfarande väntade? Hon hade begått sitt livs andra gigantiska misstag när hon låtit honom gå.

"Man kan ju inte veta nåt säkert förrän man fått det bevisat."

Monika stannade.

"Va?"

Men Vanja sa inget mer. Hon bara fortsatte gå och det enda som kom ur hennes mun var hennes vita, virvlande andedräkt.

Viljan att gå vidare behövs också för de små stegen. Hon hade läst det någonstans, men mindes inte längre när och var. Små steg var hon förtrogen med, det var allt hon hade ägnat sig åt sedan allt rasat samman, men hur viljan att gå vidare kändes visste hon inte längre. I så många år hade hon kämpat för att utmärka sig, gjort sitt yttersta för att smycka utsidan med den vackraste mosaik, men vad hon glömt längs vägen var själva innehållet. Hon hade varit det hon presterat och det hon hade ägt och något annat fanns där inte. När prakten skalats av fanns bara tomrummet efter det hon låtit gå förlorat. Den möjlighet hon kastat bort.

Bara en enda önskan.

En enda.

För att våga ta det klivet krävdes ett mod som var större än förnuftet. Men om hon inte vågade skulle det aldrig mer finnas anledning att någonsin våga någonting.

Och med det mod som bara den som är riktigt, riktigt rädd kan uppbåda lyfte hon till slut telefonluren.

"Det är jag. Monika."

I en evighet var det tyst innan han sa någonting så att hon kunde få ur sig det hon måste säga.

"Det är så mycket som jag skulle vilja berätta."

Och med allt sitt hopp riktat mot den hemlighet

som hon så innerligt hoppades skulle finnas någonstans uttalade hon orden.

"Thomas, jag längtar hem."

Utdrag ur

Karin Alvtegens roman

S V E K

Utgiven av Natur och Kultur 2003

Svek

" **J**ag vet inte"
        Tre ord.

Var för sig eller i ett annat sammanhang fullständigt ofarliga. Helt utan inneboende tyngd. Bara ett konstaterande att han inte var säker och därför valde att inte svara.

Jag vet inte.

Tre ord.

Som svar på frågan hon just hade ställt var de ett hot mot hela hennes tillvaro. En plötslig avgrund som öppnade sig i den nyslipade vardagsrumsparketten.

Det var egentligen ingen fråga hon hade ställt, hon hade bara uttalat orden för att få honom att förstå hur orolig hon var. Om hon ställde frågan om det otänkbara så skulle det bara kunna bli bättre sedan. En gemensam vändpunkt. Det senaste året hade varit ett evigt kämpande och hennes fråga var ett sätt att tala om att hon inte orkade stå stark längre, inte dra hela lasset ensam. Att hon behövde hans hjälp.

Han hade svarat fel.

Använt tre ord som hon över huvud taget inte hade insett fanns med som ett alternativ.

"Är det så att du helt enkelt ifrågasätter vår framtid tillsammans?"

Jag vet inte.

Det fanns ingen följdfråga, hans svar raderade på ett enda ögonblick ut alla ord hon någonsin hade lärt sig.

Hjärnan var tvungen att vrida sig ett varv och omvärdera allt den hittills vetat vara utom allt tvivel.

Att de två inte skulle dela framtiden fanns inte i begreppsvärlden.

Axel, huset, bli farmor och farfar tillsammans en gång. Vad skulle hon möjligen kunna hitta för ord för att föra dem vidare från detta ögonblick?

Han satt tyst i soffan med blicken fast i en amerikansk komediserie och med fingrarna flackande över fjärrkontrollen. Inte en enda gång hade han sett på henne sedan hon kom in i rummet, inte ens när han hade svarat på hennes fråga. Avståndet mellan dem var så stort att hon kanske ändå inte skulle kunna höra om han sa något mer.

Men det gjorde hon. Klart och tydligt hörde hon:

"Köpte du mjölk på vägen hem?"

Han såg inte på henne den här gången heller. Bara undrade om hon hade köpt mjölk på vägen hem.

Ett tryck över bröstet. Och så de där stickningarna ut i vänsterarmen som hon fick ibland när tiden inte räckte till.

"Kan du inte stänga av tv:n?"

Han såg ner på fjärrkontrollen och bytte kanal. Trafikmagasinet.

Hon insåg plötsligt att det satt en främling i soffan.

Han såg bekant ut, men hon kände honom inte. Han påminde mycket om den man som var far till hennes son och som hon en gång för mer än elva år sedan hade lovat Gud att dela nöd och lust med tills döden skulle skilja dem åt. Den man som hon det senaste året betalat av den där soffan tillsammans med.

Det var deras och Axels framtid han ifrågasatte och han förmådde inte ens visa henne respekten att stänga av Trafikmagasinet och se på henne.

Hon mådde illa nu, mådde illa av rädslan hon kände inför frågan hon måste ställa för att kunna andas igen.

Hon svalde. Hur skulle hon våga veta?

"Har du träffat nån annan?"

Äntligen såg han på henne. Blicken var full av anklagelse men han såg åtminstone på henne.

"Nej."

Hon blundade. Det fanns i alla fall ingen annan. Krampaktigt försökte hon hålla sig flytande på hans lugnande svar. Allting var så obegripligt. Rummet såg ut precis som förut men allt var plötsligt annorlunda. Hon tittade på det inramade fotografiet som hon tagit i julas. Henrik i tomteluva och en förväntansfull Axel i en färgglad hög av julklappar. Släkten samlad i hennes barndomshem. Tre månader sedan.

"Hur länge har du känt så här?"

Han såg på tv igen.

"Jag vet inte."

"Jamen ungefär? Är det två veckor eller är det två år?"

Det tog en evighet innan han svarade.

"Nåt år kanske."

Ett år. I ett år hade han gått omkring och ifrågasatt deras gemensamma framtid. Utan att säga ett ord.

Under semestern i somras när de bilade till Italien. Under alla middagar tillsammans med deras vänner. När han följde med henne på tjänsteresan till London och de låg med varann. Hela tiden hade han funderat på om han ville fortsätta leva med henne eller inte.

Hon såg på fotografiet igen. Hans leende ögon som mötte hennes genom kameralinsen. Jag vet inte om jag vill ha dig längre, om jag vill fortsätta leva med dig.

Varför hade han inte sagt något?

"Men varför? Och hur hade du tänkt att vi skulle lösa det?"

Han ryckte lite på axlarna och suckade.

"Vi har inte kul längre."

Hon vände och gick mot sovrummet, orkade inte höra mer.

Hon blev stående med ryggen mot den stängda sovrumsdörren. Axels lugna trygga andetag. Alltid i mitten, som en länk mellan dem, natt efter natt. En försäkring och ett åtagande som gjorde att de för alltid hörde ihop.

Mamma, pappa, barn.

Något alternativ fanns inte.

Vi har inte kul längre.

Han satt där ute i soffan med hela hennes tillvaro i sina händer. Vilken kanal skulle han välja? Han hade just tagit ifrån henne kontrollen över hennes liv, vad hon ville spelade ingen roll, allt var upp till honom.

Utan att klä av sig kröp hon ner under täcket, la sig nära den lilla kroppen och kände paniken växa.

Hur skulle hon lösa det här?

Och så den förlamande tröttheten. Så fullständigt utled på att alltid vara den som hade ansvaret, den duktiga, den som drev allting framåt och såg till att det som behövde göras blev gjort. Redan i början av deras relation hade de intagit sina roller. Då hade de skrattat åt det ibland, skämtat om sina olikheter. Längs med åren hade hjulspåren blivit så djupa att det blivit omöjligt att svänga, det gick knappt att nå upp och se ut över deras kanter längre. Hon gjorde det som måste göras först och det hon verkligen ville ifall det blev någon tid över. Han gjorde tvärt om. Och när han gjort det han ville var det som måste göras redan klart. Hon avundades honom. Just så skulle hon själv vilja göra. Men då skulle allting rasa samman. Hon visste bara att hon kände en obeskrivlig längtan efter att han skulle ta över rodret ibland. Tillåta henne att sätta sig ner en stund så att hon kunde få vila. Få luta sig mot honom en stund.

Istället satt han där ute i deras just avbetalade soffa och tittade på Trafikmagasinet och ifrågasatte deras gemensamma framtid för att han inte hade kul längre. Som om hon själv gick runt och jublade av glädje över deras tillvaro. Men hon försökte åtminstone, de hade ju för fan barn tillsammans!

Hur hade det blivit så här? När hade ögonblicket passerats? Varför hade han inte berättat för henne hur han kände? En gång hade de haft det bra tillsammans, hon måste få honom att inse att det kunde bli så igen, bara de inte gav upp.

Men hur skulle hon orka?

Ljudet från tv:n tystnade. Förväntansfullt lyssnade hon till hans fotsteg som närmade sig sovrumsdörren. Och så besvikelsen när de utan att sakta in fortsatte förbi och bort mot arbetsrummet.

En enda sak ville hon.

En enda.

Att han skulle komma in till henne och hålla

om henne och säga att allting skulle bli som vanligt igen. Att de skulle ta sig igenom det här tillsammans, att allt de lyckats bygga upp under alla dessa år var värt att kämpa för. Att hon inte behövde oroa sig.

Han kom aldrig.